时代回响与历史踪迹
——现当代文学批评的多副面孔

河南评论家文丛

禹权恒 著

河南大学出版社
HENAN UNIVERSITY PRESS

·郑州·

图书在版编目（CIP）数据

时代回响与历史踪迹：现当代文学批评的多副面孔 / 禹权恒著 . -- 郑州：河南大学出版社，2025.2.
ISBN 978-7-5649-6212-8

I. I206.6-53

中国国家版本馆 CIP 数据核字第2025Q10Z25号

项目总策划	侯若愚
责任编辑	任湘蕊
责任校对	范国东
封面设计	翟淼淼
出版发行	河南大学出版社
	地址：郑州市郑东新区商务外环中华大厦2401号　邮编：450046
	电话：0371-86059752（大众文化出版中心）
	0371-86059701（营销部）　　网址：hupress.henu.edu.cn
排　　版	河南大学出版社设计排版中心
印　　刷	河南瑞之光印刷股份有限公司
版　　次	2025年2月第1版　　印　次　2025年2月第1次印刷
开　　本	890 mm×1240 mm　1/32　印　张　8
字　　数	170千字　　　　　　　定　价　32.00元

版权所有·侵权必究
本书如有印装质量问题，请与河南大学出版社营销部联系调换。

目　录

第一辑　当代河南文学批评

植物书写与中原文化的隐喻方式
　　——李佩甫"平原系列"小说论 /003

乡村挽歌与身份迷失
　　——解读梁鸿的非虚构文学《中国在梁庄》《出梁庄记》/ 020

姚雪垠与信阳信义中学 / 035

"逆向"的生命开掘与青春姿态
　　——评刘庆邦长篇小说《女工绘》中的华春堂形象 / 047

新世纪刘震云"说话"系列小说的三重意蕴 / 059

第二辑　当代文学批评

探赜历史与照亮现实
　　——阿来《瞻对》的一种读法 / 075

新时期文学中"疯癫"形象的叙事意义 / 089

当代文学中"疯癫"形象的文化蕴涵 / 106

时空交错的结构性文本
　　——评徐则臣长篇小说《北上》/ 115

第三辑　鲁迅研究

野性的呼唤
　　——上海时期鲁迅对动物电影的社会学思考 / 125

上海时期鲁迅与苏联电影的"不了情"
　　——兼谈鲁迅的苏联观 / 142

刘呐鸥、鲁迅电影观比较
　　——以《瑶山艳史》《春蚕》论争为中心 / 157

1950 年代文学史著中的鲁迅形象 / 168

鲁迅作品中的流氓形象 / 185

"世俗化鲁迅"的功与过 / 200

经济话语与鲁迅小说的功能阐释 / 208

第四辑　书评举隅

路径选择·建构机制·学科反思
　　——评陈国恩等《经典"鲁迅"——历史的镜像》/ 227

关于新诗传播和接受的几点思考
　　——从方长安教授《中国新诗（1917—1949）接受史研究》说起 / 236

范式转型与关联之魅
　　——评刘进、李长生《"空间转向"与当代西方马克思主义文学批评研究》/ 242

第一辑　当代河南文学批评

植物书写与中原文化的隐喻方式
——李佩甫"平原系列"小说论

在当代河南文学版图中,李佩甫是值得我们倾心描绘的作家之一。许多文学意象和思维方式已经不自觉地潜藏在李佩甫的小说创作过程中,是他深度思考中原文化蕴涵的重要载体。特别是在"平原系列"小说里面,李佩甫真实呈现了"植物""土壤""人"之间的密切关系,有效诠释了"地之子"的复杂内涵,用隐喻方式书写中原文化的精神底色。在城乡二元对立的社会语境中,物质生活的极度匮乏和精神生活的相对单调,加上对权力的盲目崇拜,在客观上使人们的思维方式和行为习惯趋于畸形,这不但是中原乡村社会客观存在的典型痼疾,也是中国社会转型阶段普遍具有的基本症候。透过现实社会人们的真实生存状态,我们可以清醒意识到平原乡村民间文化形态的复杂性,这同时也是我们深度剖析中原文化内涵的基本路径和切入点。

一、孕育和共生:"土壤"与"植物"之间的关系

李佩甫是当代中原作家群的代表人物之一,他的写作深深扎根于中原这片神奇的土地,详细记录着中原地区人民的悲欢离合,也寄寓着李佩甫对中原文化蕴涵的深层次思考。自20世纪80年代以来,李佩甫创作了《金屋》《城市白皮书》《李氏家族》《羊的门》《城的灯》《生命册》《平原客》等一系列长篇小说,

初步奠定了其在中国当代文坛的地位,也是中国社会转型发展期诸多复杂矛盾的直接见证。其中,"土壤"和"植物"是李佩甫冷静审视中原文化内涵的重要切入点。他说:"很久了,我一直在研究'土壤'。'平原'是生我养我的地方,也是我的写作领地。在一些时间里,我的写作方向一直着力于'人与土地'的对话,或者说是写'土壤与植物'的关系。"作为一种文化隐喻方式,"植物说"在《羊的门》《城的灯》《生命册》《平原客》等"平原系列"小说中都有客观呈现,是李佩甫观照中原文化底色的重要手段。由于受到特殊地理位置的直接影响,中原地区四季分明,土质偏软,营养深厚,透气性好,非常适宜植物生长。在这片富饶而又神奇的土地上,许多植物历经寒暑冬夏,静默地汲取着大地的乳汁,成为中原大地随处可见的代表性物种。在豫中平原地区,许多人可能对各种"野草""树木""花卉"等植物并不特别关注,似乎它们并没有值得深入探究之处。但是,作为一种话语方式,它们不仅是李佩甫文本叙述过程中的有效组成部分,而且也隐含着他对豫中平原地区人们深层文化心理结构的复杂感情。因此,"解读李佩甫的小说,了解他独特的中原地理经验是一个关键的切入点,而文本中重复出现的植物意象则是无法绕开的话题之一。对平原植物生长的观察、描写以及背后的隐喻都是李佩甫与众不同的创作风格的重要组成部分"[1]。

---

[1] 宋木子:《"植物"书写:国民性批判与理想人格的载体——李佩甫小说的植物意象分析》,《信阳师范学院学报》(哲学社会科学版)2018年第4期。

自古以来，豫中平原地区地理位置重要，文化底蕴深厚，人杰地灵，土地肥沃，物产丰富。可以说，这里一直就是几千年中华文明的核心分布区域。当人们置身于豫中平原之时，首先会闻到土壤中散发出来的特殊气息："那是一种残存在土壤里的、已很遥远的死亡讯号，同时，也还蕴含着一股滋滋郁郁的腻甜，那又是从植物的根部发出来的生长讯号，正是死亡的讯号哺育了生长的讯号，于是，生的气息和死的气息杂合在一起，糅勾成了令人昏昏欲睡的老酒气息。"[1]这种气息有效佐证着中原地区的历史文化源远流长，也预示着这片土地正在沉淀和孕育着各种现实希望。不但如此，在平原地区的田野中间，你也经常会看到任人践踏的普通植物：野草，如狗狗秧、甜甜牙棵、乞乞牙、格巴皮、星星草、败节草、小虫儿窝蛋、猫猫眼、面条棵、野扁豆棵、灯笼棵、猪耳朵棵等。"平原上的草是在'败'中求生、在'小'中求活的。它从来就没有高贵过，它甚至没有稍稍鲜亮一点的称谓……它的卑下和低劣，它的渺小和贫贱，都是看得见摸得着的，是显现在外的，是经过时光浸染，经过生命艺术包装的。"[2]然而，这些经常受到践踏和踩蹦的野草却保持着顽强生命力，它们已经和豫中平原的普通百姓融为一体，共同阐释着中原文化内在的独特精神品格。

常言道："十年树木，百年树人。"可以说，树在人们的现

---

[1] 李佩甫：《羊的门》，作家出版社，2016，第2页。
[2] 李佩甫：《羊的门》，作家出版社，2016，第6页。

实生活中发挥着重要作用,它不仅可以制造家具物什、盖房造屋,而且可以抵御风沙、铺路架桥等。在豫中平原的乡村,我们还会经常看到榆、桑、槐、楝、桐、椿、柳、柿、桃、杏等主要树种。"树是氧之源,也是水之源,是人类呼吸的根基,是大地之上的惟一可以给人类带来好处,而无任何不利因素的植物……"[1]但是,平原地区的树叶几乎没有干净的,那是因为风的缘故。"在平原,树与风的搏斗是长年的、持久的,也是命对命的,就像是一对老冤家。"[2]不仅如此,平原上的树还具有一个不易被人察觉的共性,即离开土地之后容易变形,很难长成栋梁之才。比如,柳树作为迎风之物,柳枝绵软,柳叶细长,见风起舞,遇势即弯。这种树虽极富弹性,但木质漂松,无筋无骨,加力即折,最易变形。再如,楝树虽然树形挺拔优美,其果实在乡村可以作为洗衣之用,但因其木质绵软,材直而无胆,伐后也非常容易变形,只能在烈火烤熏后作板材之用。这些平原地区的普通树种为什么在生长过程中会出现变形,以至于完全失去早期预想的使用价值?平原地区的树和人之间究竟具有何种关联?这也正是李佩甫在文本中有意植入的象征载体,寄寓着作者对中原地区人民精神品格的深层思考。

除此之外,平原地区的土壤处于"轻壤"和"重壤"之间,土质柔软温润,透气性非常好,特别适合人工种植各种花

---

[1] 李佩甫:《城的灯》,作家出版社,2016,第233-234页。
[2] 李佩甫:《生命册》,作家出版社,2012,第111页。

卉苗木。于是,平原地区的人们就充分利用天地所赐予的有利条件,几乎家家种花、养花、卖花。种植花卉和盆景给当地人们带来了巨额经济效益,极大改变了当地普通老百姓的生活状况。比如,《平原客》中的梅陵地区就是盛产梅花的地方,花匠刘全有人工种植了许多品种的梅花,文本中间频繁出现"素心腊梅""馨口腊梅""虎蹄腊梅""中华梅王"等梅花极品,而且围绕着梅花还上演了一幕幕曲折离奇的故事。在豫中平原地区,出现了许多协调花卉交易的中间人,俗称"花客",他们也成为花卉经营链条中的重要环节。谢之长就是平原地区"花客"的典型代表,后来逐渐成长为"花世界"集团公司的总经理。另外,平原地区还有部分植物是飞来的,非人工种植的,那是一种毫无来由的、纯天意的生存方式,来也无踪,去也无影。比如翎子花、地龙花、仙人花、喇叭花等,这些所谓的野花始终没有受到特别关注,正如平原地区的野草一样。但是,这些野花的生存能力却非常惊人,卑微却不失坚韧,恰似豫中平原的人们一样,在平凡中透着伟大,敢于正视纷扰复杂的现实世界,积极地应对来自各方面的艰难困苦。

总而言之,土地是一切有机体永葆生命力的重要根基。因此,土地不仅有效滋润着各种植物,而且也影响着人们的文化心理结构,左右着人们的基本思维方式。俗话说:"一方水土养一方人。"土地和人之间应该存在着某种深度关联。李佩甫说:"其实,说白了,人也是植物。每个地域都有它特殊的植物和草木,那是由气候和环境造成的。人的成长也是由气候来决定的。

我所说的气候,是精神方面的,指的是时代的风尚。什么样的时代风尚,产生什么样的精神气候,什么样的精神气候,造就什么样的人物。"[1] 毫无疑问,土地和植物之间存在着共生关系,什么样的土地孕育出什么样的植物。人是土地培育出来的特殊类型的物种,在无形之中就被赋予了土地的基本性格。此时,土地、植物、人之间已经具有同构共生关系,在客观上已经形成了"性格共同体"。假如离开了这片神奇土地,一切都将成为漂浮之物,失去坚实可靠的支撑点。一言以蔽之,中原地区的这片神奇土地,不但是中原文化精髓的塑造者,也是中原人民思维方式的孕育者,隐喻着中原人民的精神底色。

二、逃离与迷惘:城乡二元对立语境下的生存悖论

长期以来,李佩甫一直密切关注着中原地区在经济社会转型过程中的"常"与"变",深刻思考着中原文化内部所蕴含的本质特征,这也成为其小说创作过程中的基本标识。在中原地区人民的物质生活匮乏、精神生活也异常单调的历史岁月里,城乡二元对立的结构性矛盾突出。可以说,乡村的贫穷落后深刻影响着人们的行为方式,甚至严重扭曲着他们的心灵世界。当基本的衣食住行得不到有效保障时,人们往往会运用极端方式来改变现实状况。此时,底层人民之间的"厮杀"和"博弈"会经常上演,人性的复杂、矛盾、自私等阴暗面会得到淋漓尽致的呈现。人们试图通过当兵、求学、当官、经商等多种方式

---

[1] 李佩甫:《城的灯》,作家出版社,2016,第230页。

逃离乡村,在社会身份方面实现蜕变。但是,许多人在顺利实现早期愿望之后,却在权力、金钱、美色等多重诱惑之下,陷入各种泥潭而不能自拔,以致在不经意间严重触犯了法律红线,最后身败名裂而锒铛入狱。在李佩甫的一系列长篇小说中,不管是"平原三部曲"中的主要人物形象呼国庆、冯家昌、吴志鹏,还是《平原客》中的刘金鼎,他们都是试图逃离乡村拥抱城市的典型人物,然而,他们最后几乎都逐渐丧失自我,成为各种欲望的现实奴隶,这种生存悖论值得我们深刻省思。正是在这一意义上,李佩甫说:"土地是很宽厚的,给人吃、给人住、给人践踏。承担着生命,同时又承担死亡。土地又是很沉默的,从未抗拒过人的暴力,却一次又一次地给人儆戒。"

《羊的门》中的主人公呼国庆是从呼家堡逐步走向颍平县的权力中心的。他先从偏远乡镇的基层党委书记干起,凭借着自己的聪明头脑,得到了市委干部考察组的高度赏识,一步步擢升为县长、县委书记。但是,他背着自己的妻子吴广文,和市委宣传部的美女大学生谢丽娟发展成为情人关系,终于陷入婚外恋的泥潭而不能自拔。在呼国庆担任颍平县长期间,和县委书记王华欣之间产生了严重隔阂,特别是在处理范骡子给自己行贿之事上缺乏冷静思考,直接导致自己处于被动地位。但是,在呼天成的极力周旋和帮助之下,呼国庆在残酷的官场斗争过程中逐渐转危为安,并一举战胜政治对手王华欣,最终如愿成为县委书记。后来,呼国庆在处理弯店假烟问题上,虽然最终抵挡住了各种外在压力,但是依然得罪了许多人。最后,呼国庆在处理变卖假烟制造机器过程中,利用不正当手段来满足昔日情人谢丽娟的金钱欲望,触犯法律红线而丢官回乡。社会底层出身的呼国庆,为什么经不起一点糖衣炮弹的袭击?早年的宏伟抱负、理想信念为什么那么容易就被远远地抛之脑后?这到底是人性的致命弱点,还是平原地区人们在某种程度上的信仰缺失造成的?平原地区的西伯利亚寒风是不是导致了这里一些人的无骨行为?上述这些疑问和矛盾都值得我们思考。

冯家昌是李佩甫在《城的灯》中着力塑造的典型人物形象。他是上梁村入赘女婿"老姑父"的大儿子,自幼家境贫寒,母亲多病,加上兄弟很多,冯家的现实生活可以说是相当拮据的。但是,冯家昌却被动地和村支书刘国豆的宝贝女儿刘汉香谈起了恋爱。之后,村支书刘国豆万般无奈,不得不把冯家昌送到部队去当兵,本意是想阻止女儿的天真幻想。然而,刘汉香却铁了心要嫁给冯家昌。当冯家昌历经种种曲折来到城市当兵之后,起初对刘汉香还念念不忘,经常靠鸿雁传书来安慰她。但是,当客观环境发生剧烈变化之后,冯家昌渴望改变自己的命运,幻想成为地地道道的城市人。在部队期间,他凭借着自己的聪明才智不断得到职位提升,甚至不惜丧失人格尊严来取悦廖副参谋长。后来,冯家昌又利用和城市姑娘李冬冬结婚的方式,赢得了岳父李慎言的鼎力帮助,最终在动员处处长的职位竞争中取得胜利。此时,冯家昌的钻营取巧、不择手段可谓达到疯狂程度。其间,刘汉香竟然不顾父亲的坚决反对,独自来到冯家昌的农村家里当起了没名没分的媳妇,几乎承担起了所有家庭重担。刘汉香在了解清楚冯家昌的人生选择后,在悔恨交加中变得理性起来,最后带领广大村民依靠种植苹果和"月亮花"走上了致富道路。当冯家昌带着弟弟们于夜晚重新回到家乡的时候,却再也寻找不到故乡的方向,着实让人唏嘘不已。城市在给冯家昌及其兄弟们带来虚荣心满足的同时,也让他们在灵魂深处失去了安稳和宁静。尽管冯家昌费尽周折成功逃离乡村,但是现实生活并没有使其获得真正意义上的幸福感,背后的酸甜苦辣也许只有亲身经历过的人们才能深刻体会。

《生命册》中的吴志鹏原来是无梁村吃百家饭的穷苦孩子,后来被村支书蔡国寅推荐上大学,研究生毕业之后来到省城担任大学教师,从此开始暂时逃离了乡村。但是,由于自身经济基础薄弱,加上无梁村的父老乡亲经常来找吴志鹏寻求帮助,这就使"背着土地行走"的吴志鹏陷入精神焦灼状态,最后不得不放弃教职和大学同学骆国栋下海经商。"有时候,我又觉得我是一个楔子。强行嵌进城市里的一只柳木楔子。虽然我满身是芽儿,可我不知道自己能不能在水泥地上扎下根来,长成一棵树。因为,家乡父老还等着我植下的阴凉呢。"[1]当吴志鹏和骆国栋来到北京试图大显身手之时,却不得不长期住在阴暗潮湿的地下室给别人充当"枪手"。之后,他们转战深圳、上海、广州等地,主要从事股票、中药材等各种生意,虽然也曾经赚过大钱,然而公司最后陷入经济困境不能运转,骆国栋无路可

---

[1] 李佩甫:《生命册》,作家出版社,2012,第1-2页。

走选择跳楼自杀。城市的生存法则迫使他们不得不拼命疯狂赚钱,企图以此获得所谓的生命价值和存在感。但是,他们在疯狂追逐金钱和利益过程中,几乎把道德规约全部抛弃,最后在困惑和焦虑中迷失自我,成为现实社会中的"单向度的人"。

《平原客》中的主人公刘金鼎是梅陵花匠刘全有的儿子。由于家庭困难等现实原因,来自四川的母亲选择了离家出走。在青少年时期,调皮捣蛋的刘金鼎曾经多次被学校开除,在"花客"谢之长的热心帮助下,才得以重新回到学校学习。之后,也是在恩人谢之长的热心引荐之下,刘金鼎竟然被推荐到省城"农科大"上大学。自此之后,刘金鼎的命运可以说发生了根本改变。大学毕业后,刘金鼎最先从乡农技站技术员干起,一路得到恩师李德林副省长的极度关照,最后高升至黄淮市常务副市长。后来,刘金鼎为了感激李德林的举荐,在李德林和妻子罗秋旖正式离婚之后,安排单身的乡村大龄女青年徐亚男以保姆身份来照顾李德林的日常生活起居,后来李德林和徐亚男成为正式夫妻。但是,徐亚男的许多性格缺陷和生活习惯实在让李德林难以忍受,在和刘金鼎精心策划之后,他们把徐亚男秘密杀害了。之后,刘金鼎又让老同学王小美来接近李德林,以讨得李德林的欢心和赏识,企图获得更大的现实利益回报。最终,由于违法犯罪,李德林和刘金鼎都落得身败名裂的可悲结局。实际上,他们都是从梅陵这个豫中平原的乡村走入城市的,在金钱、权力的百般诱惑之下,他们不约而同地背离了自己的青春梦想,逐渐沦落成为人民的罪人。

可以想象,李佩甫在文本中刻意塑造的上述典型人物形象,寄予着他对中原文化精神的深层次思考。在李佩甫看来,豫中平原一马平川,缺少大山河流的环绕和依傍,这是一片少气无骨的"绵羊地",它所孕育出来的人也可能是不健全的。比如,当呼国庆有意冷落情人谢丽娟之时,她顿时就对呼国庆产生了厌恶情绪。谢丽娟觉得正是无梁这个缺乏脊梁支撑的地方,才产生了像呼国庆这种做派的人格类型,即使这里有"气",也是"软"的:"它滋养的正是那种玩弄权术的小男人。它是专门养小的,它把人养得越来越小。它吞噬的是人格,滋养的是狗苟蝇营。在这块土地上,到处都生长着这样的男人。为了权力你们什么都可以牺牲。"[1]除此之外,人性弱点、社会环境、文化传统等因素共同作用,形成了平原地区人们的基本性格特征。在特殊的社会转型期,很多人物的成长轨迹和最终结局具有惊人的相似性,这种规律性的文本叙事经验隐含着作者对豫中平原的基本态度。进一步来讲,也许不单单是豫中平原直接孕育着此种人格类型。李佩甫说:"是啊,社会生活单一的年代,我们渴望多元;在多元化时期,我们又怀念纯粹。但社会生活单一了,必然导致纯粹。可纯粹又容易导致极端。社会生活多元了,多元导致丰富,但又容易陷入混沌或变乱。这是一个悖论。"[2]事实上,人类社会的总体发展趋势是前进的,在这一过

---

[1] 李佩甫:《羊的门》,作家出版社,2016,第193页。
[2] 李佩甫:《平原客》,花城出版社,2017,第354页。

程中必然会有许多负面因素。逃离乡村,或者皈依城市本身并不存在正确和谬误之分,仅仅是选择一种生活方式而已,关键在于对待现实生活的立场和态度。

三、悲悯与守望:"平原叙事"的话语方式和现实拷问

李佩甫从事文学创作以来,先后涉足多种题材领域,一直试图寻找真正属于个人的"艺术世界"。他在经历多种困顿和磨难之后,终于意识到"平原"才是自己创作灵感的真正源泉。1986年,中篇小说《红蚂蚱 绿蚂蚱》问世之后,李佩甫开始用心灵感知脚下这片神奇的土地。他说:"我是写'平原'的。在我心中,'平原'是一块特定的地域。我说过,每个作家都有自己的'领地',尔后在自己的领地里挖上一口'井'。可对于一个初学写作者来说,要找到真正属于自己的领地并不容易。我是在东奔西突、苦苦寻觅了七年后,才找到了属于自己领地——'平原'。"[1] 不管是《羊的门》《城的灯》《生命册》,还是《平原客》,李佩甫都在冷静审视着豫中平原地区政治、经济、文化等诸多领域的显著变化,以及这些变化对平原地区人们的深刻影响,这构成了李佩甫小说叙述的基本方式,我把此种叙事方式称为"平原叙事"。在"平原叙事"构成的一系列作品中间,除了少数如愿逃离乡村的人之外,大多数人依然在平原乡村默默守望。作为"沉默的大多数",他们在日常生活中的

---

[1] 孔会侠:《以文字敲钟的人——李佩甫访谈录》,《创作与评论》2012年第8期。

酸甜苦辣、爱恨情仇、悲欢离合，也是很值得我们关注的。

毫无疑问，与现实化的城市相比，农村具有相对朴素原始的文化形态。按照陈思和对"民间"概念的理解，"民间文化形态"保存着自由活泼的文化形式，具有自由自在的审美风格。"民间的传统意味着人类原始的生命力紧紧拥抱生活本身的过程，由此迸发出对生活的爱和憎，对人生欲望的追求，这是任何道德说教都无法规范，任何政治条律都无法约束，甚至连文明、进步、美这样一些抽象概念也无法涵盖的自由自在。"[1]但是，乡村社会并不是世外桃源，人类社会的生存法则早已植入其中，乡村社会内部依然充满着各种矛盾和悖论，甚至藏污纳垢。不仅如此，乡村社会的等级结构也是明显的。比如，《羊的门》中的呼天成在呼家堡就是呼风唤雨的人物，好像是所有村民的主心骨。在过去的三十多年里，呼天成凭借着个人声望统治着呼家堡，几乎成为普通老百姓的精神领袖。但是，呼天成却严重违背乡村道德伦理秩序，经常背着秀丫的丈夫孙布袋，夜间和秀丫到野外偷情。《城的灯》中的刘国豆是无梁村的村支书，利用权力把冯家昌送到城市部队，想以此来破坏冯家昌和女儿刘汉香之间的密切关系。自由性和封建性在相互纠缠过程中共同形成了豫中平原乡村社会的基本样态。可以说，各种保守僵化的封建性因素严重制约了乡村社会的现代化进程，是乡

---

[1] 陈思和主编《中国当代文学史教程》，复旦大学出版社，1999，"前言"第12页。

村社会实现根本性变革的直接障碍之一。因此,乡村并不是只有自由美好,中间还存在着诸多悖论之处,我们必须客观全面地呈现乡村社会矛盾的复杂性。

除了这些乡村治理者之外,豫中平原乡村更多的是普通老百姓,他们就像平原上的野草一样,尽管有些羸弱和卑微,但却顽强地生长着。《城的灯》中的冯家昌在逃离乡村之后,四个年幼的弟弟和"老姑父"仍然都在乡村艰难度日,平时缺吃少穿,甚至不得不靠偷茄子来充饥。《生命册》中的梁五方本来是农村的泥瓦匠,平时主要靠给别人盖房来维持生计。但是,由于他创造性地建造了"龙麒麟"房屋,加上自己年轻气盛,不能积极主动融入群体,就被人看作是比较"各色"的另类人物,遭到村民们的嫉妒和怨恨。当政治运动来临时,梁五方成为众人批判斗争的对象。此时,许多村民想尽一切办法来折磨和殴打梁五方。当社会政治环境改变之后,梁五方已经妻离子散、家破人亡,最终沦为像流窜犯一样的"专业上访户",到处写材料为自己申冤。虫嫂是老拐的女人,又名"小虫儿窝蛋",在那个物资匮乏的年代,粮食奇缺,虫嫂一家经常上顿不接下顿。为了获得最基本的生活资料,虫嫂就想尽办法去偷生产队的玉米、谷子、芝麻、黄豆、红薯等。有些时候,虫嫂甚至靠"松裤带""谈话"来获取各种粮食瓜果。每当村里开"斗私批修"大会时,虫嫂就受到村民们的百般羞辱。然而,如此卑微的乡村妇女,却全力支持孩子们通过读书来改变命运,最后他们都如愿过上了城市生活。春才是无梁村眉目清秀的帅气小伙,性格腼腆,不善言辞,而且是编织席子的能手,逐渐赢得了"老姑父"女儿蔡苇秀的喜欢。此时,许多乡村妇女经常用性语言来调戏挑逗处于青春期的春才,这就极大地刺激了春才的性意识觉醒。后来,春才实在抑制不住自己的身体欲望,竟然偷窥蔡苇秀洗澡,当被别人怀疑时,就毅然决然地割断了生殖器来泄愤自责。可以看出,这些生活于社会底层的小人物是如此卑微渺小,为了获取最基本的生活资料,或者满足低层次的生理欲望,许多人不得不丧失基本人格尊严,在百般屈辱中痛苦挣扎,但也很难改变现实状况。乡村社会生活的严酷和压抑可见一斑。正是在这一意义上,"李佩甫是一位具有深刻的反省意识和批判精神的作家,小说故事中隐在地对乡土沉疴的思考,血肉丰满的人物形象中蕴含着'国民性批判',无疑使《生命册》具有现实穿透力,流露了作者内心对乡村记忆的感性认同和理性质疑"[1]。

孔会侠说:"在作品中,他通过剖析当代中原人的精神,挖掘出了中原文化蕴藏在日常生活中的底蕴,揭示出了中原文化的独特生存环境以及在当下社会因素影响下的生存状况;另一方面,他关注人们在这个时代中的物质生存和精神生存,一而再地用文字表达他的精神忧患,希望敲醒在昏昧中急头巴脑的

---

[1] 樊会芹:《中原赤子的深沉思考——李佩甫〈生命册〉主题论》,《信阳师范学院学报》(哲学社会科学版)2016年第1期。

迷失灵魂。"[1]总而言之，城市和乡村构成了李佩甫小说叙事的基本维度，二者在相互矛盾过程中，共同演绎着平原地区的生命赞歌。在李佩甫的很多小说中，城市好像是"罪恶的渊薮"，到处充满着欲望和纷争，只要陷入城市内部设定的游戏规则，就会不自觉地走向堕落；城市似乎就是一个黑色染缸，逐渐腐蚀着人们的原始灵魂。不可否认，在中国经济社会转型的早期阶段，城市发展过程中出现了许多消极现象，在客观上给人们造成了部分心理创伤。然而，许多正面力量正在极大地改变着城市的基本面貌。与此相对，乡村社会也不是世外桃源，忠诚背后可能掩藏着欺骗，善良里面也许隐含着谎言。在豫中平原，不管是乡村基层干部，还是普通老百姓，他们都默默守望着这片广阔神奇的土地。事实上，李佩甫早已和豫中平原这片热土融为一体，也正在真切感受着平原地区在社会转型期的"常"与"变"，用虔诚之心呼唤新时代能够创造新生活。

四、结语

作为中原文化精神的感受者和书写者，李佩甫正在以"平原系列"建构自己独特的文学世界，在无意识中揭示了人性的复杂幽暗，全面呈现了城乡二元对立语境中的各种现实矛盾，也试图用现代化方式来破解这些深层次的社会顽疾，从而以文学的特殊功能引起全社会高度关注。实际上，李佩甫早已把中

---

[1]孔会侠：《以文字敲钟的人——李佩甫访谈录》，《创作与评论》2012年第8期。

原文化精魂有效融入自己的文学理想,但其呈现方式具有显明和隐匿之分,其中所折射出来的理性之光耀眼夺目。通过寻找"植物书写"和"中原文化精神"的密切关联,毫无疑问,李佩甫为我们提供了一个个进入中原文化精神内核的绝佳文本。因此,无论是在深度上,还是在广度上,李佩甫都堪称当代河南作家的重要代表,其作品值得我们反复品味。

原载《信阳师范学院学报》(哲学社会科学版)2019年第2期

乡村挽歌与身份迷失

——解读梁鸿的非虚构文学《中国在梁庄》《出梁庄记》

近年来,梁鸿已经成为国内非虚构文学创作领域的标志性作家之一,凭借《中国在梁庄》《出梁庄记》赢得了广大读者的高度认可。作为一位长期在高校从事学术研究的知识分子,梁鸿曾经对自己的日常工作充满了怀疑,感觉那种"虚构的生活"并没有和现实世界产生任何关联:"这不是真正的生活,不是那种能够体现人的本质意义的生活。这一生活与自己的心灵,与故乡,与那片土地,与最广阔的现实越来越远。"[1]于是,她以"故乡女儿"的文化身份,重新回到河南邓州老家梁庄,根据自己的切身体验和独特感悟,整体呈现了梁庄在现代社会转型中的"常"与"变",同时也寄托着对乡土中国社会病症的深层次思考。

一、村庄:乡土中国的现实病症和疼痛

"村庄,在某种意义上,是一个民族的子宫,它的温暖,它的营养的多少,它的整体机能的健康,决定着一个孩子将来身体的健康度、情感的丰富度与智慧的高度。"[2]作为一个多重矛盾交织的复杂载体,梁庄是梁鸿试图重新"进入"故乡深层结构的重要密码。2008年和2009年,梁鸿怀着最深沉而又最痛苦

---

[1] 梁鸿:《中国在梁庄》,台海出版社,2016,第1页。
[2] 梁鸿:《中国在梁庄》,台海出版社,2016,第276页。

的心情,利用寒暑假回到曾经生活过20年的故乡梁庄。毫无疑问,梁庄是当代中国社会千百万个乡村现状的基本缩影。梁鸿分别用"中国在梁庄"和"梁庄在中国"的双重眼光,全面呈现了梁庄在现代化进程中整体性的现实图景,"用文学的叙述,社会学的调查方法,个体情感和社会实证相结合,以情感的态度而非科学的态度给我们展示了一个当代村庄的存在状态"[1]。但是,梁鸿笔下的梁庄内部却被许多顽固病症缠绕着,各种颓败、黑暗、危机等已经严重侵蚀着梁庄的生存能力,使乡土中国在剧烈蜕变中不断发出各种痛苦呻吟。

首先,最早进入作者调查视野的是蓬勃的"废墟"村庄。许多村民由于现实生活所迫,不得不到外地打工挣钱,"人去楼空"是梁庄最常见的基本生活图景。正如叶君所说:"城市对乡村的蚕食,以及大量青壮年劳动力涌入城市求生,乡村往日蓬勃的生气渐渐消散,呈现凋敝图景,形成了新的乡村现实。"[2]"村庄里的新房越来越多,一把把锁无一例外地生锈着;与此同时,人也越来越少,晃动在小路、田头、屋檐下的只是一些衰弱的老人。整个村庄被房前屋后的荒草、废墟统治,显示着它内在的荒凉、颓败与疲惫。就内部结构而言,村庄不再是一个有机的生命体,或者,它的生命,如果它曾经有过的话,

---

[1] 刘莉:《怎奈故乡变他乡?——梁鸿访谈》,《中国图书评论》2011年第6期。

[2] 叶君:《最后的乡村——论〈秦腔〉》,《信阳师范学院学报》(哲学社会科学版)2015年第3期。

已经到了老年,正在逐渐失去生命力与活力。"[1]

与此同时,原来以姓氏为中心的村庄,变成现在的以经济为中心的聚集地。那些经济条件较好的,或者有权力的村民就沿路而居,不分姓氏,重新形成了新的生活场域和聚集群落。梁庄原来的居住格局被打破,或者说"村落结构的变化,背后是中国传统文化结构的变化。农耕文化的结构方式在逐渐消亡,取而代之的是一种混杂的状态,农业文明与工业文明在中国的乡村进行着博弈,他们力量的悬殊是显而易见的。村庄,不再具有文化上的凝聚力,它只是一盘散沙,偶尔流落在一起,也会很快分开,不具有实际的文化功能"[2]。

梁庄砖厂早年为了烧砖取土,平地掘三丈,把二三百亩的肥沃土地全部变为凹陷地,一旦出现严重水灾或暴雨等恶劣天气,梁庄随时都有可能被洪水淹没,许多村民的身家性命和重要财产将受到严重威胁。早年村庄中间清澈见底的坑塘,如今都已经成为静止的、死亡的、腐败的黑色淤流,没有任何生机和活力,各种废弃物品和生活垃圾随处可见。村庄外面的大片树林早已不复存在,河道中间流动着化工厂排出的废水,那经过高温蒸发后的刺鼻的工业味道,让人头晕、窒息、呕吐。加之现实利益驱动,各种挖沙机在河道中长期作业,使原来的河道被人为地改变,采沙之后所形成的沙窝不断吞噬人的生命。

---

[1] 梁鸿:《中国在梁庄》,台海出版社,2016,第29页。
[2] 梁鸿:《中国在梁庄》,台海出版社,2016,第40-41页。

可以说，村庄内外的现实生存环境非常恶劣，严重阻碍了乡土中国的现代化进程，甚至被人称为"中国的病灶"和"民族的累赘"，这一现实问题不得不引起我们深刻反思。

其次，梁庄人对学校教育的基本观念逐渐改变，教育现状和前景实在令人担忧。由于受到"读书无用论"的严重影响，加上农民简单的功利思想、孩子的年幼无知、教师职业责任感的下降，直接导致梁庄人普遍对孩子上学不抱殷切希望，一种颓废、失落和涣散的情绪弥漫在村民心中。据梁鸿亲眼所见，曾经辉煌的梁庄小学如今已经闲置，杂草丛生，断壁残垣，校门紧闭，荒凉破败，"梁庄小学，教书育人"的醒目标语被涂抹成了令人啼笑皆非的"梁庄猪场，教书育人"。不仅如此，就是政府着力打造的乡村文化茶馆，最后也几乎沦为村民们打麻将的固定场所，乡村文化前景可谓黯淡无比。根据做过十几年教师的万明哥讲述："现在小孩子上学，希望也不大。最近十来年娃们明显对求学信心不足……上大学光收费不分配，上完了也没地方去。原来小孩不去上学，家长都是拿着棍子满村打，现在孩子不去上学也不用棍子打了。上几年大学至少得花四五万块，还不如去打工。就说考上学，也毕业了，谁还有十万块再去跑分配？"[1] 加上受到经济观念和金钱意识的严重冲击，以及许多家长长年在外务工，缺乏对孩子身心发展的基本关爱，部分孩子就会选择早早退学出去打工。

---

[1] 梁鸿：《中国在梁庄》，台海出版社，2016，第94页。

在越来越淡薄的乡村文化氛围中,一系列社会问题也就相伴而生。比如,长期单独生活的王家少年性格内向孤僻,在晚上偷看黄碟后不能抑制生理冲动,竟然丧心病狂地去强奸82岁的刘老太。就是受过高等教育的"凤凰男"梁东,最后选择在郑州的私企打工,尽管利用贷款在省会买了房,但是由于自身经济条件困难,直接导致其和女朋友的婚事面临危机。梁磊也是重点大学本科毕业,曾经在深圳一家认证公司上班,但是工资收入微薄,住宿条件非常恶劣,离自己所向往的城市生活依然遥远。他说:"我们这批人比较尴尬。网上不是说吗?让你活不好,但也死不了。我们一个班三十几个人,百分之七八十都是我这种状况;那百分之二十比我们强,不是自己强,主要是拼爹妈的背景。干农民的活,你干不了;往高的,你也干不了。我们这种人,是吊在半空上的,上不去,机会很少;下不来,不愿放下身段。"[1]这一现实问题深刻影响着农民对孩子接受教育的期待空间,残酷现实已经使部分农民对教育失去了基本信心。

再次,梁庄的很多男性长时间在外地打工,留守妇女在家里照顾孩子和老人,这就直接导致夫妻之间聚少离多,无形之中给乡村社会带来了现实问题。加之"中国的乡村文化仍然是一种务实文化,踏实地生活,这是第一要义。个人精神需求,夫妻情爱往往以一种扭曲的方式,嘲笑、戏谑、回避是通常的

---

[1] 梁鸿:《出梁庄记》,花城出版社,2013,第215页。

相处方式,很少从容、正面、严肃地去叙说或交流。这种压抑、扭曲精神空间的现象不单存在于家庭内部、夫妻父子之间,也是邻里交往的基本模式,造成了许多问题"[1]。比如,韩家巧玉背着丈夫明,和梁家万青一起私奔到深圳打工,这一羞耻事件直接把丈夫明气得得了脑血栓,明在中风卧床的第二年就去世了。春梅的丈夫根儿在煤矿打工,竟然有将近一年半的时间没有和家人团聚,这就使春梅非常想念丈夫,但又苦于没有联系方式,直接导致春梅胡思乱想,以致精神恍惚,最后,春梅竟然因为一桩小错事而喝药自杀。王营村的一个小媳妇上吊自杀,直接原因就是丈夫打工回来不久,小媳妇莫名其妙地患了性病。于是,她就怀疑自己的丈夫在外面干了坏事,一气之下竟然上吊自杀了。正如梁鸿在文中所说:

> 由于性的被压抑,乡村也出现了很多问题。乡村道德观已经处在崩溃的边缘,农民工通过自慰或嫖娼解决身体的需求,有的干脆在打工地另组临时小家庭,它们产生了性病、重婚、私生子等多重社会问题;留在乡村的女性大多自我压抑,花痴、外遇、乱伦、同性恋等现象时有发生。这也为乡村黑暗势力提供了土壤,有些地痞流氓借此机会大肆骚扰女性,并且往往能够成功;有的村干部拥有"三

---

[1] 梁鸿:《中国在梁庄》,台海出版社,2016,第234-235页。

妻四妾",妇女们为其争风吃醋,衍生出很多刑事案件。[1]

最后,乡村社会的民主政治状况出现问题。一个村庄就是一个生命体、一个有机的网络,每个家庭的运动看似没有关联,但却充满张力和布局。费孝通曾经指出,中国乡村社会的基本结构就是一种"差序格局":"以'己'为中心,像石子一般投入水中,和别人所联系成的社会关系,不像团体中的分子一般大家立在一个平面上的,而是像水的波纹一般,一圈圈推出去,愈推愈远,也愈推愈薄。"[2]通常来讲,在一个村庄里面,大家族的人总能够有较多机会通过各个层面的亲属关系拥有较大的势力空间。但是,那些小姓或者独姓,由于缺少宗族势力,很难进入乡村的权力阶层并获得认同。在梁庄,老老支书梁兴隆、前任支书梁清道以及现任支书韩治景等"乡村政治人物",都直接或间接进入村民们的"闲话"中。部分村民因为村干部经常损公肥私,甚至享有很多特权而心生不满。又由于中国乡村内部的传统、文化、道德等因素影响,农民对基层民主政治漠不关心。实际上,这也是一个文化力量的博弈问题。比如,昆生过着一种离群索居的贫穷生活,但在前任支书清道哥以及部分年轻人眼中,昆生已经是一个品德极坏、喝酒闹事、勒索政府、卖闺女、故意装穷的人。换言之,昆生在梁庄已经被正常

---

[1] 梁鸿:《中国在梁庄》,台海出版社,2016,第134页。
[2] 费孝通:《乡土中国》,北京出版社,2004,第34页。

的道德体系和生存体系排除在外。"他们的存在并非是一个村庄不人道的象征,相反,因为他们的与世隔绝,因为他们的愚笨、怪异,他们已经成为村庄的道德污点,成为被嘲笑和被拒斥的'异类',根本不配享受关爱和帮助。"[1]这种潜规则在乡村社会的正常运作过程中发挥了重要作用,极大影响着处于不同层级范畴的芸芸众生。

"村庄的溃散使乡村人成为没有故乡的人,没有根,没有回忆,没有精神的指引和归宿地。它意味着,孩童失去了最初的文化启蒙,失去了被言传身教的机会和体会温暖健康人生的机会,它也意味着,那些已经成为民族性格的独特个性与独特品质正在消失,因为它们失去了最基本的存在地。"[2]作为中国现代化进程中不可分割的有机组成部分,乡村社会的现实图景实在让人感慨万千,部分矛盾问题甚至可能引起群体性事件。倘若乡村沦落为中国社会的底层、边缘、病症的代名词,是否意味着现代化遭遇到了现实危机?当乡村在废墟中间散发着恶臭之时,是否验证了单纯追求经济增长是不科学的发展方式?

二、"扯秧子":从乡村到城市的重要实现方式

《出梁庄记》是《中国在梁庄》的姊妹篇,详细记录了梁庄在外地务工人员的生活方式、工作环境、身体状况、精神状态等。作为梁庄隐形的"在场者",这些"进城农民"的生存图景

---

[1] 梁鸿:《中国在梁庄》,台海出版社,2016,第160页。
[2] 梁鸿:《中国在梁庄》,台海出版社,2016,第276页。

和文化心理结构,是作者进行梁庄书写的重要组成部分。他们分别从梁庄来到城市,绝大多数是通过"扯秧子"方式来实现的。但是,当他们置身于那些陌生城市的时候,客观环境又使其处于一种精神焦虑状态,主要原因在于,这些"打工者"的社会文化身份比较模糊,他们一直在浮华喧嚣的城市边缘游走。

  梁庄是一个有机的社会网络,并不只是一栋栋房屋。每一个人与另一个人密切关联,彼此互为所属。在当代社会,他们也利用这一互为所属的关系以"扯秧子"方式陆续进入城市,并在城市边缘建构一个个"小梁庄"。最后,一个村庄的模式重新呈现出来。可以说,"扯秧子",扯出了一条条城乡之间千丝万缕的根,扯出了那些被现代性、城市化抛弃了的生活方式和伦理道德,扯出了农民的"道义经济学"。众所周知,城市的每一个进城务工者聚集点,几乎都是以老乡为单位聚集在一起的,比如,北京西苑的河南卖菜村、龙叔所在的牛栏山镇姚庄村、光亮叔所在的青岛万家窝子,几乎都是按照梁庄的既有模式在异地创造、复制的新村庄。正如梁鸿所说:

  然后"扯秧子",扯出那一地方的一群群老乡、亲戚,沿着最初老乡的居住地,往外扩散,租房子,或私搭私建,形成一个全新的、不被命名却人人知道的聚集地。粗糙、肮脏、简便、毫无章法,内部却亲疏有别,充满着错综复杂的亲密关系。[1]

在《出梁庄记》中，贤生是梁庄最早出去打工的人，也是最早把全家都带出去的人，是梁庄最早"出走神话"的缔造者。早在1982年左右，贤生就毅然离开梁庄来到南阳，后来顺利娶到城市媳妇在南阳安家，紧接着通过"扯秧子"方式，把弟弟妹妹和父母相继接到南阳。在内蒙古经营校油泵生意的韩家人，也是通过"扯秧子"方式来到城市的，最早的时候是姐姐朝侠的丈夫通过老赵来到内蒙古，后来朝侠、恒武、恒文和韩叔夫妻，以及恒文的姨家表弟向学、小姨父、舅舅、老丈哥和相关联的吴镇亲戚，前前后后到内蒙古的有一百多人，他们的工作性质也具有密切联系。据在万家窝子居住的光亮叔介绍，原来在青岛的梁庄人很多，梁峰、钱家万俊兄弟、王家一群，加上后来的许多年轻人，至少有四五十人在电镀厂工作过。尽管韩国老板经营的电镀厂正常作业期间散发的氰化物已经让小柱死亡，现实的工作环境可谓异常恶劣，但是光亮叔、丽婶、瘫子舅舅等吴镇老乡苦于没有办法，仍然继续在这里打工挣钱。

然而，在"扯秧子"的过程中，兄弟姐妹、亲戚朋友之间也经常发生利益冲突，甚至彼此隔阂颇深，直接造成相互抱怨、生气、打架以致结下仇恨。比如，贤生在把许多兄弟姐妹们带到南阳过程中，由于现实利益影响，四弟贤仁就对大哥贤生极

---

[1] 梁鸿:《出梁庄记》，花城出版社，2013，第153页。

度不满。当年，15岁的贤仁在贤生店里帮忙照顾生意，只干活不给钱。20岁之后，贤仁就开始对这一现实状况抱怨，和大哥大嫂之间发生了矛盾冲突。后来，贤仁结婚竟然没有告诉大哥一家人，可见彼此之间心理芥蒂非常严重。梁鸿在内蒙古采访期间，在姐姐朝侠家中，恒文老婆和恒文当着许多亲戚的面相互厮打，根源还是家族成员之间的矛盾冲突，兄弟姐妹在内心都埋怨对方自私吝啬，其中的是非曲直也实在难以分辨。早年在北京靠校油泵生意起家，如今已经是千万富翁的李秀中就说："但是咱那儿绝对不行，亲戚不共财，共财再不来。来的亲戚，舅舅、表哥、堂哥、堂妹，还有啥拐弯亲戚，都是我带出来的，到最后全有矛盾，把人搞得很疲乏。我把他们都撵走了，你生气也罢，断亲也罢，也是没有办法。"[1]

许多长年在外地打工的梁庄人，都深切感觉到自己的社会文化身份处于尴尬状态。比如，在北京郊区的河南村里居住的外来打工者几乎占村庄总居住人口的百分之八十，但是河南村的村民和河南村里的河南人之间几乎没有真正的来往。尽管王福姑爷在河南村已经生活了十几年，河南村也成为这些外来务工者的另一种意义上的家，然而，他们也不了解河南村的内部矛盾和人情是非，彼此之间可谓生活在两个世界。就是在西安的德仁寨、金华村，堂哥、虎子等人和本地村民之间的实际往来，也仅仅限于收房租事宜。"狐狸精"兰子和北京"那个娃儿"

---

[1] 梁鸿：《出梁庄记》，花城出版社，2013，第172页。

之间的爱情悲剧，归根结底在于兰子实乃外地打工妹，缺乏文化知识和社会地位，没有城市人所拥有的现实条件，因此受到男朋友家人的严重抵制。不但如此，部分进城务工人员即使在城市发展顺利，内心的身份焦虑也非常严重。在内蒙古白云鄂博做生意的梁庄人栓子，在和梁鸿深入交谈的过程中，就很希望找到一种精神生活。他说："要说这些年也算挣些钱，但是，还是觉得不安定，主要是没有身份。光要钱有啥用，你到哪儿去给人家别人咋介绍，做生意的？自己心里都觉得矮一截子。没有奔头，没有前途，就是住在北京，住在再好的村里，你也不能参与人家啥活动，都没你的份。心里很不美。"[1]由此可见，缺乏身份归属感和价值认同感是外来务工人员共同面对的现实问题，直接影响到他们在城市工作生活的精神状态。

三、纪实与虚构：非虚构文学创作的基本策略

作为中国当代非虚构文学创作领域的代表性作品，《中国在梁庄》和《出梁庄记》都是梁鸿首先通过实地调查、访谈记录、查阅文献等方式，逐渐掌握第一手材料，然后根据自己对诸多现实问题的深层思考，再集中进行整理剪辑、提炼加工，最后才形成的非虚构文学作品。可以说，梁鸿这种写作方式是非虚构文学创作的基本方式。毫无疑问，非虚构文学创作的应有之义就是真实性和可靠性，这也是作家"在场主义"的现实表征。梁鸿说："我希望，通过我的眼睛，村庄的过去与现在，它的变

---

[1] 梁鸿：《出梁庄记》，花城出版社，2013，第126页。

与不变,它所经历的欢乐,所遭受的痛苦,所承受的悲伤,慢慢浮出历史的地表。由此,透视当代社会变迁中乡村的情感心理、文化状况和物理形态,中国当代的政治经济改革、现代性追求与中国乡村之间以什么样的关系存在?"[1]正是怀揣着这样的创作动机和现实希冀,梁鸿重新回到了那片让她魂牵梦绕的神奇土地,以弥补自己的匮乏和缺失,并试图解开心灵深处的现实困惑。

但是,"梁庄"和"梁庄人"的现实状态,真的就是作者所描述的那样吗?显然,许多问题并非如此简单,因为生活充满着悖论和复杂性,这种单向度切入现实的方式有可能带来另一种偏颇。梁鸿自己也认为:"梁庄是我的故乡,它不是一个跟我没有任何关系的村庄,在强调非虚构的同时也还是不能脱离个人这个维度,我始终是以我的眼光在看待这个乡村。"梁鸿在写作过程中经常控制不住自己的感情,在文本中有意识地增加部分"干预性评论"。客观来讲,这可能会给非虚构文学带来一定的文学性,也可能会增加作品的思想性。但是,这些主观性评论也存在着诸多盲点甚至是错误或偏见。比如,梁鸿和梁庄老人在谈到农村合作医疗、免农业税、土地补贴时,以及对村庄附近修建高速公路的认识判断,抑或是对"乡村政治"的臆断性看法,可以说都存在着明显的简单化倾向。因此,梁鸿作品中的"真实"并非"是这样",它仅仅指向"我看到的是这样",

---

[1] 梁鸿:《中国在梁庄》,台海出版社,2016,第2页。

这就构成了非虚构文学创作的"真实的限度"问题,很值得我们进一步探究。

后来,梁鸿也对这种写作方式进行了深度反思:"'我'也是一个'出梁庄者',当重又回到'梁庄'之时,'我'没有资格做任何道德审判,更没有资格替'梁庄'做出判断。相反,'我'应该是一个被审问者。"[1]值得一提的是,梁鸿在呈现梁庄的时候,是把梁庄置于时空倒置的特殊情境中进行观照的,这就有可能对"过去的梁庄"存在着想象性成分,在不经意间造成了"选择性遗忘"。与此同时,梁鸿在文本中所呈现的"现实的梁庄"究竟有没有虚构性成分呢?尽管梁鸿自称是以"梁庄女儿"的身份进行采访调查工作的,但是,她已经离开村庄二十多年,对梁庄的现实生活也是陌生的,加上长期生活在大都市和自身的高级知识分子身份,这些"厚障壁"已经严重阻碍了作者和被采访者之间的沟通效果,许多深层次的现实问题肯定会被严重遮蔽。正是在这个意义上,梁鸿说:"《中国在梁庄》最大的遗憾和缺失还是对乡村生活和乡村生命没有足够深的进入,没有对中国乡土文化和结构有更为深入的把握,因此也没有能把他们的精神状态、表情、言语最大限度地呈现出来。这与我调查的深入度不够,知识结构的不完整有关,也与我叙述的穿透力有限相关。"[2]

---

[1]梁鸿:《中国在梁庄》,台海出版社,2016,第322页。

[2]刘莉:《怎奈故乡变他乡?——梁鸿访谈》,《中国图书评论》2011年第6期。

作为一种"矛盾共同体","纪实"和"虚构"已经深深植入《中国在梁庄》的叙事文本中间。但是,梁鸿在后来创作《出梁庄记》时,已经自觉运用相对理性的写作方式"进入"问题,尽量给读者呈现出"我眼中的真实故事",至于其和真实存在之间具有何种距离,这可以说是任何作家都无法有效掌握的。这就带来了一个重要问题:究竟应该如何处理非虚构文学创作过程中的"纪实"和"虚构"?世界各国作家对此也是众说纷纭,始终没有形成最终结论。但是,"非虚构写作肯定不是机械记录生活,优秀的非虚构不只是见证、参与和记录。写得再客观,也只是自己角度所呈现的真实。非虚构也需要想象力——想要看到何种真实、所看到的真实又是什么层面的真实,这些都是很考验作者的,非虚构的活力和生命力就表现在这种张力上,我们不是要消解它,而是要丰富和完善"[1]。因此,非虚构文学作家要想创作出更多优秀的作品,关键问题不在于是否融入了个人化判断,而在于是否真正深入到现实生活的核心地带,能够对现实生活的复杂性和多义性进行理性描述。

原载《信阳师范学院学报》(哲学社会科学版)2018年第1期

---

[1] 张滢滢:《非虚构写作要勇于一步步走进"深渊"》,《文学报》2015年6月18日第2版。

姚雪垠与信阳信义中学

著名作家姚雪垠一生创作宏富,命运多舛,特别是前半生曾经辗转洛阳、信阳、樊城、开封、北平、天津、武汉等地学习生活。战争年代的风云突变和颠沛流离给姚雪垠带来诸多心理创伤,但是,这也成为其后来进行文学创作的重要契机之一。1924年和1932年,姚雪垠两次来到豫南小城信阳,分别在信义中学、义光中学学习和教书,前后持续长达一年多,可以说其人生轨迹与信阳已经建立密切关系,甚至长篇小说《长夜》的开头部分就是以离开信阳为叙事起点的。然而,学术界对姚雪垠在信阳信义中学和义光中学的过往经历关注不多,更缺乏进一步对两所学校的办学性质和渊源关系的探究。基于此,本文对拓宽姚雪垠研究的深广度具有一定价值和意义。

一、从洛阳到信阳

根据吴永平编选的姚雪垠创作年谱来看,1910年出生的河南南阳府邓县西乡姚营寨的姚冠三(姚雪垠青少年时期名字),先在家乡接受私塾教育,1921年到教会办的鸿文高等小学读书,1924年小学毕业。父母误信人言,想让他去洛阳入伍,走"当兵吃粮"的道路,最后受到大哥姚冠杰的坚决阻拦才作罢。后来,姚雪垠回忆说:"一九二四年的夏天,我从教会办的旧制高等小学毕业后,(我没有读过初小)跟随一位姓杨的同学到了直鲁豫巡阅使、直系军阀首领吴佩孚'驻节'的洛阳。他的巡阅使署在洛阳西工。洛阳西工成了当时中国北方军阀、政客们纵横捭阖的活跃中心,也是吴佩孚的一个练兵中心。他亲自兼师长的嫡系精锐部队是陆军第三师,大部分驻扎西工。第三师附属有学兵营和幼年兵营。我怀着进幼年兵营当兵的目的到洛阳。我的大哥已于春天受到别人怂恿,进了学兵营当兵。他对于军队内部的黑暗已经有一定认识,坚决不许我当吴佩孚的幼年兵,请那位姓杨的同学将我送到信阳,进教会办的信义中学,插入初中二年级读书。学校设在信阳西门外,浉河北岸,面对贤隐山。"[1]

  此时,14岁的姚雪垠正式开始在信阳信义中学二年级的学习生活。由于姚雪垠年幼不能独立照顾个人生活起居,远在湖北樊城读教会中学的二哥姚冠略便转学到信阳信义中学,一边读书,一边照顾弟弟学习生活。实际上,信阳信义中学办学规模并不小,学生实行寄宿制管理方式,每年招收初中6个班,教职员工16人,包括美国传教士和部分中国教师,主要开设英语、中国历史、写作、文学、算术、宗教、科学、图画、体育、唱歌等核心课程。姚雪垠在信阳信义中学学习期间,五四新文化运动的社会影响已经波及内地,他对新文化运动的领袖人物胡适崇拜不已。"我在少年时代崇拜的胡适之先生,好象他也曾拿'读千赋则善赋'一句古话来教育一般志在文学的年青人,

---

[1] 姚雪垠:《为重印〈长夜〉致读者的一封信》,载《长夜》,人民文学出版社,1996,"为重印《长夜》致读者的一封信"第2页。

所以在好些年中，我只知道苦读书。"（《论写作的学习过程》）[1] 然而，1924年9月恰逢第二次直奉战争爆发，吴佩孚被迫撤离洛阳退驻到豫鄂交界处的鸡公山，其部队在信阳车站外到处挖掘战壕，士兵们也强占信义中学校园，大有在豫南地区信阳作战之势。"由于信阳的局势混乱，学校提前放假，通知学生们迅速离校。我同我的二哥，还有另外两个学生，顺铁路往北，到了驻马店，然后往西，奔往邓县（今邓州市），在中途被土匪捉去。被捉去的地方可能属于泌阳县境，我当时也不清楚，只知距离姚亮镇不很远。"[2] 至此，姚雪垠在信阳信义中学短暂的学习生活戛然而止，成为其青少年成长过程中的片段经历，这也是他早期接受现代启蒙思想的重要时刻。

二、从信义中学到义光中学

信阳信义中学究竟属于何种性质的学校呢？其和义光中学之间到底具有何种关联？实际上，信阳信义中学和美国路德教会在华传教士密切相关，是一所教会学校，其办学经费依靠美国基督教教会定期补贴，也接受信阳本地开明士绅慷慨捐助。晚清时期，西方列强凭借坚船利炮轰然打开东方古老帝国的大门之后，试图依靠文化殖民主义来巩固在华政治经济利益。其中，对华传教就成为列强进行文化侵略的重要手段之一。单

---

[1] 转引自周勃、吴永平：《姚雪垠创作年表一九一〇——一九四九》，《武汉师范学院学报》（哲学社会科学版）1984年第5期。

[2] 姚雪垠：《为重印〈长夜〉致读者的一封信》，载《长夜》，人民文学出版社，1996，"为重印《长夜》致读者的一封信"第3页。

就美国路德教会来讲,"传教工作有男女分工的不同。男子的任务主要是在中国建立教堂和神学院,妇女主要从事教育与护理方面的社会工作。在开展社会工作的早期,不论是办学校还是开诊所,基本不收费,是义学义诊,可以说是教会的慈善事业。路德传教士们主要来自美国密苏里州、艾奥瓦州、依里诺依州、南达科他州、内布拉斯加州、威斯康星州、明尼苏达州等。直至20世纪20年代末,教会最终认识到在中国大规模传教是不切实际的,这一时期美国向中国增派的大量传教士主要来自美国中西部。也就是在此时,女传教士的人数超过了男传教士"[1]。据初步统计,1890年到1950年间,仅美国路德教会向湖北、河南两省派遣的传教士中,就有200多名女传教士,这也为信阳信义中学的持续发展奠定了基础。总体来看,美国路德教会传教士活动的重要特征包括两个方面,一是沿着中国行政管理比较薄弱的省界地区展开,二是沿着已经修建完好的铁路线发展。当时,"传教士的足迹遍及目前河南省的开封、洛阳、禹州、许昌、郾城、汝宁、确山、息县、光州、信阳等,以及湖北省的老河口、太平店、樊城、滠口、汉口等地"[2]。可以看出,豫鄂两省成为美国路德教会进行宣教的重要目标。

19世纪末,张之洞向清政府奏请修建卢汉铁路,即从卢沟

---

[1] 齐小新:《口述历史分析——中国近代史上的美国传教士》,北京大学出版社,2003,第111页。

[2] 齐小新:《口述历史分析——中国近代史上的美国传教士》,北京大学出版社,2003,第124页。

桥出发，途经河南，至湖北汉口。1889 年，张之洞任湖广总督，全面负责主持卢汉铁路南段的修建工作，也就是信阳至汉口路段的建造。1899 年，信阳站始建成功，并于 1902 年 9 月开业，时名信阳州火车站（属于河南汝宁府信阳州）。1890 年，原名丹尼尔·纳尔森的美籍挪威传教士李立生来到湖北汉口开始传教。1901 年前后，李立生到达信阳，与传教士安德生共同创办信义小学。顾名思义，信义小学是由美国基督教信义会出资捐助所建，这是外国传教士在信阳最早开办的学校。1903 年，学校进行全面扩招，开始增设只招女生的中学部，这就是信义女子中学。当时，信阳州官方规定中学基本学制是 5 年，初中课程含党义、国文、历史、地理、算术、自然、生理卫生、图画体育、工艺、职业科目、童子军，高中课程为党义、国文、外文、数学、本国历史、物理、化学、生物、军训、体育和选修科目。后来，随着学校规模不断扩大，李立生、安德生经多方筹款在当时信阳北城外的护城河外购地 50 亩，修建新校舍。不久，他们又在信阳西关成立信义中学男生部。1911—1917 年，李立生担任美国信义会信阳中心教区主任，全面负责信阳信义会在豫南地区的传教工作。一时间，信阳城内达官和富商以加入基督教为荣，其子女也以进入教会学校为荣。值得一提的是，李立生与另外两位美籍挪威传教士施道格、马丁逊曾经共同踏勘鸡公山，惊喜地发现了豫南地区驰名中外的避暑胜地。1914 年前后，由泛美信义会、鸿恩会、信义路德会、奥克斯塔纳路德会共同出资在鸡公山成立美文学校，主要招收传教士子女入学。

后来，美文学校因为战乱被迫迁往武汉、庐山、香港等地。据相关史料记载，李立生在信阳传教长达 26 年，先后建立传教中心，在其推动下，1920 年在华美国和西欧五国的基督教信义宗实行了大联合，成立中华基督教信义联合会，定名为中华信义会，总部设在汉口洞庭湖街 99 号，差会办事处设在美国明尼苏达州明尼亚波利斯城，下属 16 个地方总会。1926 年，北伐战争全面爆发，李立生在信阳南关教堂因头部被流弹击中身亡，享年 73 岁。可以说，李立生是首位进入信阳的西方传教士，也是信阳传教第一人，被美国信义会称为"拓荒宣教士"。

1924 年，信阳信义中学正式更名为列娜·达尔学校，这是按照当时传教协会会长的名字确定的，其中文名字为信阳义光中学。据初步考证，玛丽·安德森、艾尔莎·费兰德、佛里达·尼尔森三位美国女传教士曾担任学校负责人。在美国路德教会的资助下，义光中学的办学条件逐渐得到改善。1927 年至 1930 年，由于北伐战争波及豫南地区，信阳义光中学暂时停办，直到 1931 年才重新恢复办学。此时，义光中学校长被更换为中国人汪学箴，其早期曾经在燕京大学求学，在校期间担任过校学生自治会主要负责人，才貌双全，品学兼优。1938 年，在日本军队占领信阳前夕，汪学箴在冯玉祥将军的协助之下，将信阳义光中学迁往武昌办学。直到抗战胜利之后，学校才迁回信阳，开始实行三三学制，即高中 3 年，初中 3 年。1950 年春，义光中学与德国天主教创办的上智中学合并，更名为信阳联立中学。同年 10 月 16 日，根据信阳专署指示，更名为信阳专区公立豫南中学。1952年,更名为信阳市第一中学。1998年,更名为信阳市第三高级中学。2012年,更名为信阳市第一高级中学,沿用至今。

1925年春,姚雪垠离开信阳信义中学准备回老家邓县,经过今泌阳县境内时不幸被当地土匪绑票,这成为其人生经历中挥之不去的痛苦记忆。经过百日拘禁之后,土匪团伙被军阀打败,姚雪垠由其义父派人送回老家。其间,姚雪垠曾经在家失学多年,也曾到湖北樊城教会所办鸿文书院短暂学习,最后考入河南大学法学院预科,这成为他思想观念发生蜕变的重要节点。后来,姚雪垠说:"我这一生的成就很小,但是论起这一点点微不足道的成就,我不能忘记在河大预科两年的学生生活。这是我一生道路开始的地方。""河大两年,我在几个方面获益不浅:一是阅读了介绍马克思主义的书籍,了解了一些关于历史唯物主义、辩证唯物主义的理论知识。二是阅读了'五四'以后的新文学作品、苏联名著和文学理论读物。五四新文学运动给了我第一次思想启蒙,而大革命失败后的革命文学运动又给了我第二次思想启蒙。三是在河大期间,读了梁启超的《清代学术概论》等晚清学者的著作,清代朴学家的治学精神、方法和态度,给我以极大的影响。"[1] 1929年9月,姚雪垠以笔名"雪痕"发表小说处女作《两个孤坟》。1930年至1931年,恰逢

---

[1] 姚海天、蒋晔:《一代文学大家姚雪垠》,沈阳出版社,2018,第4-5页。

马克思主义革命思想在中国内地广泛传播，姚雪垠由于在开封加入共产党的外围组织反帝大同盟被捕，后被学校以"思想错误，言行荒谬"罪名挂牌开除，之后只身逃往北平，又幻想成为一名马克思主义的史学家或文学史家，但最后因为经济拮据被迫返回河南。1932年秋，姚雪垠到信阳义光女子中学教书。至此，姚雪垠在历经8年之后，回到信阳义光中学任教，继续研究中国文学通史。"'曾费了不少时间去研究中国的古代神话，注意了现代的民间文学'，特别喜欢读元曲，曾在《元曲选》上用蝇头小楷'细心批注'。"（《我怎样学习文学语言》）[1]姚雪垠说："我青年时代就特别喜欢读历史，总希望自己将来成为一个历史学家。我读的史书很多，对中国历史和古典文学有过广泛研究。这就为我写作历史小说打下了很好的基础。"[2]可以看出，信阳信义中学和义光中学都在姚雪垠人生成长过程中扮演着重要角色，值得进一步挖掘。

三、本事批评与长篇小说《长夜》的叙述起点

近年来，伴随着现当代文学研究的"史料学转向"，借助古典考据学的本事批评已经成为学界关注的研究范式之一。"对于以真实人事为基础的现当代文学作品而言，其本事可以不同标准予以区分。按来源途径可分亲历本事、亲闻本事、传闻本事

---

[1] 转引自周勃、吴永平:《姚雪垠创作年表一九一〇—一九四九》，《武汉师范学院学报》（哲学社会科学版）1984年第5期。

[2] 姚海天、蒋晔:《一代文学大家姚雪垠》，沈阳出版社，2018，第9页。

等,按载体形态可分为日记本事、书信本事、回忆本事、档案本事、口述本事等。不过,这两类区分都比较外在,以内容性质划分更符合研究需要。依性质而论,可分为三类:人物本事、事件本事、情境本事。前二者即'真人'和'真事',皆为具体的人物或事件原型,情境本事则须略作解释。"[1]小说作为叙事性文本,必然要在"纪实"与"虚构"之间剪辑社会历史的不同侧面,以艺术真实的形式呈现世道人心。一言以蔽之,本事批评就是依据"人物原型""事件原型""情景原型"三个不同维度,对小说文本从"本事"到"故事"的演进逻辑和叙事机制进行追根溯源,以此倒推小说在叙述策略和改写过程中的具体路径。倘若按照这种阐释模式,毫无疑问,姚雪垠的长篇小说《长夜》就是本事批评的典型文本。

1947年,姚雪垠的长篇小说《长夜》在上海怀正文化社出版。小说以1924年军阀混战时期河南西南山区为背景,通过被绑票的少年陶菊生的亲身经历,具体描绘李水沫、薛正礼、赵狮子、瓢子九等绿林人物的传奇生活,深刻呈现民国时期遍地匪荒的中国北方农村的不同侧面。"这是一部带有自传性质的小说。虽然也有虚构,但是虚构的成分很少。小说的主人公陶菊生就是我自己。我是农历九月间生的,九月俗称菊月,所以我将主人公起名菊生。这故事发生在一九二四年的冬天到次年春

---

[1] 张均:《转换与运用:本事批评与中国现当代文学》,《中国社会科学》2021年第1期。

天,大约一百天的时间。现在我将这一故事的历史背景告诉你们,也许对你们阅读这部小说是有帮助的。"[1]换言之,姚雪垠在创作《长夜》时,"不追求惊险离奇的故事情节,不追求浪漫主义的夸张笔墨,而力求写出我少年时代一段生活经历的本来面貌"[2]。姚雪垠在《关于〈长夜〉是怎样写出来的》一文中说:"我们这一群人从信阳往驻马店奔逃,有一段路买到火车票,乘上火车。那是运煤的铁皮车厢,在汉口卸煤之后,空车向北开回。十一月的天气,夜间刮着北风,飘着稀疏的雪花,我们几个人瑟缩在敞篷铁皮车厢中,冻得浑身麻木,好不容易到了驻马店。"[3]小说《长夜》前三节以陶菊生、陶芹生、胡玉莹、张明才共同离开信阳为起点展开叙述,他们一路向西归乡途中遭遇当地土匪绑票。"陶菊生兄弟和胡玉莹在信阳读的是一个教会中学,坐落在西门外的浉河北岸,校长是一位美国牧师。因为战争局势的紧张和军队的纪律败坏,学校解散了,他们从兵荒马乱中逃了出来。从信阳回他们的故乡本来有一条捷路,靠着大别山和桐柏山的北麓漫向西北,有五百里出头模样。许多年来这条路完全被土匪遮断,没人敢走,也慢慢被人忘记。另外一条路绕得最远,是从许昌到南阳的那条官道,平常虽然也土

---

[1] 姚雪垠:《为重印〈长夜〉致读者的一封信》,载《长夜》,人民文学出版社,1996,"为重印《长夜》致读者的一封信"第1-2页。

[2] 姚雪垠:《为重印〈长夜〉致读者的一封信》,载《长夜》,人民文学出版社,1996,"为重印《长夜》致读者的一封信"第4页。

[3] 姚雪垠:《姚雪垠回忆录》,中国工人出版社,2010,第102页。

匪如毛，但能够通行的机会比较多。如今许昌那一带发生战事，这条路也被隔断，因此他们只好赌着运气，走驻马店往西的这条没人敢走的荒废官路。"[1]可以看出，《长夜》的故事绝不是姚雪垠进行任意虚构想象的产物，而是源于作者青少年时期的真实生命体验，这直接构成小说叙述的逻辑起点，也是同类自传性质小说写作的惯常手法。

可以说，正是姚雪垠在青少年时期曾经经历过被土匪绑票的现实体验，才唤醒其后来创作自传体长篇小说《长夜》，这有效继承了五四新文学运动之后的现实主义传统。当时，许多农民由于没有生活出路，被迫拉杆子，当蹚将，他们经常奸、掳、烧、杀，可谓无恶不作，沦为旧时代社会发展的一支破坏性力量。然而，作为旧中国的土匪武装力量，他们内部的阶级成分非常复杂，"有真正的失业农民，有农村中的二流子，有离开军队的兵油子，有破落地主家庭出身的人；还有曾经受过招安成了官军，因打败仗或不得意而重新下水的军官，这种人下水后利用他们的号召力、组织才能，以及手中掌握较多的枪支而自己拉杆子，作为管家的，即土匪首领"[2]。但是，姚雪垠并没有单向度地把土匪形象塑造得十恶不赦，罄竹难书，而是具体描绘出他们的灰色人生，深刻呈现人性的矛盾和复杂。"他们有可爱的和值得同情的地方，但他们毕竟是土匪。我是从他们杀人

---

[1] 姚雪垠：《长夜》，人民文学出版社，1996，第5-6页。

[2] 姚雪垠：《为重印〈长夜〉致读者的一封信》，载《长夜》，人民文学出版社，1996，"为重印《长夜》致读者的一封信"第6页。

放火、奸淫掳掠的生活中看出来他们若干被埋藏的或被扭曲的善良品性。当然,并非在所有的土匪身上我都毫无例外地发现了善良本性。倘若我在写作时故意将菊生和几个主要人物的觉悟水平拔高,这部小说就变成另外一种面貌。如果那样写,纵然能获得某种成功,但是它将丢掉艺术的真实,也背离了历史生活的真实。"[1]毫无疑问,这是《长夜》能够让不同时代读者念兹在兹的关键所在。正是这一意义上,姚雪垠才说:"不管批评家如何看待,我自己对《长夜》相当重视。首先,它通过艺术手段反映了从民国初年到二十年代末,中国农村生活的一个重要侧面,而这个侧面没有人写。其二,这部小说产生于较深的生活基础,所以特定时代和特定社会的生活气息浓厚。其三,几个主要人物曾同我生活在一起,我熟悉他们的声音、容貌以及他们的苦乐心情,所以小说中写到他们时栩栩如生,性格鲜明。"[2]由此可见,《长夜》的小说创作在"本事"向"故事"演变过程中,人物、事件、情景都是姚雪垠进行艺术构思的核心要素。

原载《中原文学》2024 年第 37 期

---

[1] 姚雪垠:《为重印〈长夜〉致读者的一封信》,载《长夜》,人民文学出版社,1996,"为重印《长夜》致读者的一封信"第4-5页。

[2] 姚雪垠:《姚雪垠回忆录》,中国工人出版社,2010,第110-111页。

"逆向"的生命开掘与青春姿态

——评刘庆邦长篇小说《女工绘》中的华春堂形象

2020年9月,著名作家刘庆邦出版长篇小说《女工绘》,这是他继《断层》《红煤》《黑白男女》之后第四部描绘中国煤矿工人真实生活的代表性作品,受到读者高度评价。刘庆邦在小说后记中说:"煤矿是我认定的文学富矿,将近半个世纪以来,我一直在这口矿井里开掘,越开越远,越掘越深。据说煤埋藏得越深,杂质就越少,煤质就越纯粹,发热量和光明度就越高。我希望我的这部小说也是这样。"[1]女性人物形象是刘庆邦煤矿题材小说的特色亮点之一。与前期描绘的唐丽华、卫君梅、杨书琴等不同,刘庆邦在《女工绘》中所塑造的华春堂却具有"叛逆者"的典型特质,其在日常生活经验、性别政治、青春姿态等诸多方面迥异于同时代其他女性人物形象,显现出"逆向"的生命开掘状态,成为特殊年代的特殊符号记忆。

一、政治话语的缝隙:别样的日常生活经验与思维方式

作为一部现实主义题材小说,《女工绘》以20世纪70年代中国社会为历史背景,以主人公华春堂的个人生活经验为叙述线索,具体勾勒"大历史"背景下"小人物"的生命际遇。在那个"政治挂帅"的特殊年代,"上山下乡""斗私批修""破四旧""批林批孔"等运动风卷云涌,政治话语在权力裹挟之下无

---

[1] 刘庆邦:《女工绘》,作家出版社,2020,第313页。

限延展到经济、文化、思想等诸多领域,这必然深刻影响个体的日常生活经验和思维模式。无论是沉重肉身,还是思想精神,都可能受到政治话语的严重规训和钳制。正如刘庆邦所说:"人是高级动物不假,人也是被最早驯化的动物。人类不是别的动物驯化出来的,是人类自己驯化了自己。长期驯化的结果,是人类可以自己管住自己,可以管住自己的手、自己的脚、自己的生殖器,还可以管住自己的嘴。在管住自己的嘴方面,既可以管住自己的嘴不要乱吃,还要管住自己的嘴不要乱说。"[1]因此,个体命运与大时代具有密切关系,人往往会不自觉地寻找属于自己的狭小生存空间。当然,我们也应该清醒意识到,现实社会编织的各种权力关系网络可能存在着局部缝隙,在许多时间会以荒诞和悖谬的方式呈现,这不仅能够为个体生命提供苟延残喘的机会,在客观上也会对政治话语构成严重挑战。比如,在小说最后一章中,在象征着权力意义的矿务局办公大楼前面的马路上,"私下里卖东西的小商小贩,布袋里装着花生、鸡蛋,或一只母鸡,装成走亲戚的样子,把每一个走近的人都当成'亲戚',向'亲戚'兜售他们的私货。如果'亲戚'愿意买,他们就找一个比较隐蔽的地方进行交易"[2]。可以推测,部分自由交换行为正在悄悄侵入当时的经济体制,这也预示着中国社会即将出现重大历史性变革。

[1] 刘庆邦:《女工绘》,作家出版社,2020,第119页。
[2] 刘庆邦:《女工绘》,作家出版社,2020,第306页。

作为矿务局普通职工的子女，主人公华春堂是1969年初中毕业生，为了响应"知识青年上山下乡"的时代号召，她积极报名到农场接受贫下中农的再教育。两年之后，华春堂巧遇矿务局大量招收新工人，最终成为东风煤矿的正式职工。由于父亲早年在煤矿事故中不幸身亡，华春堂就充分利用这种"政治资本"，千方百计和负责工作分配的王科长反复周旋，在排除炊事员、理发员等不同岗位之后，最终选择到灯房为煤矿工人发放灯具。为了响应上级政策，东风煤矿迅速成立文艺宣传队，各项具体工作由魏正方负责。饶有意味的是，在华春堂看来，周子敏、陈秀明、张丽之等家庭成分存在问题的同学都相继加入宣传队，自己却迟迟没有机会得到组织推荐。"她个人认为，她的条件要比哪个同学都要好，矿上挑选宣传队员，她应该第一个被挑中。可是，但是，然而……他姐的，他妈的，他奶奶的……这不中，这不行，这不可以……她不能听之任之，要问一个为什么！"[1]此时，自信刚毅的华春堂大胆选择接近魏正方，主动打扫宣传队排练场的内部卫生，试图给对方留下好印象，最后竟然成功入选。之后，华春堂在宣传队即将被解散之前，凭借自己的聪明智慧顺利进入煤矿化验室工作，不得不让人赞叹。实际上，华春堂身材瘦小，貌不惊人，先天条件并不占据任何优势，为什么却能够在工作选择方面不断超越自己？究其原因，可能在于她在特殊年代不满足于既定现状，敢于冲

---

[1] 刘庆邦:《女工绘》,作家出版社,2020,第65页。

破各种现实藩篱,理性思考,瞄准目标,积极争取,充分利用政治话语制造的部分缝隙,把人性弱点转化为个人发展空间,实乃后知青时代东风煤矿的风云人物。正是在这一意义上,王金胜才说:"《女工绘》中的'个人'并不完全附属于它所处的时代与政治,同样,它也不完全游离于时代、政治和国家之外。小说中的'生活世界'既承受着'政治世界'的挤压,与后者相纠缠,又有自己延伸和生长的逻辑与方式。在历史给定的被动情势下,'个人'有着自在乃至自为的一面。"[1]毋庸讳言,华春堂的实用主义立场经常遭到同事诟病,但她却毫不理会各种闲言碎语和道德绑架,在工作选择方面披荆斩棘,勇往直前。

20世纪70年代,除了个别私有小煤窑之外,我国大部分煤矿都属于国有性质,内部职工享有特殊时代的部分红利。尽管上级部门已经制定各种规章制度,政治话语也早已渗透到矿务局机关和煤矿采掘一线,但是,任何政治权力的贯彻都是依靠有血有肉的具体"人"来最终实施的。事实上,人不仅具有动物属性,还天然带有感情、利益、关系等社会属性。在"一体化"的政治话语背后,往往存在着部分灰色地带,必然会成为许多人争相博弈的重要目标。

倘若抛开道德伦理因素,作为符号化女性人物形象的华春堂是相当复杂的。刘庆邦在文本中间把政治话语和日常生活经

---

[1] 王金胜:《论刘庆邦〈女工绘〉的现实主义新质》,《南方文坛》2021第4期。

验有机融合起来,叙述节奏舒缓,张弛有道,具体勾勒20世纪70年代东风煤矿各色人等的生存状况。正如陈晓明所说:"他的小说叙事就是在不动声色中建立起一个事实性的王国,绵密的叙事如穿针引线般把这个世界做得严丝合缝。看似没有什么特殊之处,叙述语调甚至松软游离,不紧不慢,却在不知不觉中接近本质,越读越让人觉出其中的能量,那种能量既来自他建构起来的世界,也来自他揭示的那些事实和人性的本质。"[1]如果按照法国社会学家布尔迪尔的场域理论来看,在由矿务局机关、管理人员和普通矿工共同组成的煤矿系统之中,华春堂明显缺乏政治资本、文化资本以及其他象征资本,在各种力量碰撞过程中处于边缘地位,她想要完全改变自身的生存处境,必须使用非常手段才可能取得预期目标。

二、性别政治:主动追求爱情的叛逆女性

东风煤矿处于城市和农村之间的交叉地带,新工人的家庭成分比较复杂,不仅有来自郑州、开封等地的城市知识青年,还包括农村出身的复员军人、回乡知青以及青年农民。除此之外,还有像华春堂一样的普通矿工子弟。在这个复杂的社会场域中,男女比例严重失调,女性在东风煤矿属于稀缺资源,虽然早期部分青年女性可能暂住单身宿舍,但持续时间绝对不会很久。"单身宿舍只是她们的一个中转站,或者说只是一个跳板,她们一转,就转到男人那里去了;她们一跳,就跳到男人的怀

---

[1] 陈晓明:《中国当代文学主潮》,北京大学出版社,2013,第568页。

抱里去了。反正这里的男工可能找不到老婆，女工却没有找不到丈夫的。换句话说，矿上只会有剩男，绝不会有剩女。不管什么样的女人，在煤矿都是香饽饽，都会被男人娶走。"[1]客观来讲，华春堂的条件非常一般，既没有亮眼出众的身材相貌，又缺乏在高等院校学习的重要经历，除了政治方面和家庭成分没有污点之外，似乎并没有可以炫耀的地方。但是，华春堂却是一个心劲儿很大的人，她好像天生就十分要强自尊，并没有因此产生自卑心理，反而使她要和其他煤矿工人暗自较劲。与周子敏、张丽之等女性知青相比，华春堂处于事实低位，然而，这恰恰有效激发了她潜藏在内心深处的巨大力量。此时，华春堂并没有像其他矿工一样向"地下世界"深度开掘，而是采取"逆向"思维方式不断向上仰望，最终成为受到众人瞩目的现实赢家。

纵观华春堂的情感恋爱史，魏正方、李玉清、卞永韶三个男性在不同时期都扮演着重要角色。"每个人，一辈子，总是要找对象，总是要结婚，这是自然的安排，也是老天爷的安排，是天意。找对象可是一件大事，天大的事，天意不可违。如果说人的出生是第一件大事的话，找对象结婚，就是人生的第二件大事。这两件大事相辅相成，同等重要。"[2]华春堂虽然年纪轻轻，却深谙人情世故，深刻洞察人性的弱点，巧妙运用自己

---

[1] 刘庆邦：《女工绘》，作家出版社，2020，第29页。
[2] 刘庆邦：《女工绘》，作家出版社，2020，第156-157页。

的处世之道来征服身边的各色人等。她起初对文艺宣传队的负责人魏正方产生好感,尽管后者出身农村,家庭条件非常普通,但魏正方喜欢读书学习,内心强大,早早就表现出迥然不同于其他矿工的过人之处。于是,华春堂选择主动出击,争取尽早和魏正方建立密切关系。不久,政治风云突变,宣传队也被迫解散,他们之间的朦胧感情也戛然而止。之后,华春堂不得不像"过电影"一样全面搜寻东风煤矿所有男青年的重要信息。她在偶然之间了解到李玉清是郑州知青,虽然其平时不善言辞,性格内向,但是,他的父亲却在省城担任报社副总编辑,母亲是记者,家境殷实,条件优渥,是恋爱的理想对象。于是,华春堂开始积极接近李玉清,主动向他表达爱慕之情,最终获得李玉清的高度认可。不幸的是,就在他们已经商量好在小年夜到华春堂家做客的前夜,李玉清却在机运连开运输机过程中突然遭遇安全事故身亡。紧接着,痛定思痛的华春堂不得不重新转向魏正方,可能由于身高问题,她被对方婉拒。为了尽最大可能挽回颜面,华春堂最后把恋爱目标转向煤矿篮球队中锋卞永韶,其身高超过一米九,位列全队第一。此时,华春堂充分利用中国人日常奉行的中庸之道,个子太低和太高都不容易找到合适对象,最后,她竟然不可思议地取得成功。"华春堂在恋爱关系中始终牢牢把握着主动性,不再处于附属性地位,而是更多地展示自身和丰富的世界。甚至在很多时候,她还给予男性以温暖的力量。她不再作为弱者存在,不再作为被男性定义、被男性改造的他者的身份出现,而是始终作为一个大写的人充分发挥着自己的主观能动性,最大限度地追求自己想要的自由生活。"[1]通过主人公华春堂的三次恋爱经历,我们能够看出她始终反抗既定的道德秩序,尝试依靠个人努力来改变传统思维方式。

小说中,公共空间与私人场域之间相互纠缠,你中有我,我中有你,二者在畸形关系中相互博弈。"事情往往就是这样,别看大面上阶级斗争的风声那么紧张,使人人的面孔都几乎成了斗争的面孔,可下面只要有饮食男女存在,只要人类还要繁衍生息,人性就会顽强地表现出来,人性中的动物性也会不可遏止地表现出来。你视男女关系为大敌,不许性的欲望在男女之间表现出来,它就有可能变个花样,在女女关系上表现出来。"[2]后来,当专案组通过各种手段调查褚桂英和唐慧芳的生活作风问题时,最后却因为无法可依只能暂不处理。具有讽刺意味的是,身为褚桂英专案组成员之一的张摄影竟然偷偷和唐慧芳乱搞男女关系。此时,历史与现实、男性与女性之间的复杂纠葛在东风煤矿畸形上演。客观来讲,东风煤矿不属于革命斗争的核心区域,但依然是20世纪70年代中国社会组织单元的重要缩影之一,身处"革命"场域中的华春堂难以逃避特殊时代带来的各种命运遭际。饶有意味的是,与同时代其他青年群体相比,华春堂并没有选择向政治话语规范妥协,而是以叛

---

[1] 陈斓:《"被看见"的煤矿女工——论刘庆邦小说〈女工绘〉中的华春堂形象》,《中国文艺评论》2021年第6期。

[2] 刘庆邦:《女工绘》,作家出版社,2020,第213页。

逆者的姿态处理各种矛盾关系，显示出独特的个人生活哲学。

三、青春姿态：中国青年的未来出路和时代标本

青春主题是中国现当代作家书写的重要题材之一，具有鲜明的时代性、个人性、隐喻性。青年群体在不同社会发展阶段都承担着特殊历史使命，往往是启蒙思想的制造者和传播者，代表着积极向上和美好未来。不管是丁玲《莎菲女士的日记》中的莎菲，还是杨沫《青春之歌》中的林道静，或者宗璞《红豆》中的江玫，都是中国现当代文学史上值得深度探讨的青年女性形象。她们大胆叛逆，敢爱敢恨，在不同历史时期散发着青春光彩，成为许多青年成长过程中的精神偶像。改革开放之后，中国在政治、经济、文化等诸多领域发生显著变化，颠覆传统和解构权威成为青年群体竞相效仿的新姿态，二元对立的思维模式日益变得不合时宜，多元性和不确定性正在悄然走向时代前台。可以说，今天中国青年的思想状态更加具有丰富性、矛盾性。正如张颐武所说："青年其实已经不再是'五四'时代的历史限定所能概括的，而是一种不同于以往的角色。他们一方面是日常生活新的空间不断展开的丰富性的发现者和传播者，另一方面是中国的新的全球角色和形象的承载者。他们一面在充实着中国的认同感，另一面也在展开着某种超越历史的藩篱的新的可能性。这些都在深刻地改变着我们的文化想象的

基础。"[1]新世纪以来，许多新生代女性人物形象在各类影视剧和文学作品中反复被描写，她们的粉墨登场和肆意绽放恰恰是现代社会的真实呈现，从中可以透视出青年群体遭遇社会转型时的思想阵痛。

倘若把华春堂置于中国现当代文学女性人物形象谱系中来审视的话，会惊奇地发现，她既不属于五四时期接受启蒙思想教育的知识女性，也不属于"十七年"红色经典中的革命女性，更不属于后来受到市场经济浸染的新生代女性。客观来讲，华春堂既不是城市知识青年，也不是乡野村姑，而是处于城乡交叉地带的"中间力量"，此种家庭出身必然要承受特殊年代所带来的现实生活压力。当父亲因为煤矿意外事故去世之后，华春堂凭借着出色的个人能力，竟然代替姐姐华春梅和妈妈，成为家中顶梁柱；家庭重担落在她年轻孱弱的肩膀之上，年轻的华春堂并没有选择向后退缩，而是尝试把自己活成一束光，反而显得越发光彩照人，熠熠生辉。比如，华春堂在煤矿的工作经历可谓充满传奇性，从灯房到宣传队，再到化验室，岗位性质呈现向上的基本态势，华春堂也越来越受到人们羡慕。再如，华春堂的个人恋爱史方面，从魏正方、李玉清到卞永韶，她的爱情道路曲折复杂，屡遭失败，但她并没有灰心气馁，而是迎难而上，愈挫愈勇，终于迎来属于自己的高光时刻。刘庆邦说：

---

[1] 张颐武：《"前端"的追索——徐勇印象》，《南方文坛》2018年第6期。

"青春之美、爱情之美，是压制不住的，也是不可战胜的。如同春来时，板结的土地阻挡不住竹笋钻出地面，急风骤雨丝毫不能影响花儿的开放。恰恰相反，凡是受到压制的东西，总会想方设法为自己寻找一条出路，哪怕是一条曲折的道路；越是禁止的东西，越能刺激人们想拼命得到它。在顺风顺水时，或许显示不出青春的顽强、爱情的坚韧，越是遭遇了挫折，越能体现青春的无价之价值，增加爱情的含金量。"[1]华春堂全身都散发着独特的青春光彩，从这一层面而言，这也许是今天中国青年应该提倡的理想姿态。

我们知道，刘庆邦年轻时曾经在中原地区煤矿工作八年，这成为他后来从事文学创作取之不尽、用之不竭的宝贵资源。当时，许多女性知青来到煤矿参加工作，她们浑身散发着青春朝气，这在客观上给沉寂暗淡的煤矿增添了些许生命亮色，也成为刘庆邦永远难以忘怀的美好记忆。"随着时间的流逝，那些女工会像树叶一样，先是枯萎，再是落在地上，最后化为泥土，不可寻觅。她们遇到了我。我把她们写进书中，她们就'活'了下来，而且永远是以青春的姿态存在。"[2]因此，我们可以把《女工绘》看作刘庆邦为个人青春作证的记录文字，华春堂、周子敏、张丽之、杨海平等女性人物形象身上都投射着刘庆邦对女性之美、人性之美的独特体验。"她们的命运里，有着人生的

---

[1] 刘庆邦：《女工绘》，作家出版社，2020，第311页。
[2] 刘庆邦：《女工绘》，作家出版社，2020，第312页。

苦辣酸甜,有着人性的丰富和复杂,承载着个体生命起伏跌宕的轨迹,更承载着历史打在她们心灵上的深深烙印。我写她们的命运,也是写千千万万中国女工乃至中国工人阶级的命运。他们的命运,是那个过去的时代我国人民命运的一个缩影。我唤醒的是一代人的记忆,那代人或许能从中找到自己的身影。往远一点儿说,我保存的是民族的记忆、历史的记忆。"[1] 正是在这一意义上,我们说,刘庆邦在《女工绘》中塑造以华春堂为代表的女性人物群像,其写作意图不仅在于留存个人生活经验,也是为了保存民族记忆和历史记忆,同时也希望启示新时代中国青年活出真正风采,因此具有重要的现实意义。

原载《中原文学》2024 年第 17 期

---

[1] 刘庆邦:《女工绘》,作家出版社,2020,第312-313页。

新世纪刘震云"说话"系列小说的三重意蕴

刘震云是中国当代文坛影响卓著的重要作家之一,除了早期"官场""新写实""故乡"系列小说之外,新世纪以来,《手机》《我叫刘跃进》《一句顶一万句》《我不是潘金莲》等"说话"系列小说深受读者青睐,成为诸多媒体竞相追捧的焦点人物。毫无疑问,日常性、世俗性、小人物构成刘震云小说创作的三个关键词,但是,透过作者在小说表面设置的层层迷雾,我们会发现,"说得着"与"说不着"的矛盾纠葛、"中国式的孤独"、"文学的底色是哲学"等,同样是刘震云小说深度聚焦的基本命题。可以说,刘震云"说话"系列小说不仅以其独特的叙事方式和复杂的主题意蕴受到关注,还因对普通人生存状态进行剖析而直接引发读者对社会现实和人性问题的广泛思考。

一、"说得着"与"说不着"的矛盾纠葛

"说话"是指使用语言表达意思,发表见解,交流情感,在日常生活中发挥着不可替代的作用。对于儿童群体来讲,学会"说话"不仅是一种基本技能,更是健康成长的显性标志之一。但是,进入成年世界之后,如何"说话"和怎样"说话"似乎变得逐渐复杂,中间掺杂着许多矛盾纠葛。单就内容来讲,"说话"本身可谓蕴含丰富,包罗万象,真话、假话、好话、坏话、笑话、行话、黑话、官话、大话、套话、废话等不一而足,给人们带来无限的遐想空间。事实上,"说话"更是一种自觉的生

命状态，属于高级的社交行为。作为敏感睿智的现实主义作家，刘震云善于透视日常生活的各种表象、乱象、假象，冷静地思考生命真谛和社会历史规律，文字中散发着智慧光芒。总体来讲，"说话"可以区分为"说得着"和"说不着"两种状态，前者主要指人与人之间能够进行有效沟通，彼此理解对方的想法和感受，让人在精神上得到慰藉；后者却恰恰相反，表示对话双方出现沟通障碍，甚至最终导致悲剧发生。

进一步来讲，"说得着"与"说不着"之间是可以转化的，也有效佐证"说话"具有即时性和变化性的基本特征。"同一个人，在有的场合不爱说话，在有的场合说的是实话，有时他说的是假话，有时话中有话，有时说的是心里话。""人和人的关系是会变的，知心和不知心也会变。"[1] 2003年12月，长篇小说《手机》由长江文艺出版社出版，主要讲述电视台谈话类节目主持人严守一与原配妻子于文娟、情人伍月、新女友沈雪等之间的感情纠葛，彼此关系主要围绕着手机展开。严守一之所以能够成为《有一说一》谈话类节目的金牌主持人，主要在于他具有"说话"的特殊智慧。客观来讲，严守一和妻子于文娟之间早期是"说得着"的，感情生活和谐幸福，曾经有过令人羡慕的美好时光。但是，随着漫长无情的岁月流逝，他们之间进行深度沟通的机会日益减少，夫妻之间的感情悄然改变。之

---

[1] 刘震云、张英：《刘震云：写作向彼岸靠近》，《作品》2022年第11期。

后，严守一就开始与伍月、沈雪等不同女性展开感情周旋，自此陷入有悖于伦理道德的感情旋涡。可以说，手机成为他们进行有效连接的重要渠道之一，但是，空间距离看似得到缩短，心理距离却变得遥远。"对于严守一和费墨来说，手机最终带给他们的都是痛苦。技术把人与人之间的距离拉得很近，但又把人与人之间的距离推得很远。信息化技术越来越发达，人与人之间心灵的沟通却变得困难起来，在信息化社会里情感的交流又成了一个难题，这也是信息化社会里人们普遍经历的尴尬境遇。"[1]后来，严守一深陷多重男女关系的感情纠葛，早期凭借着"说话"成为著名主持人，最后也因为"说话"问题导致身败名裂，造成此种悲剧的深层原因令人唏嘘。

除此之外，"说话"行为不仅具有自然属性，还带着强烈的社会属性，是人与人之间建立关系的重要方式。事实上，"说得着"与"说不着"也是相对的，因为人甚至可以隐藏自己的真实立场，话语中间充满欺骗性和迷惑性，需要进一步认真甄别。归根结底，除了说话方式、说话态度、说话腔调之外，现实利益才是真正影响关系的核心要素。当交流对象有利于当事人基本利益之时就变得"说得着"，倘若相反就可能变得"说不着"。此时，人性的复杂幽暗就得到完全彰显，简单机械的道德判断显得苍白无力。2007年11月，刘震云的长篇小说《我叫刘

---

[1] 秦剑英：《从〈手机〉看刘震云小说叙事策略的转变及主题的多元性》，《中州学刊》2006年第2期。

跃进》由长江文艺出版社出版。小说主要描述了在北京打工的河南民工刘跃进的包被小偷抢走,包里藏着一张6万元的欠条。在找包的过程中,刘跃进一脚踏进北京的小偷群体,并捡到一个女式手包,里面的一个U盘存有"盖了半个北京城"的大地产商严格和高层领导贾主任等之间钱权交易等龌龊勾当的现场录像,由于此事牵涉几条人命,各路人马开始疯狂寻找刘跃进。此时,刘跃进在许多人眼里顿时变得重要起来,彼此都希望能够与其建立"关系",但是,这对于刘跃进来讲却可能演变成为现实灾难。于是,作为建筑工地厨子的刘跃进成为一个关键人物,故事充满着荒诞性和喜剧性。当刘跃进与老阚、贾主任、严格等都市权贵进行周旋之时,倘若能够为对方带去现实利益,他们就会主动放下身段,委曲求全,假装与自己"说得着",一旦现实境遇发生陡然变化,其真实面目就会暴露无遗。正是历经许多现实遭遇之后,刘跃进慢慢琢磨出了"说话"背后的深层蕴涵。"刘跃进过了四十岁,除了开始自言自语,还悟出一条道理,世界上有两种人,一种是说得起话的人,一种是说不起话的人。说不起话的人,说了不该说的话,就把自个儿绕进去了。话是人说的,为了一句话,能把人绕死。"[1]作为小说中的典型人物之一,刘跃进在各种复杂关系中能够化险为夷,主要在于他不再轻易相信任何人,似乎已经深刻理解生活哲学的基本逻辑。

---

[1] 刘震云:《我叫刘跃进》,长江文艺出版社,2011,第157页。

客观来讲，世界是由必然性和偶然性共同组成的。除了客观因素之外，偶然性对普通大众来讲可能更具有现实意义。换言之，"说得着"与"说不着"在很多时间取决于偶然性，必然性也许并没有发挥核心作用。2009年3月，刘震云的长篇小说《一句顶一万句》由长江文艺出版社出版。小说分别由"出延津记"和"回延津记"两部分组成，主要讲述主人公吴摩西及其养女之子牛爱国的人生历程，展现了人们在孤独之中寻找心灵解脱的艰辛历程。其中，上部的主人公杨百顺（后改名吴摩西）因失去"说得上话"的养女，为了摆脱内心孤独踏上寻找之路。他在经历百般磨难之后，最终带着遗憾离开故乡，用喊丧的罗长礼的名字度过余生。下部则讲述吴摩西养女之子牛爱国为了摆脱孤独状态，他沿着母亲巧玲（被卖到陕西后改名曹青娥）的线索回到延津，然而，这一经历也注定充满艰辛和挫折。其间，牛爱国的妻子庞丽娜出轨，驱使牛爱国产生杀人的内心冲动。历经思想斗争之后，牛爱国陷入精神痛苦。偶然的机会，他结识了贩皮毛的李昆的妻子章楚红，由于李昆与章楚红的年龄差距大，夫妻生活不和谐，直接导致二人之间"说不着"。蹊跷的是，"牛爱国与谁都不能说的话，与章楚红都能说。与别人在一起想不起的话，与章楚红在一起都能想起。说出话的路数，跟谁都不一样，他们两人自成一个样。两人说高兴的事，也说不高兴的事。与别人说话，高兴的事说得高兴，不高兴的事说得败兴；但牛爱国与章楚红在一起，不高兴的事，也能说得高兴。"[1]可以说，章楚红在牛爱国的生命中出现具有偶然性，但却成为他摆脱内心孤独的重要人物。正如刘震云所说："《一句顶一万句》讲的是在人群中想说一句话，但把这句话说出去非常困难，这种困难并不是说这句话我说不出来，而是我找不到听得懂我这句话的人，如果能找到他，哪怕飞越千山万水，我也一定要找到他，这是《一句顶一万句》。"[2]因此，"说不着"已经成为一种生活常态，"说得着"却几乎成为一种理想的乌托邦状态，这种具有拧巴性质的尴尬境遇着实让人掩卷沉思。

2012年8月，长篇小说《我不是潘金莲》由长江文艺出版社出版。小说主要讲述农村妇女李雪莲在一个偶然机会怀了二胎，非常希望能够把孩子顺利生下来。为了避免导致在县城工作的丈夫被开除公职，两人决定先离婚，等到生下孩子再复婚。但是，孩子生下来之后，丈夫却已经跟别的女人结了婚，并一口咬定当初离婚是真实的，还诬陷李雪莲是潘金莲。李雪莲实在咽不下这口气，开始从县法院告到县政府，从县政府告到市政府，甚至一度告到人民大会堂，前后持续二十年。李雪莲之所以如此上访，直接目的在于求证一句假话的确是假话，但是最终却变成了真话，逼得自己没法生存下去，最后竟然以死来收拾残局。刘震云说："《我不是潘金莲》讲的是在人群中想纠正一句话，结果发现在人群中纠正一句话比说一句话更困难。

---

[1] 刘震云:《一句顶一万句》，长江文艺出版社，2009，第306页。
[2] 崔永元、刘震云:《我们缺的是见识——崔永元对话刘震云实录》，《解放日报》2012年8月17日第13版。

书中的主人公想在人群中纠正一句话,就是这个书名,《我不是潘金莲》,但她用了一辈子的工夫,从村里一直纠正到北京,越纠正越糊涂,本来是一件特别小的事,是一个家庭离婚案,最后闹成了大事。"[1]可以说,《我不是潘金莲》有效验证了"一句话"可能改变人生命运轨迹,偶然性可能让人生道路变得曲折复杂,"常"与"变"的辩证法实在难以把控。李雪莲为了挽回个人声誉,竟然与王公道、贾聪明、郑重、马文彬等各级官员死磕起来,故事情节的荒诞滑稽令人哭笑不得。作为底层农村妇女,李雪莲之所以不再轻易相信任何人,性格变得暴躁乖戾,显得与外部世界格格不入,深层原因在于她的内心已经被折磨得伤痕累累。因此,当现实把李雪莲推向极端境遇之时,她就开始对"说不着"进行疯狂抵抗,最终陷入孤独状态。作为长篇小说《一句顶一万句》的姊妹篇,《我不是潘金莲》主要指向外界与个体之间"说不着"之后,可能会把人的非理性行为激发出来,其消极因素也是不可控制的。

二、世俗化社会与"中国式的孤独"的生成关系

一般来讲,除了自言自语之外,"说话"主要是处理个人与他者之间的复杂关系,包括夫妻、朋友、同事、同学、陌生人等,由于双方家庭环境、教育背景、生活习惯、认知能力等存在差异,他们在信息不对称的条件之下,可能会产生误会和理

---

[1] 崔永元、刘震云:《我们缺的是见识——崔永元对话刘震云实录》,《解放日报》2012年8月17日第13版。

解偏差，这就严重影响双方正常沟通交流，甚至导致双方关系破裂，彼此交恶，最终分道扬镳。"人物之间匮乏真正的亲密、和谐甚至基本的信任感，而是充斥着各种利益、背叛和利用。在这种情况下，人物之间无法实现心灵的沟通，而是虚与委蛇，外在的语言表达与真实内心世界之间存在着巨大的反差。"[1]于是，"说不着"在人际关系中占据重要比例，"说得着"在现实生活中却成为一种稀奇状态。新世纪以来，刘震云在"说话"系列小说中塑造了许多人物形象，比如，严守一、刘跃进、李雪莲、吴摩西、牛爱国等，都是在经历家庭变故和被人捉弄后，性格变得极端、乖戾、暴躁，甚至产生绝望心理，这可能对正常社会秩序造成不利影响。实际上，刘震云在"说话"系列小说中已经触及文学内部机理，认真寻找生命哲学的基本逻辑，这就是刘震云对"中国式的孤独"的现实书写。

长期以来，中国人深受儒家文化思想影响，提倡保守中庸、内敛含蓄、忍耐节制，反对张扬自我，信奉低调哲学，直接导致许多中国人产生"枪打出头鸟，刀砍地头蛇"的思想。客观来讲，此种人生信条在特定历史时期具有一定合理性，然而，其局限性也是明显的，甚至造成部分中国人长期隐藏和压抑自己的真实情感。加上中国是"人人社会"，崇尚关系，世俗化色彩浓厚，于是，"中国式的孤独"也就陷入无限循环。正如刘震

---

[1] 贺仲明：《在深度和立体中建构中国故事——论刘震云近期小说创作》，《文艺争鸣》2023年第8期。

云所说:"中国是人人社会,痛苦和忏悔想表达,没有上帝,只能找人说话。茫茫人海中,找个知心朋友不容易。朋友找到了,却不一定会说出知心话。话找话,比人找人更困难。在中国,我们这个民族从未有过真正意义上的宗教。"[1]"与神对话的西方文化和人类生态,因为神的无处不在而愉悦自在。人与人之间虽说来往不多,但并不孤独;与人对话的中国文化和浮生百姓,却因为极端注重现实和儒家传统,由于社群、地位和利益的不同,由于其人心难测和诚信缺失,能够说贴心话、温暖灵魂的朋友并不多,反倒生活在千年的孤独当中。"[2]由此可见,中西社会的信仰差异直接影响着他们认识世界的基本方式,这就决定其背后的处世哲学迥然不同。

《一句顶一万句》中的许多人物都活在"说不着"的精神痛苦中,他们企图与外部世界建立亲密关系,但总是事与愿违。不管是老杨、老裴、老曾,还是吴摩西、牛爱国、冯文修,为了谋求最基本的生活资料,他们已经耗尽所有时间精力,加上缺乏"说得着"的真正朋友,残酷现实让其变得更加沉默寡言。毫无疑问,烦躁、郁闷、沮丧、焦虑、孤独等不良情绪无法得到正常宣泄,"我要杀人"就成为吴摩西和牛爱国抵抗现实的重要表征。值得注意的是,意大利传教士老詹的出现极大改变着

---

[1] 刘震云、张英:《刘震云:写作向彼岸靠近》,《作品》2022年第11期。

[2] 安波舜:《一句胜过千年——读刘震云〈一句顶一万句〉》,《出版广角》2009年第4期。

小说叙事的基本格局。"老詹确实是世界上最伟大的传教士，他传教没传给别人，但传给了他自己。什么地方最适合传教，在不信教的地方。这个地方，有老詹的介入和没有老詹的介入是非常不同的。"[1] 当老詹试图用传教来拯救延津地区人们的精神世界之时，却经常遭遇各种冷眼。其中，老詹在下乡传教时遇到杀猪匠老曾，便兴致勃勃地动员老曾信教，老曾说："跟他一袋烟的交情都没有，为啥信他呢？"老詹说："信了他，你就知道你是谁，从哪儿来，到哪儿去。"老曾说："我本来就知道呀，我是一杀猪的，从曾家庄来，到各村去杀猪。"老詹脸憋得通红，摇头叹息："话不是这么说。"想想又点头："其实你说得也对。"[2] 实际上，老詹和老曾之间的对话充满着滑稽幽默，然而，这也是中西社会思维方式差异的现实呈现。实际上，老詹在延津地区传教四十年，仅仅发展了八个信徒，由于曲高和寡，知音难觅，最后，老詹变得憔悴起来，倘若从背后来看的话，竟然和延津地区的老头没有区别。进一步来讲，宗教信仰在世俗化社会中并没有得到重视，普通老百姓往往更加关注现实利益，这种集体无意识具有深厚的社会文化基础。

《我叫刘跃进》中的主人公刘跃进早年在老家县城"祥记"餐馆打工，后来老婆黄晓庆被酒厂老板李更生拐走，之后，刘跃进离开伤心之地开始到北京建筑工地当厨子。其间，他偶然

---

[1] 刘震云：《哲学停止的地方，文学出现了》，《中国青年报》2023年4月7日第B01版。

[2] 刘震云：《一句顶一万句》，长江文艺出版社，2009，第94页。

认识了"曼丽发廊"的女老板马曼丽,虽然她三年前与丈夫赵小军已经离婚,但是,前夫依然经常到店里骚扰她。实际上,他们之间出现感情破裂的直接诱因在于"说话"问题。"马曼丽最看不上他的,就是说话。赵小军说话,皆是就事论事;就事论事中,皆是直来直去;路在世上还知道拐弯,赵小军说话从不拐弯。直来直去,说话不会拐弯,不会说笑话,可以说他欠幽默;世上欠幽默的不只赵小军;问题是,两人吵起架来,赵小军又不就事论事,常把一件事说成另一件事;或把两件事说成一件事;不知是他脑子乱,还是故意的。这就不是直来直去了,这架也没法吵了。"[1]饶有意味的是,马曼丽平时对刘跃进的态度总是不冷不热,根本原因在于刘跃进的经济条件不好,不能帮衬自己,加上相貌平平,这就使他们处于感情拉锯战中。除此之外,儿子刘鹏举也不争气,在退学之后与女朋友来到北京,企图能够得到父亲的经济支持,最后竹篮打水一场空,父子关系变得非常紧张,刘鹏举竟然偷走了刘跃进藏匿的名包逃之夭夭。此时,多方势力都在寻找刘跃进,企图让其老老实实交出U盘,免得让局面失去控制。此时,刘跃进鬼使神差地处于复杂关系网络的中心地带,如履薄冰,战战兢兢,非常担心丢掉身家性命。"小说展示的这张网表明,自我与他人合力织就了这张结实的网,罩住自己,也网罗了他人。在这个网中,谁都不自在,谁也别想自在。照此看来,他人即地狱确乎顺理成

---

[1] 刘震云:《我叫刘跃进》,长江文艺出版社,2011,第157页。

章了——他人把我绕进困境,我也将他人绕进来,每个人都是别人的'他人'。"[1]至此,刘跃进对夫妻、父子、老乡以及其他社会关系完全丧失信任,似乎与外部世界弃绝。在世俗化社会之中,人与人之间的交往受到诸多因素影响,其在给人带来温暖、关心、慰藉等正面情绪的同时,也可能走向相反,冷漠、嫉妒、愤恨等不良情绪也会相伴而生,这必然就让人陷入精神痛苦之中,甚至开始极度怀疑人生。正是在这一意义上,贺仲明才说:"刘震云小说展示中国社会生活文化面貌,特别是揭示以'孤独'为中心的大众民族心理,是对中国社会的深层次揭示。而且,作者的意图还超越大众心理本身,是对中国传统文化尖锐的批判性反思。作品揭示出传统文化是大众'孤独'心理产生的根本原因。"[2]

三、文学的底色是哲学

刘震云说:"作家写到一定阶段,你会发现语言对于小说的意义也不重要,通过专业的训练形成语言风格没有问题;故事感人也很容易达到;最难的是故事的结构和人物的结构——这最考量一个作家思辨的能力(文学和哲学的量子纠缠在他身上

---

[1] 姚亮:《论刘震云的"反荒诞"书写——以〈我叫刘跃进〉为例》,《名作欣赏》2017年第4期。

[2] 贺仲明:《在深度和立体中建构中国故事——论刘震云近期小说创作》,《文艺争鸣》2023年第8期。

的体现），当然也包括他知识的广度与格局。"[1]纵观新世纪刘震云"说话"系列小说，尽管依然在关注小人物的命运问题，但是，他已经开始深度思考小说文本的结构组成，主要包括故事结构和人物结构。表面看来，结构属于外部形式，并不能完全决定事物的根本性质，然而，其在小说叙事效果方面却占据至关重要的地位。与同时代作家相比，刘震云之所以受到特别关注，主要原因在于他能够透过日常生活现象挖掘深层问题。正是在这一意义上，刘震云说"文学的底色是哲学"。总体来讲，历史学、宗教学、管理学、艺术学、军事学等社会科学，甚至物理学、化学、生物学等自然科学，它们的真正底色依然是哲学，主要原因在于哲学是研究世界的普遍的、基础问题的学科，是对社会科学和自然科学的总体概括。与此同时，他特别强调说："我说文学的底色是哲学，并不是说要把文学写成哲学。我的另外一句话是：哲学停止的地方，文学出现了。文学的底色是哲学，但哲学停止的地方，文学出现了，这也是一个量子纠缠。"[2]这有效彰显了刘震云对文学的真实态度，其辩证色彩也就不言自明。

一般来讲，文学经典都具有普遍性、典范性、永恒性，成为不同时代、国家、民族的读者共同称赞的作品。文学经典之

---

[1] 刘震云：《哲学停止的地方，文学出现了》，《中国青年报》2023年4月7日第B01版。

[2] 刘震云：《哲学停止的地方，文学出现了》，《中国青年报》2023年4月7日第B01版。

所以能够跨越时空、触动人心,根本原因在于其蕴含着深刻的人生哲理,揭示了自然界和人类社会的共同规律,具有丰富的文化内涵,也是社会历史最终选择的产物。新世纪以来,刘震云在"说话"系列小说中关注生死、命运、心灵、信仰等重要问题,并把个人独特思考倾注在文本叙述中间,已经触及文学的精神内核。"说话"本身蕴含着多重意义,寄寓着刘震云对文学与哲学的深刻思考。"刘震云对于说话的思考在两个层面展开。第一个层面,他将小说叙述当成了说话的技术,他在小说中的追求可以看成是对于说话的艺术领悟。一方面他很讲究小说的叙述方式,叙述方式其实就是作者本人的说话方式。另一方面他从日常生活中的说话获取灵感,从而找到了属于自己的小说叙述方式。"[1]可以看出,新世纪刘震云"说话"系列小说已经具有文学经典的基本特质,应该在中国当代文学史上占据重要地位,成为经得起时代检验的精品力作。

---

[1] 贺绍俊:《怀着孤独感的自我倾诉——读刘震云的〈一句顶一万句〉》,《文艺争鸣》2009年第8期。

第二辑　当代文学批评

探赜历史与照亮现实
——阿来《瞻对》的一种读法

作为一部"历史非虚构"类型的代表性作品，阿来的《瞻对：终于融化的铁疙瘩——一个两百年的康巴传奇》（以下简称《瞻对》）引用了大量原始资料，努力体现"博考文献，言必有据"的创作原则，有效佐证了文本的非虚构特征。与此同时，阿来也运用历史叙述的主观性以及诸多干预性评论，使作家主体性在文本叙述过程中得到整体呈现，这就使《瞻对》也兼具虚构性特征。《瞻对》的重要现实意义在于，当我们在处理多民族之间矛盾冲突之时，不仅要摒弃简单粗暴的思维方式，而且要允许多样性，尊重差异性，才有可能创造和谐共融的社会氛围。

毫无疑问，藏族作家阿来是经常能够给当代文坛带来惊喜的优秀作家。二十多年来，他凭借《尘埃落定》《空山》《格萨尔王》《瞻对》等诸多作品，赢得了读者的高度认可。其中，《瞻对》荣获2013年《人民文学》非虚构类作品大奖。正如授奖辞所说，阿来"通过长期的社会调查和细致艰辛的案头工作，以一个土司部落两百年的地方史作为典型样本，再现了川属藏民的精神传奇和坎坷命运。作者站在人类文明的高度去反思和重审历史，并在叙述中融入了文学的意蕴和情怀"[1]。作为一部"历史非虚构"类型的典型作品，《瞻对》可谓兼具历史性和文

---

[1] 江楠:《阿来〈瞻对〉获非虚构作品大奖》，《新京报》2013年12月12日第C12版。

学性的基本特征,在中国当代非虚构文学创作领域占据着重要位置,理应受到特别关注。

一、"非虚构"的渊薮:历史文献、地方志和实地调查

事实上,阿来在作品中反复提到的"瞻对"地名,即今四川省新龙县。新龙地处四川省甘孜藏族自治州的中部地区,东临炉霍、道孚,西接白玉、德格,南依理塘、雅江,北靠甘孜。历史上,"瞻对"这一称谓大概是从元代开始流传,有清一代依然沿用此名,至民国时期始改为"怀柔县",后又易名为"瞻化"。1952年更名为"新龙县",一直沿用至今。瞻对由于地势崎岖,山高水寒,林密壑深,易守难攻,自古以来就是由川入藏的交通要道,战略地理位置尤其重要。但是,由于瞻对地区比较偏僻,物产不丰,加之人口稀少,本地的生产力极为低下,普通百姓始终处于贫困状态。历史上,为了摆脱平时生产不足带来的严重困境,向来以强悍勇猛著称的康巴人就经常外出劫掠(俗称"夹坝"),这成为瞻对地区普通老百姓相沿已久的生活方式之一。

在过去的两百多年时间里,瞻对这个只有县级建制的"蕞尔之地",却遭到清朝官兵、西部军阀、国民党军队、西藏地方军队,乃至英国等多方外国势力的不同干涉,他们先后以不同方式深度介入这块"铁疙瘩"。其中,有清一代,雍正、乾隆、嘉庆、道光、光绪等分别七次对瞻对用兵,但最后却总是不了了之——老故事竟然再三重演。在浩如烟海的历史文献、档案、奏章、地方志以及民间故事中,都有不同历史时期关于"瞻对"

事件的详细描绘。作为颇具传奇色彩的地方性事件,必然成为历史研究者关注的重要对象。该书就是以瞻对两百余年的历史为载体,对一个民风强悍、号称"铁疙瘩"的部落进行历史钩沉,讲述了一段独特而神秘的藏地传奇,同时也展现了汉藏交会之地藏民独特的生存境况,并借此传达了作者对川属藏族文化的现代反思。可以说,《瞻对》之所以被研究者们称为"非虚构文学",主要原因在于,阿来对"瞻对"事件的详细叙述有效贯彻了"博考文献,言必有据"的写作原则。在进行具体创作之前,阿来就把"瞻对"事件作为一种"历史性文本"进行深度研究,做到心中有数后才起笔。据不完全统计,阿来在作品中涉及的各类历史文献就多达30余种,分别以直接引用、间接引用、前后补充、相互印证等多种方式,努力将"历史文献"还原为"传奇故事",使其最终成为受到诸多读者热议的非虚构文学作品。具体而言,阿来所引用的历史文献主要有两大类型:

一、专业性历史档案。比如《清实录》《清代藏事辑要》《西藏纪游》《西藏通览》《西藏志》《西藏的贵族和政府(1728—1959)》《西藏社会历史藏文档案资料译文集》《边藏风土记》《喇嘛王国的覆灭》《西康纪事诗本事注》《康藏史地大纲》《霍尔章谷土司概况》《英国侵略西藏史》《中英西藏交涉与川藏边情》《第十三世达赖喇嘛年谱》《西藏改流本末纪》等。在这些专业性历史文献中间,散布着不同历史时期发生的"瞻对"事件的宝贵资料。据阿来本人讲述,他曾经花费大概三年多的时间认真研读这些文献资料,对和"瞻对"事件直接相关的文字记载做选择性抄写，之后是进一步阅读、批注、思考，最后再整理出故事文本的写作思路。可以看出，作者在文本中间频繁直接引用许多文献原文，也不做任何文字修饰和加工，主要目的可能就在于力求使文本具有非虚构的显著特征。

二、地方性文史资料。比如《西藏文史资料选辑》《康巴文苑》《甘孜州文史资料》《理化县志》《新龙县志》《西康史拾遗》《新龙贡布郎加兴亡史》《西康札记》《瞻对·娘绒史》等。除了专业性的文献史料之外，阿来还选择了许多地方性文史资料作为写作支撑。可以想象，"瞻对"事件虽然在过去两百多年中反复重演，但是这毕竟属于偏远地区发生的"小事件"。与当时重大历史事件相比，部分正史档案对之可能有所记载，但基本上也都是一种粗略性描述，必然缺乏历史事件发生的详细场景和具体细节。此时，由于诸多现实因素影响，地方性文史资料就有可能有效弥补正史档案的诸多缺憾。正是基于以上种种原因，阿来充分利用到川属藏区实地考察调研的宝贵机会，广泛接触地方性文史资料。虽然许多资料没有公开出版发行，但这对于作者极大拓展阅读视野、有效激发写作热情、深度思考历史真相等诸多方面，都具有不可估量的价值。

除此之外，阿来还经常深入川属藏区的许多地方，实地采访当地的文化名人和民间艺人，聆听民间社会对"瞻对"事件的各种描述，努力获得一些场景感和历史感。作为一部历史学体式的小说文本，《瞻对》甫一问世就得到诸多文学批评家的高度关注。比如，白烨、李敬泽、洪治纲、贺绍俊、梁鸿鹰、施战军、高玉等都对之进行了深度阐释。其中，他们共同关注的焦点问题就是文本的非虚构特征。可以说，大量引用原始文献资料已经使《瞻对》和其他非虚构文学区别开来，其文体意义和现实价值也是可以期待的。正如施战军所说："所以那部作品虽然读起来有很多的文献在里面，没有一定的人文素质很难读懂，但它的意义极其重大，这样的作品是人们最渴望、最需要的。"与此同时，部分学者也直言不讳地批评了作者这种"抄书"行为，甚至指出了作者在引用文献过程中也存在着部分技术性错误，这些无疑都是值得关注的。文学批评是一种主观性很强的鉴赏行为，本来就是仁者见仁，智者见智。当面对许多真知灼见的外部批评之时，我相信阿来也一定会虚心接受的，这才是一个"大作家"必须具备的胸怀气度。

二、"虚构"的表征：历史迷误与干预性评论

可以说，阿来之所以自称《瞻对》为"不是小说的小说"，主要用意在于强调该书在文体方面的不确定性。一方面，阿来在文本中间大量引用历史文献的做法能够佐证《瞻对》的非虚构特征，也基本回答了历史学体式小说的未来走向。另一方面，部分研究者可能会进一步追问，非虚构文学创作过程中一定要摒弃虚构因素吗？"非虚构文学"与"虚构文学"之间到底存在何种关联？截至目前，学术界对它们之间的复杂关系也没有最终结论。有的学者认为，"纪实文学作家应该把拒绝虚构作为写作的伦理标准。所以对于纪实文学中的虚构，或者说纪实文学中的小说笔法，我们应该采取零容忍，应该进行一票

否决"[1]。但是，也有部分学者认为，非虚构文学中的"非虚构"是一个相对概念，"非虚构"不是"无虚构"，同样道理，"虚构"也不是绝对意义上的"非真实"，这里仅仅是两种文学观念的倾向性不同而已。尽管阿来也说"这次写《瞻对》，一方面因为突然发现材料太丰富了，另一方面，材料本身就很有说服力，根本用不着我再虚构了"[2]，但是，笔者依然坚持认为，作为一种"历史非虚构"文本，《瞻对》在具体叙述中有意识地保存着诸多虚构成分。此时，我们也许会进一步提出疑问，这些虚构因素究竟是如何形成的呢？具体表征何在？下面笔者将分别论述。

第一，历史事实和历史叙述之间存在着显著差异，历史叙述往往具有鲜明的主观性特征。不可否认的是，阿来在《瞻对》中大量引用了历史文献资料，也基本坐实了作品的"历史非虚构"的基本特征。但是，许多人肯定会提出质疑：这些浩如烟海的文献档案记载符合历史真实吗？许多描述和评论是否和历史事实相一致？许多思想观念和价值立场难道就没有阶级偏见或主观臆断的成分？历史的发展逻辑和史家记录之间是否存在部分错位？正如厄尔·迈纳所说："事实性与虚构性，这两个概念是互相关联的，但在逻辑上是事实先于虚构。这种情况适用于所有文学，尽管在实际应用中事实性与虚构性的程度会有所

---

[1] 贺绍俊:《〈瞻对〉:真正非虚构的叙述》,《文艺报》2014年3月28日第8版。

[2] 阿来、刘长欣:《"我不能总写田园牧歌。"——关于〈瞻对〉的对话》,载陈思广主编《阿来研究（一）》,四川大学出版社,2014,第33页。

不同。"[1]毫无疑问，阿来在大量引经据典之时，也会不自觉地陷入一种历史叙述的虚假性陷阱。我们知道，在中国历史发展中，许多史官在编纂前朝和当朝的史实过程中，会受到朝廷意志或史书编纂规则的牵制，这就决定了史官记述历史事件时必然具有一定倾向性或主观性。当这些历史叙述和历史事实之间存在着严重错位之时，就会深刻影响后人对真实历史事件的基本判断。作为真实发生的"瞻对"事件，由于老故事重复上演，这就使中央集权体制和皇权威严受到挑战，可以想象，各种正史档案对历史上发生的"瞻对"事件的记录就有可能失真，许多涉及皇帝以及朝廷重臣的敏感话题就有可能避重就轻。至少在有清一代，中央政府相继对瞻对地区进行过七次围攻，开始之时都是轰轰烈烈，然而后来总是不了了之。班滚、洛布七力、贡布郎加等部落首领在被讨伐过程中是否死亡，各种史书对此都是讳莫如深，至少没有明确记载。这些带有神秘色彩的故事在民间社会流传过程中，最终结局很有可能就会发生变异。"每一个人在传递这个文本的时候，都会进行一些有意无意的加工。增加一个细节，修改一句对话，特别是其中一些近乎奇迹的东西，被不断地放大。"[2]比如，民间社会对英雄人物布鲁曼（贡布郎加）的塑造就是一个典型案例，中间所包括的虚构因素也就异常明显。

---

[1]厄尔·迈纳:《比较诗学》，王宇根、宋伟杰等译，中央编译出版社，1998，第324页。

[2]阿来:《文学表达的民间资源》，《民族文学》2001年第9期。

第二，许多干预性评论使文本故事的虚构成分增加，作者的主体性倾向得到有效彰显。我们知道，想象、加工、改造是提升文学作品审美层次和艺术价值的重要手段，历来受到不同文体作家的厚爱。既然非虚构文学作品不排斥虚构文学的艺术技巧，那么，它们作为写作手段必然会被运用到非虚构文学创作中来。可以看到，阿来在频繁引用历史文献之后，总是有意识地结合现实社会频繁进行主观评论，倾注了个人对诸多历史问题的深度思考。此时，我们把这种"以今逆古"式的个性化论述称为"干预性评论"。任何读者只要稍加留意，都会发现文本中间到处充斥着这种"干预性评论"。比如，针对康乾盛世时期藏区为什么会出现战事不断的现象，阿来如此评论道："真正的问题还是体制酝酿腐败，不但造成财富以非正常方式向少数人集聚，腐败更重要的恶果，是这一体制上下的懈怠因循，渐渐造成吏不能治而兵不能战。"[1]又如，针对瞻对地区经常发生的"夹坝"现象，作者进一步指出："有清一代，川属藏区一直被夹坝四出的情形所困扰，但无论朝廷还是地方上的土司，似乎从未想过要在当地实行提高生产力，减轻百姓负担的根本举措——这是可以根除夹坝现象的唯一措施。"[2]此时，我们不禁要进一步追问：阿来的这些干预性评论究竟是否符合事实本

---

[1] 阿来:《瞻对：终于融化的铁疙瘩——一个两百年的康巴传奇》，四川文艺出版社，2014，第3页。

[2] 阿来:《瞻对：终于融化的铁疙瘩——一个两百年的康巴传奇》，四川文艺出版社，2014，第43-44页。

身?这个号称"铁疙瘩"的特殊部落为何能够存在两百多年时间?一方面,我们可以说,阿来对许多历史问题的基本判断是具有一定合理性的,很多观点也基本把握住了问题实质。但是,不可否认,阿来的很多"干预性评论"是以一种"后见之明"的基本立场来审视历史的,这种"回溯式"的思维方式明显模糊了历史发展本身的复杂性,部分结论和历史本身具有显著差距,历史发展过程中的许多细节和关联点可能就被严重遮蔽了。因此,文本中间的许多"干预性评论"看似颇有道理,实则充满着明显的虚构成分,这也正是阿来受到部分文学批评家严重质疑的关键问题。

总而言之,不管是阿来对"瞻对"事件的历史叙述存在着主观性,还是他在文本中植入了"干预性评论",都可以归为非虚构文学创作中的虚构成分。此种主体性参与虽然受到部分研究者的诟病,但恰恰是阿来进行非虚构文学创作的兴奋点所在。在阿来看来,既然非虚构文学创作的基本规则没有最终形成,许多所谓的"俗见"和"常识"并不能成为束缚作家进行创新的绊脚石。阿来认为,好小说的重要标准在于:"一种,有没有创造出一种新的人物形象,并通过这样的形象表达了作者对于某一个时代社会生活的感受与思考。再一种,有没有在小说这种文体上有一定的创新。"[1]按照这一说法,《瞻对》作为一种"历史非虚构"类型的典型文本,具有一定创新性,也初步

---

[1] 阿来:《好小说的两个标准》,《小说评论》2013年第2期。

奠定了阿来在中国非虚构文学创作领域的重要地位。正是在这一意义上，我们才说"非虚构写作肯定不是机械记录生活，优秀的非虚构不只是见证，参与和记录。写得再客观，也只是自己角度所呈现的真实。非虚构也需要想象力——想要看到何种真实、所看到的真实又是什么层面的真实，这些都是很考验作者的，非虚构的活力和生命力就表现在这种张力上，我们不是要消解它，而是要丰富和完善"[1]。

三、多元共生：国家认同和民族融合的理想目标

毫无疑问，阿来之所以倾注如此多精力来创作非虚构文学《瞻对》，一个重要用意在于，他想通过对这一充满神秘色彩的藏地传奇的完整呈现，向世人传达自己对藏族文化以及现代民族问题的深层思考。作为一位土生土长的藏族作家，阿来对川属藏区这片热土怀有深厚感情，他非常渴望用自己的生命热情来点燃这片神奇土地，为谱写故乡的华丽乐章贡献自己的绵薄之力。在过去的二十多年里，阿来曾经以小说、诗歌、散文等多种文体形式，详细记述了这片土地的历史地理、人文风情、民族关系、宗教信仰等，表达着对家乡故土的深深眷恋，也初步奠定了其在中国当代文坛的经典地位。针对《瞻对》而言，阿来还试图向我们昭示国家认同和民族融合在现代社会的独特价值。

---

[1] 张滢滢：《非虚构写作：要勇于一步步走进"深渊"》，《文学报》2015年6月23日第2版。

我们不禁要继续追问：号称"铁疙瘩"的"瞻对"为什么能够在过去两百多年里如此难以融化？这个弹丸之地究竟凭借何种力量竟然可以和历代中央政府反复较量，最终也使清代朝廷左右为难甚至无计可施？这也许正是"瞻对"事件能够吸引作者和读者的重要原因，从而满足他们正常的阅读期待。为了最大限度地呈现"瞻对"事件的来龙去脉，阿来不厌其烦地引用了大量文献材料，主要用意在于："这样翔实细致的材料可以破除两种迷思。一种迷思是简单的进步决定论。认为社会历史进程中，必是文明战胜野蛮。所以，文明一来，野蛮社会立时如被扬汤化雪一般，立时土崩瓦解。再一种迷思，在近年来把藏区边地浪漫化为香格里拉的潮流中，把藏区认为是人人淡泊物欲，虔心向佛，而民风纯善的天堂。"[1]针对第一种迷思而言，应该引起我们深刻反思。在相对偏僻又极度贫困的瞻对地区，人们与外部世界几乎完全隔绝，各股势力并不把朝廷以封赐土司而划定的势力范围视为天经地义，他们行事时候的惯用思维方式依然是丛林法则。在这一弱肉强食的特殊环境里，许多人盲目崇拜英雄豪杰，膺服强梁。比如，被当地人称为枭雄豪酋的贡布郎加，就以蛮横顽强、勇敢残酷著称，但在民间社会却享有崇高声誉。他曾经用各种卑劣手段战胜其他土司，强行占领对手大片土地和财产，可谓风光无限，近乎被人奉为神灵来顶礼膜拜。在这里，文明社会的许多生存规则几乎可以说是失

---

[1] 阿来：《瞻对：终于融化的铁疙瘩——一个两百年的康巴传奇》，四川文艺出版社，2014，第262页。

效的。如果按照"存在即合理"的逻辑规则来推演的话，这就理所应当地对现实社会的诸多问题具有启示价值。比如，现代国家应该如何正确处理多民族之间的复杂关系？简单粗暴的安抚或者镇压政策能够发挥根本作用吗？当中央政府和地方政府出现矛盾冲突之时，应该如何化解？毫无疑问，阿来在《瞻对》中总是试图对诸如此类的问题做出深度思考，以彰显自己从事文学创作的终极价值。

第一，大力发展生产力，初步改变偏远地区的贫穷落后面貌，才是有效增强国家认同感和民族自信心的根本之策。一方面，面对川属藏区众多土司和部落之间的矛盾冲突，清朝历代中央政府几乎都是采用围剿和安抚两种手段，基本没有实施在藏区内部培植进步力量的任何举措，这种"花钱保平安"的简单思维方式势必会使当权者吃尽苦头。当民族关系出现巨大鸿沟之时，任何简单粗暴的处理方式都已经被历史证明是荒谬的。另一方面，《瞻对》中各种英雄豪酋如班滚、洛布七力、贡布郎加等，虽然在本地区曾经发挥过凝心聚力、平衡利益关系等重要作用，但最终也没有能够超越时代与文化，只能在历史的因循中重蹈覆辙，成为充满悲剧色彩的人物。直到清末民初时期，迫于国内外的特殊形势，这块"铁疙瘩"才终于融化。其中，在瞻对收归中央政府之前，建昌道赵尔丰在川属藏区力推"治边六策"："一、设官，就是改土归流；二、练兵；三、屯垦；四、通商，就是开发当地资源，促进商业流通；五、建学，兴办新式学校，开启民智，培养建设人才；六、开矿。"[1] 面对社会发展的外在形势，瞻对也随之被迫汇入了历史发展的滚滚洪流之中。可以说，赵尔丰在川属藏区极力推行的治理政策是有重要意义的，它会让我们深度思考到底应该如何处理民族关系，才能有效增强民族自信心和国家认同感。

第二，各民族之间要学会相互理解包容，允许多样性，尊重差异性，才能努力创造兼容并包、多元共生的良好社会氛围。由于各种复杂因素，川属藏区长期处于贫穷落后状态，弱肉强食的丛林法则在当地早已成为有效生存之道。"在这样的风气中，全民都被驱从在一条家族间结仇、复仇，再结下新仇的不归路上。有清一代，这些行为都被简单地认为是不听皇命，犯上作乱，而没有人从文化经济的原因上加以研究梳理，也没有尝试过用军事强力以外的手段对藏区土司地面实施计之长久的治理，唯一的手段就是兴兵征讨。"[2] 由于川属藏区地域广阔，部族众多，即使在清王朝最强盛的时候，也只是选择重点打击的基本原则，许多豪酋依然拥兵割据，彼此征杀的现实局面并没有根本改变，许多事情还是只能沿袭旧习。但是，我们是否应该采取一种逆向思维方式来看待民族问题呢？在不违背国家根本利益、坚持各民族平等、团结和共同繁荣原则的重要前提下，可

---

[1] 阿来：《瞻对：终于融化的铁疙瘩——一个两百年的康巴传奇》，四川文艺出版社，2014，第228页。

[2] 阿来：《瞻对：终于融化的铁疙瘩——一个两百年的康巴传奇》，四川文艺出版社，2014，第88页。

以采取灵活多样的民族关系政策，允许多样化，尊重差异性，保障少数民族合法权益，巩固和发展平等团结互助和谐的社会主义民族关系。

原载《西部学刊》2018 年第 11 期

新时期文学中"疯癫"形象的叙事意义

"疯癫"是一种十分特殊的文学意象,曾经在中国古代文学的各类题材中出现过,像接舆、阮籍、徐渭、范进等疯癫人物形象着实吸引了众多读者的注意力。20世纪以后,西方各种文学思潮涌入中国,对中国现代文学创作产生了不可估量的影响:一些新锐作家开始摒弃传统的文学创作观念,试图探索出适应"五四"新时代的文学创作方法。中国现代文学的开山鼻祖鲁迅先生就是其中一位非常具有代表性的作家,他的第一篇白话小说《狂人日记》的主人公就是一个疯癫人物形象,狂人的一声呐喊揭开了中国现代文学描写疯癫人物形象的序幕。值得注意的是,《狂人日记》中的疯子并非病理学意义上的狂人或疯子,而是病态社会中不为众人所理解的先觉者。自此以后,疯癫人物逐渐成为众多现代作家创作中的一个重要文学形象,例如,鲁迅《长明灯》中的疯子、柔石《疯人》中的疯子、许钦文《疯妇》中的双喜大娘、台静农《新坟》中的四太太、路翎《财主底儿女们》中的蒋蔚祖、曹禺《雷雨》中的繁漪、张爱玲《金锁记》中的曹七巧等都可以看作典型的疯癫人物形象。20世纪80年代以来,中国众多当代作家掀起了又一轮书写疯癫人物形象的高潮,例如,韩少功的《爸爸爸》中的丙崽、阿来的《尘埃落定》中的傻子、余华的《河边的错误》中的疯子、格非的《傻瓜的诗篇》中的莉莉、莫言的《檀香刑》中的赵小甲、迟子建的《疯人院的小磨盘》中的张唠叨、古华的《芙蓉镇》中的王秋赦、铁凝的《玫瑰门》中的司漪纹、王安忆的《小鲍庄》中的武疯子、张洁的《无字》中的吴为、贾平凹的《秦腔》中的引生等，他们几乎形成了一个疯癫人物"形象群"，并在各自的文学场中疯狂地舞蹈着，这无形之中就给中国当代文学百花苑增添了几分神秘色彩。可以说，这些疯癫人物形象的一举一动、一言一行、一颦一笑等都承载着特殊的艺术使命：疯癫者作为小说的叙事视角和叙述者不但具有独特的意义和价值，而且影响着小说的叙事模式。

一、叙事视角的特殊性

叙事视角是 20 世纪文学研究中最重要的问题之一，它关系到事件被感知的具体方式和过程，它要解决的问题：故事中的人、事、物是谁看见的？是看到了事件的全部乃至透视到了所有人物的内心活动，还是只看到了事件的某些部分，只透视到了某些人物的内心活动？看者和被看者、说者和被说者的态度和关系如何？因此，叙事视角可以说是读者进入语言叙事世界、打开作者心灵窗户的一把钥匙。传统叙事学按人称划分将叙事视角分为第一人称和第三人称两种。现代叙事学则认为，一般承担叙事功能的叙述者，大致可以分为两类：参与故事的叙述者和不参与故事的叙述者。当叙述者是前者时，小说往往采用第一人称视角，由于受到叙述者视角所限，叙述往往充满谬误和偏颇，此类叙述称为"有限视角"；当叙述者是后者时，小说通常用第三人称视角，叙述者是全知全能的，此时叙事者往往位居小说文本之上，明察一切，调度一切，此类叙述称为"全知视角"；当小说叙述者既是故事参与者又有全知视角的时候，称为"第三只眼视角"，也即我们通常所说的"上帝视角"。中国著名学者陈平原先生在《中国小说叙事模式的转变》一书中把叙事视角归为三类：全知叙事（叙述者无所不在，无所不知，有权利知道并说出书中任何一个人物都不可能知道的秘密）、限制叙事（叙述者知道的和人物一样多，人物不知道的事，叙述者无权叙说）、纯客观叙事（叙述者只描写人物所看到和听到的，不作主观评价，也不分析人物心理）。[1] 由此可见，叙事视角是一个非常复杂的概念，不同时代的人站在相异立场就会得出截然不同的结论。结构主义文艺理论家托多罗夫曾经指出："构成故事环境的各种事实从来不是'以它们自身'出现，而总是根据某种眼光、某个观察点呈现在我们面前的……在文学方面，我们所要研究的从来不是原始的事实或事件，而是以某种方式被描写出来的事实或事件。从两个不同的视点观察同一个事实就会写出两种截然不同的事实。"[2] 著名的小说理论家卢伯克也说："小说技巧中整个错综复杂的方法问题，我认为都要受角度问题——叙述者所站位置对故事的关系问题——调节。"因此，叙事视角的选择非常重要的。

---

[1] 陈平原：《中国小说叙事模式的转变》，上海人民出版社，1988，第66页。

[2] 张寅德编选《叙述学研究》，中国社会科学出版社，1989，第64-65页。

现代实验小说的叙事视角一般是多重的，有的呈现出叙事视角相互混合的现象。其中，以不正常的人（疯子、傻子、白痴、精神病患者等）的视角看世界，让他们承担主要的叙事功能已经成为中国当代小说弥补单一叙事视角的一种重要手段。这样，疯癫者不仅是小说文本中一个十分重要的文学形象，而且也成为作者展开叙事的一个重要支撑点。阿来的《尘埃落定》和贾平凹的《秦腔》的叙述视角就非常值得关注和研究。两者都是通过"我"的眼光去观察世界，而"我"是一个限知性的叙述视角，可是在小说中，由于作者叙述眼光的转换，叙述者"我"和小说人物"我"之间发生了严重分离，以至于在文本中出现了全知性与限知性叙事相结合的特殊现象。具体而言，阿来的《尘埃落定》选用了土司和汉族夫人酒后生下来的傻子二少爷为叙事视角，讲述了我国西藏地区土司制度一步步走向颓败以至灭亡的故事。在麦其土司的辖地范围之内，没有人不知道二少爷是一个十足的傻子。他是一个善良和丑恶、卑微和伟大、感性和理性、智慧和愚蠢的矛盾集合体。但是，作者却出人意料地以傻子二少爷的视角看世界，而且将全知全能的第三人称叙事视角与第一人称限制性视角混合并用，从而造成了文本叙事视角的相互交叠：二少爷时而以"傻子"的视角看世界，时而又以"我"的形式直接参与了小说故事情节的建构，这就明显地形成了叙事视角越界的现象，但正是这种不合常规的叙事行为才使《尘埃落定》显得更加神秘和离奇。贾平凹的《秦腔》是以引生的视点作为小说的主要叙事视角，讲述了社会转型期中国农村基层民主混乱、经济状况凋敝、民族艺术秦腔逐渐颓败的真实境况。引生是清风街上一个半疯半傻式的人物形象，他就是游荡在清风街上的一个幽灵。在他身上，体现出崇高和卑下、唯美和龌龊、传统和现代、清高和世俗、正常和异常等诸多矛盾，他是当下中国乡村世界凋敝和传统文化失落的一个真实缩影。但是，贾平凹却出人意料地让疯子引生作为文本的主要叙事视点，引生实际上成为连接清风街众多人物的一个核心关节点。正如贾平凹自己所说："《秦腔》在结构上可能还是以往的生活流式，偏重真实、自然，又密又实，但在叙述角度上，文字上，绝对不同于以前作品。具体是实的，总体是虚的，象征的。"[1]因此，《秦腔》在叙事视角方面实现了一系列创新："一方面，引生作为无所不在无所不知的全能视角，起着结构全篇的核心作用；另一方面，小说中引生又以'我'的第一人称角色出现，成为参与文本中具体生活的一个边缘化人物，同时构成第一人称的有限性叙述视角。两种叙事视角重叠交错，而作家、隐形叙述人、叙述人、小说人物几乎四位一体，形成一种独特的叙事体态。"[2]然而，作为小说文本的主要叙述视点之一，引生并没有严格遵循第一人称的限制性叙事常规，其讲述的故事常常逾越"我"所能见闻的范围，比如："我就知道我

---

[1] 李星、孙见喜:《贾平凹评传》，郑州大学出版社，2005，第220-221页。

[2] 张学昕:《回到生活原点的写作——贾平凹〈秦腔〉的叙事形态》，《当代作家评论》2005年第3期。

的灵魂又出窍了,我就一个我坐着斗'狼吃娃',另一个我则撵着鼓声跑去,竟然是跑到了果园,坐在新生家的三层楼顶了,夏天义、上善和新生看不见我,我却能看见他们,他们才是一群疯子……我瞧见了鼓在响的时候,鼓变成了一头牛,而夏天义在喊着,他的腔子上少了一根肋骨。天上有飞机在过,飞机像一只棒槌。果园边拴着的一只羊在刨蹄子,羊肚子里还有着一只羊。"[1]诸如此类的怪异现象在小说中比比皆是。但让人觉得不可思议的是,疯子引生在呈现世界时却好像一面镜子,几乎客观地反映了事物的原貌和人物的外在行为,进而实现了对转型期的中国农村现实状况的冷峻呈示。这就与疯癫者的现实身份发生了严重矛盾,究竟何以至此呢?

中国古代没有关于叙事视角的理论,但并不等于没有叙事视角的选择和运用。只要有叙事,就必然有叙事视角的存在及其运用合理与否的问题。然而,中国古代的叙事文本(从史官实录到虚构文体)普遍采用的是全知叙事视角,其主要特点是没有固定的观察位置,写作者可以调度一切人物的言行及其心理动态,写作者的视角几乎代替了其他叙述视角,写作者的声音几乎过滤掉了其他声音。因此,中国古代小说创作也就几乎排除了多种叙述方式的可能性,始终呈现一种经久不衰的叙事视角模式。大致在宋元时期,中国古代小说的叙事视角才出现了些许变化,其主要标志是元杂剧和后来的白话小说中出现了

---

[1] 贾平凹:《秦腔》,作家出版社,2005,第110页。

多种叙事视角相互混杂的现象。但是，这也仅仅存在于个别作家的文学创作之中，而没有为大多数作家所普遍采用。所以，"可以这样说，在二十世纪初西方小说大量涌入中国以前，中国小说家、小说理论家并没有形成突破全知叙事的自觉意识，尽管在实际创作中出现过一些采用限制叙事的作品。"[1]直到20世纪初期，外国各种先进的文学创作手法不断涌入中国，这才深刻地影响了一大批具有改革创新意识的新潮作家。鲁迅的《狂人日记》以狂人的形象、日记体的形式带动了现代文学叙事视点的转变：从传统的第三人称、全知的叙事角度转变为以狂人为中心的第一人称叙事，从连贯顺序的叙事转变为交叉叙事，从以情节为中心的结构转变为独白式的心理分析。自此以后，非正常人的叙事视角在文学作品中得到广泛运用，打破了中国古代传统叙事视角理论的藩篱，从而使新时期文学在叙事方面取得了重要突破。

二、叙述者的不可靠性

一个叙事行为的发生一般涉及叙事者、被叙述者、接受者三个部分，一般模式是"我"向"你"讲述"他"或"我"或"你"的故事。现实生活中的作家一般不具有叙事的功能，也不直接介入小说故事情节，作家为了叙述的方便，往往要寻找一个"第二自我"作为自己的替身来发出声音，通过"第二自我"

---

[1] 陈平原:《中国小说叙事模式的转变》，上海人民出版社,1988,第66页。

把叙述内容作为信息传递给受话人,这个替身我们习惯上称之为"叙述者"。西方文学理论界对叙述者类型的划分一直存在着争议,例如,查特曼把其分为公开叙述者和隐蔽叙述者,韦恩·布斯把其分为戏剧化叙述者和非戏剧化叙述者,里蒙-凯南把其分为可靠叙述者与不可靠叙述者。凯南认为不可靠叙述者就是叙述者对故事的讲述不值得读者相信,其主要原因是叙述者的知识有限或智力存在一定缺陷,抑或叙述者所信仰的价值体系与隐含作者有诸多不同。毫无疑问,叙述者的不可靠性给小说的阅读造成了一定的难度,它要求读者具有较强的推理判断能力。既然如此,作者为什么会选择不可靠的叙述者来讲述故事呢?针对此种现象,波特·艾博特曾作过非常明确的合理回答,他说:"除了故意使文本难以理解之外,将叙述的责任交给一个不可靠的叙述者显然有很多好处。其中很重要的一个优势就是叙述本身——它的难点,人们的兴趣、偏见和疏忽使它完全被推翻的可能性——成了主题的一部分。"[1]同时,杰拉尔德·普林斯也说:"(叙述者的)可靠性不仅有利于人物的塑造,而且会影响到我们对叙述本身的解读和反映……叙述者的不可靠迫使我们不得不重新阐释他的陈述,以判断和理解'到底发生了什么'。"[2]从这个意义上说,叙述者的不可靠性造成了

---

[1] 转引自王榕:《不可靠的叙述者:〈喧哗与骚动〉中的杰生》,《菏泽学院学报》2006年第1期。

[2] 转引自王榕:《不可靠的叙述者:〈喧哗与骚动〉中的杰生》,《菏泽学院学报》2006年第1期。

读者与叙述者之间的距离,读者必须时刻与叙述者保持距离才能不被他的叙述所误导,从而作出更加正确理智的判断。因此,不可靠叙述方式成为作家们展开叙事的一种重要方式,其对表达主题意义、产生审美效果等具有不可低估的重要作用。

由于自身客观条件的限制,疯癫者是不能获得现实世界真实面貌的,更不会透过表面现象探究事物的内在本质,他们只能在碎片化的世界中充当"纯粹"的看客和听者的角色,因此,疯癫者的叙述必然就具有一定的不可靠性。此时,作者只有赋予疯癫者以观察感知和叙事的特殊能力,他们才能够在各自文本中展开自由的叙事飞翔。正如马里·柯里所说:"为了稳定自己作为叙事(narrative)的身份,就得抹去一种新的胡言乱语的疯癫痕迹,或让这种疯癫变得自然。"[1]以阿来的《尘埃落定》和贾平凹的《秦腔》为例,文本的主要叙述者都是智力存在严重缺陷的人。《尘埃落定》中二少爷虽然是一个十足的傻子形象,但实际上充当了文本的主要叙述者,而且还参与了文本故事情节的建构,可以说小说所有故事情节的发展都离不开二少爷的身影。当傻子二少爷作为文本故事的参与者之时,他与常人无异;但作为文本的旁观者和评判者时,他却具有诸多匪夷所思的特异功能,比如他能够准确地预言翁波意西的到来、麦其土司的消亡,透视到哥哥在黑暗中被行刺的情形以及妻子和哥哥

---

[1] 马里·柯里:《后现代叙事理论》,宁一中译,北京大学出版社,2003,第130页。

之间的私情,等等。当傻子不能有效地完成叙事任务之时,隐含作者"我"就会直接跳出来作一种干预性评论,以帮助叙述者完成叙事任务,此时,傻子二少爷的不可靠叙述行为就变得逐渐可靠起来。不仅如此,在作者行文的过程中,傻子二少爷的能指和所指之间发生了严重分离,从而赋予了傻子二少爷以特殊的象征意义和表现功能。文本在能指和所指之间、在表面和本质之间产生了巨大的张力,这就极大地丰富了小说的社会批判意义。《秦腔》中的引生是清风街上一个土生土长的农民,他既是小说的主要叙述者之一,也是整部作品中的主要关节点所在。他好事,清风街上大事小事、红白喜事,都能看到他的身影;他无聊,成天游手好闲,到处闲逛,哪里热闹往哪里挤;他卑下,连夏天智的面都不敢见,对夏风又恨又怕,清风街上的人都敢以他取乐;他龌龊,用鸡毛粘伤口,张口就吐出蛔虫;他还自视清高,看不起狗剩、武林、陈亮这些小人物。疯子引生作为文本的主要叙述者也明显地存在着一系列先天性障碍和缺陷,但是,作者贾平凹却赋予了疯子引生以神奇的灵异功能:"现在我告诉你,这蜘蛛是我……但我人在文化站心却用在两委会上。我看见墙上有个蜘蛛在爬动,我就想,蜘蛛蜘蛛你替我到会场上听听他们提没提到还我爹补助费的事,蜘蛛没有动弹。我又说:'蜘蛛你听着了没,听着了你往上爬!'蜘蛛真的就往上爬了,爬到屋梁上不见了。"[1]

---

[1] 贾平凹:《秦腔》,作家出版社,2005,第302页。

夏风虽然没有直接参与文本叙事，但有着贾平凹影子的夏风在小说中却不时地出现，有效地调节了疯子引生的叙事节奏，减轻了其叙述的不可靠性，这样，贾平凹的现实经验世界才能在文本中得到淋漓尽致的呈现。著名学者杨义说："认真地考察从真实作者到文本的叙述者的心灵投影的方式，在许多场合往往具有解开文本蕴含的文化密码的关键性价值，作者和叙述者的关系，是形与影甚至道与艺的关系，其间有深意存焉。"[1]根据以上对两书人物形象的分析，我们可以看出，傻子二少爷和疯子引生在各自文本中的功能具有一定的相似性，但是，他们之间也具有极大的差别。傻子二少爷的出生以及麦其土司家族发生的一系列事件都具有偶然性，傻子二少爷凭借着半真半假的"傻"却往往赢得胜利，作为小说主要叙述者和故事建构者的傻子二少爷几乎颠覆了正常的逻辑规则，命运似乎一直垂青于他。然而，与傻子二少爷相比，引生在文本中只是起到结构全篇的作用，根本无法影响历史发展，只能被动地顺从历史必然性，红运好像总是和他无缘。引生形象蕴含着作家对当代中国农村真实状况的独特理解，也是贾平凹对当代农村题材小说创作的一大重要贡献。

中国古代独特的"史传"和"说话"的叙事传统造就了中国古代小说的两种叙述者形象：文言小说的"记事者"和白话小说的"说书人"。他们往往在叙事文本中居于全知全能的支配

---

[1] 杨义：《中国叙事学》，中国社会科学出版社，2007，第140页。

地位,知晓人物的过去、现在和未来,可以任意地透视人物的内心,其所掌握的情况多于故事中的任何一个人物。宋元时期,话本小说的全知叙述者不仅承担着文本的叙述功能,而且还频繁地对故事的人物和事件进行评价,这直接影响了读者的情感态度和审美接受。此时,中国古代小说叙述者功能的单一化状态才得到部分改变。20世纪80年代左右,外国各种新潮的创作手法源源不断传入中国,特别是拉丁美洲地区的魔幻现实主义手法对新时期文学创作产生了不可估量的影响。之后,马原、余华、格非、残雪、洪峰、孙甘露等先锋作家开始大胆地进行了此种创作实验,也产生了一大批具有相当影响力的文学作品。阿来的《尘埃落定》和贾平凹的《秦腔》无疑就是此次创作试验的余波,作品的主要叙述者都是疯癫者,他们作为小说的主要叙述者之一,不但很好地完成了作者交给的叙述任务,而且还直接参与了故事情节的建构,这就使小说文本出现了许多的缝隙和空白点。此时,叙述者的不可靠性不但使小说具有了多种解读的可能性,同时也激发了读者对小说文本的阅读兴趣。从这个意义上讲,与中国古代小说相比,新时期文学中的诸多作品在叙事方面具有了一些新的面貌,极大程度上打破了中国古代全知全能的传统叙事手法,从而有效地拓展了新时期文学创作的空间。

三、叙述结构的反讽性

美国学者浦安迪认为:"叙事就是作者通过讲故事的方式

把人生经验的本质和意义传示给他人。"[1]只有这样才能把故事完美地叙述出来。这就需要作家"一定要在人类经验的大流上套上一个外形(shape),这个'外形'就是我们所谓的最广义的结构"[2]。文学作品的结构是文学作品各部分之间的组织和安排,是沟通写作行为和目标之间的模样和体制,是作家的创作主旨和审美观念的外化形式。文学作品的叙事结构是构成文学作品形式的因素之一,它的建构过程是用文学语言把渗透着作家思想感情和审美理想的意念按一定的目的组合成文学形象体系的过程。著名学者杨义说:"在写作过程中,结构既是第一行为,也是最终行为,写作的第一笔就考虑到结构,写作的最后一笔也追求结构的完成……一篇叙事作品的结构,由于它以复杂的形态组合着多种叙事部分或叙事单元,因而它往往是这篇作品的最大的隐义之所在。它超越了具体的文字,而在文字所表述的叙事单元之间或叙事单元之外,蕴藏着作者对于世界、人生以及艺术的理解。从这种意义上说,结构是极有哲学意味的构成,甚至可以说,极有创造性的结构是隐含着深刻的哲学的。"[3]因此,叙事结构对于作家的文学创作是非常重要的,而对小说叙事结构的分析可以有很多切入点,比如时间结构、空间结构、逻辑结构等。

20世纪80年代以来,诸多"疯癫叙事"小说的叙事结构都

---

[1] 浦安迪:《中国叙事学》,北京大学出版社,1996,第5-6页。
[2] 浦安迪:《中国叙事学》,北京大学出版社,1996,第55页。
[3] 杨义:《中国叙事学》,中国社会科学出版社,2007,第24-27页。

颇值得关注，它们的情节组织原则一反传统的时间线形和因果逻辑的连接方式。以格非的《傻瓜的诗篇》和余华的《河边的错误》为例。前者讲述了一个年轻貌美的女大学生莉莉不幸患了精神分裂症，她被送到精神病疗养中心接受治疗，而精神病医生杜预在疗救莉莉的过程中对其产生了浓浓的爱意。在一个寂静的夜晚，杜预把精神失常的莉莉骗到自己的办公室实施了诱奸。从此以后，他不顾自己的医生身份而多次企图实施更为龌龊的强奸计划。但是，莉莉的精神病却奇迹般地好转得以出院，杜预却因为心情过度悲伤而出现精神失常。最后，他不得不接受电疗手术以遏制精神病情的进一步恶化。《河边的错误》讲述了南方某小镇附近的河边发生了一宗扑朔迷离的杀人案件，被害者么四婆婆在傍晚时分去河边喂鹅之时竟离奇遇害。刑警队队长马哲几经调查取证，但案情都毫无进展。实际上，杀人凶手是曾经和么四婆婆共同生活的一个疯子。然而，疯子却凭借着自己的特殊身份一直逍遥法外。之后，疯子又连续作案两次，无辜地杀死两位村民。按照法律规定，精神失常的疯癫者犯罪是不承担刑事责任的。这使刑警队队长马哲陷入了左右为难的尴尬困境，他在万般无奈之下竟开枪射死了疯子。此时，整个案件的焦点开始转向了马哲，他终于向公安机关自首并愿意接受法律的制裁。但是，身份独特的马哲在公安局局长的袒护之下被迫装疯，终于逃脱了法律的追究。我们由此可以看出，为了达到某种目的，正常人采取的措施往往成为其远离目标的必要步骤，而疯癫者却在不经意间达到了一种预期目标。不可否认的是，医生和病人、警察和罪犯之间本来是一对难以调和的矛盾体，但是，经过作家的特殊处理之后，他们的社会角色却发生了戏剧性错位：《傻瓜的诗篇》中的精神病患者莉莉的病情好转之后顺利出院，而精神病医生杜预却一步步走向精神疯癫者的行列；《河边的错误》中的罪犯疯子杀人之后逃脱了法律制裁，而刑警队长马哲为了群众利益在杀死疯子之后却成为真正意义上的罪犯，但马哲以装疯卖傻的方式顺利地躲过了劫难。正是在这个意义上，格非才说："但我似乎有理由相信，所谓的正常人的世界与疯子的住所仅有一步之遥，也许一个是另一个的原因或者结果，甚至两者之间本来就没有太多的分别。"[1]此话明显地具有一种强烈的批判意味和反讽色彩。而反讽作为文学创作中的一个重要方法，不仅经常被用于诗歌创作，同时也为叙事学研究者所重视。反讽手法和我们通常所说的讽刺具有某种相似性，但是，它们之间也存在着巨大差异，最大区别在于被反讽的物体在博得读者欢笑和惊异之情时并没有被贬低，它引起的是人们对事物的思索或同情，有时甚至是肯定和赞扬，进而达到一种特殊的审美效果；而讽刺则使事物变得无比荒诞，能够引起读者的欢乐、蔑视以及愤怒之情，从而使人们在无意间贬低它的内在价值。基于此，疯癫人物形象的反讽意义绝不仅仅局限于文本的内部天地，它们明显地还是一种具有多层隐喻和象征意义的文化符号，促使我们进一步反思现实社会中存

---

[1] 格非：《塞壬的歌声》，上海文艺出版社，2001，第221-222页。

在的一系列荒谬现象。

一般而言，中国古代小说的叙事结构是完整闭合的线形叙事模式，作者往往按照时间、空间的逻辑顺序安排故事的开端、发展、高潮、结局，故事情节一环紧扣一环，故事形态也是非常清晰的，所谓"一波未平一波又起""大故事里套小故事"就是对这种传统叙事模式的形象描绘。但是，由于过分注重情节的完整性，作家不得不充分利用一系列巧合，把事件的发展牢牢地拴在因果链上，不得不在照顾情节的完整性的前提下拼凑出许多场戏，这样就必然需要舍弃诸多故事情节之外的生活内容，有时候甚至必须得让人物迁就故事情节的发展。不仅如此，我们知道生活本身是非常混乱的、易变的、任意的，它往往会留下成千上万的解不开的头绪，小说家经过严格筛选从中抽取的事件不一定就具有必然的因果关系，原因在于我们所理解的因果关系只是世界性联系中一个极小的组成部分而已。因此，小说艺术发展到现在，传统的闭合情节模式受到严重挑战，现代小说把许多精彩部分隐含于平凡琐碎的叙事之中，打破了传统阅读期待高潮的审美习惯，小说情节在曲曲折折之间来回穿梭。格非的《傻瓜的诗篇》和余华的《河边的错误》无疑就是其中的典型之作。疯癫者使文本的叙事线索出现了暂时的断裂，客观上也就造成了叙事结构的缺失和空白，这就必然使事件之间的因果链被严重打破，从而呈现出一种零散化的状态。同时，叙事线索的缺乏和零散化也改变了读者和文本的关系，迫使他们去做"完形"的工作。于是，读者就会凭借着自己的阅历，根据文本的已知线索对空白部分作进一步的补充和完善,从而使因果关系和逻辑顺序变得清晰和明确起来。可以说,此时的读者已经不再是固有意义上的接受者和阐释者,而成了某种程度上的叙述者,进而参与到文本的讲述和创作中来。中国现代著名小说家茅盾曾说:"中国一般人看小说的目的,一向是在看点'情节',到现在还是如此;'情调'和'风格',一向被群众忽视,现在仍被大多数人忽视。这是极不好的现象。我觉得若非把这个现象改革,中国一般读者赏鉴小说的程度,终难提高。"[1]此话可以说真实地道出中国小说艺术的症结之所在。值得庆幸的是,随着时代的发展和文学创作观念的进步,此种状况得到了巨大改变,这就有效地颠覆了中国文学传统封闭的自足文本观,从而使读者和文本之间的关系出现了新面貌。

原载《重庆师范大学学报》(哲学社会科学版)2009年第2期

---

[1] 茅盾:《评〈小说汇刊〉》,《文学旬刊》1922年第43期。

当代文学中"疯癫"形象的文化蕴涵

文学作为一种虚构的语言文本,是人类的生命活动和精神存在方式之一,其不但要表达言内之意,而且要表达言外之意,有时后者甚至比前者更为重要,因为文学的意义不仅具有可供经验观察和实证研究的现实指向,更包括了面向未来的价值指向和理想追求。"疯癫"是一种十分特殊的文学意象,曾经在中国古代文学的各类题材中出现过,当历史进入20世纪以后,鲁迅的第一篇现代白话小说《狂人日记》揭开了中国现代文学描写疯癫人物形象的序幕。20世纪80年代以来,中国当代众多作家掀起了又一轮书写疯癫人物形象的高潮。与现代文学中的疯癫人物形象相比,我们可以明显地看出,当代作家们更多是从生理和心理两个层面对其展开描绘的;此时,中国当代文学中疯癫人物形象的表现功能得到进一步增强,他们的文化蕴涵也就变得更加鲜明起来。

一、对现代性的质疑和反思

当今社会已经进入了一个崭新的历史发展阶段,现代科学技术极大地改变了世界的原有面貌,社会的各个领域都朝着现代化的方向迈进。然而,人类在享受先进的科学技术带来的一系列优秀成果的同时,也面临人口膨胀、环境污染、气候变暖等一系列社会问题。在现代社会中,疯癫问题明显属于医学领域的疾病范畴,然而,文学作品中的疯癫问题却不仅仅指向医学领域，也会跨领域地映射社会生活中的其他方面。基于此，疯癫可以说绝不是一种简单的疾病问题，它早已经转化为一个非常严重的社会问题。毫无疑问，疯癫现象和人类正在面临的日益严重的"现代性的危机"是密不可分的。

然而，究竟何谓现代性呢？西方学术界普遍认为，现代性自身充满了张力和差异。如果我们选择一个总体性的二元范畴来加以描述的话，现代性的这种张力关系可以界定为"启蒙现代性"和"审美现代性"之间的复杂关系。齐美尔把这个矛盾描述为"文化的悲剧"，即物质文化与精神文化的对立，是形式对生命力的压制。卡林奈斯库则把其概括为社会现代化与文化现代性之间的矛盾。总而言之，现代性就是对统一秩序的一种追逐，它反对混乱、差异和矛盾。而疯癫现象的内在本质即是拒绝理性和启蒙，倡导一种非理性的价值观，这就在客观上形成了现代性和疯癫之间的矛盾冲突。此时，现代性必然会以多种方式对疯癫现象展开你死我活的斗争。然而，现代性对疯癫现象的惩罚并没有达到预期的效果：疯癫现象在现实社会中不但没有减少，反而有逐渐增长之势，现代社会依然在现代性的危机中痛苦挣扎。作为一种异质性因素，疯癫现象对现代社会构成了一种极大的否定，有力地对现代社会中一系列既有的逻辑规范提出了质疑。

著名学者王一川说："创造艺术形象，尤其是艺术中的典型形象，成为20世纪中国文学的一个重要问题，也是中国现代知识分子据以解决现代性问题的有着巨大社会效果的象征性手段。"[1]20世纪20年代,现代文学史上的第一篇白话小说《狂人日记》的主人公"狂人"就是鲁迅着意塑造的人物形象。狂人的性格特征非常复杂:倘若站在启蒙现代性的立场上去审视他,狂人是一个觉醒者、反抗者、启蒙者;假如站在审美现代性的视角来观照他,其明显就是一个"精神界之战士",不仅超越专制和伦理弊端,也能够避免西方现代性所带来的负面影响。紧接着,中国现代文学中出现了一系列"狂人"似的人物形象。特别是20世纪80年代以后,寻根文学和先锋文学中诸多作品都具有反思现代性的因素,比如说,郑义的《老井》、韩少功的《爸爸爸》《女女女》、莫言的《透明的红萝卜》《檀香刑》、王兆军的《不老佬》、马原的《虚构》等。这里以韩少功的《爸爸爸》中的主人公丙崽为例来说明。作为鸡头寨的一个怪胎,无论岁月怎样流逝,丙崽永远停留在长不大的懵懂状态,鸡头寨的苦难和欢喜都无法使他有丝毫变化。当鸡头寨的灭顶之灾到来时,喝了半碗毒汁的丙崽却依然顽强地存活下来,不依不饶地跟随着鸡头寨的人们。他的一系列怪言怪语非常滑稽可笑,但是,他已经不是某个具体的人物形象,而是几千年来中国传统文化中落后愚昧成分的一个象征,也是封闭文化的畸形产物,更是作家对现实认识和思考的结晶。正如韩少功所说:"希望在立足现实的同时又对现实世界进行超越,去揭示一些决定民族

---

[1] 王一川:《中国形象诗学》,上海三联书店,1998,第8页。

发展和人类生存的谜。"[1]从这个意义上讲，这些作品中出现的疯癫形象无疑为缓解现代性的危机提供了一种有效途径。因此，我们应该清醒地认识到，现代社会要想彻底摆脱日益严重的现代性危机，就必须超越既有的现代性，进而构建一套适合未来社会发展的新的逻辑规则。然而，非常遗憾的是，疯癫现象对现代性的质疑和反思，就像空谷中的哀鸣和旷野中的呼号一样，始终没有能够引起人们足够的注意，从而具有一种非常强烈的悲剧意味。

二、对文明理性的背离和超越

疯癫从表面看是一种精神疾病，但是，疯癫问题从本质上来讲更是一种社会隐喻。中国当代文学中出现的疯癫形象，正是中国文化和社会问题的折射，表达着当代中国作家对社会、政治、文化的思考。隐喻是在彼类事物的暗示之下把握此类事物的文化行为，它对人类的重要性是不言而喻的。从认识论的角度看，离开了隐喻，人类就失去了认识世界的可能性；从美学的角度看，离开了隐喻，人类丰富的内在感受和审美体验就难以言表。隐喻是无所不在的，它已经渗透到人类语言的方方面面；隐喻是不可或缺的，离开了隐喻，人类就失去了把握世界的工具。朱德发说："隐喻性思维本质上就是文学性思维，因为，隐喻具有形象性，隐喻中融合了形象和思想，隐喻在本质上就是表达隐含于形象'外壳'中的思想，即隐喻以感性形象

---

[1] 韩少功:《文学的"根"》，《作家》1985年第4期。

表达理性内容……"[1]中国当代文学中诸多疯癫人物形象作为一种隐喻性的文化符号,必然指涉着非理性因素之外的东西。

疯癫作为人的一种特殊精神状态,是由于现实世界的压抑和遗弃而造成的。一方面,疯癫者在现实社会中,由于和正常人在许多方面存在一系列差异,因此成为异类和怪物的代称;另一方面,作为一种隐喻,疯癫者的存在是对现实社会既存文明理性规范的一种抗争,进而揭示出现实世界的荒诞和悖谬。文明之后为何出现野蛮?进步之后缘何出现倒退?这些无疑是现代人面临的非常棘手的问题。换句话来说,疯癫者往往对既有的社会道德规范视而不见,对一切权威法则和秩序提出挑战。这就必然和现代社会的既有逻辑规则形成尖锐的矛盾冲突。中国当代文学诸多作品中的疯癫者形象,比如王安忆《小鲍庄》中的武疯子、张洁《无字》中的吴为、徐小斌《对一个精神病患者的调查》中的景焕、迟子建《晨钟响彻黄昏》中的刘天园、东西《后悔录》中的曾广贤等,在各自文本中都不同程度地对既有的文明理性提出了挑战。特别是在王黔生的《疯子的饰物》中,作者就借叙述者之口,愤慨地质问:"到底谁是真正的疯子?!""难道那些政治魔术师们,以及生产'疯狂素'的刽子手们,他们,不才是真正的疯子么?"这些颇让人深省的话语道出了那个疯狂年代的真实悖论。但是,任何一种现有文明都

---

[1] 朱德发:《20世纪中国文学理性精神》,上海人民出版社,2003,第622页。

存在着一套维护自身稳定和安全的权力运作模式，它必然会对危害自身利益的行为进行惩罚，对危及其合理性的思想进行扼杀。因此，这些疯癫者必然会受到现代社会既有文明理性秩序的规训和惩罚。

然而，理性与非理性也是一对矛盾集合体，绝对的理性和绝对的非理性都是根本不可能存在的。理性控制下的常态，有时候不一定比非理性操纵下的非常态更具合理性。非理性的放纵有可能将社会历史的本质揭示得更充分，有时甚至更能表征人性扩张和社会变形之后的真实状态。王彬彬说："由于他们已经失去了与外界的现实联系而成为现实世界的旁观者，由于他们已经摆脱了正常人理解现实时所不得不运用的惯常的知识、逻辑、思维方式、推理程序……而完全凭着自己的感觉对外界作出判断，他们就有可能更真切地看清了现实世界。"[1]也就是说，疯癫者以非理性的方式表现非人性的反抗激情，以野蛮显示了对文明理性的挑战，展示了在长期被扭曲的人性中，在麻木的芸芸众生中还存在着敢于反抗的主体。在非常态的世界之中，理性的、正常的反抗方式都被严重打压，尚存的未被泯灭的人性光彩只能以扭曲的方式出现。此时，疯癫者的所有行为都具有强烈的象征和隐喻意义：从表面来看，疯癫现象是对现代社会文明理性的严重偏离和对抗；但从深层来说，疯癫现象对文明理性的斗争和拒斥无疑又构成了一种超越和重构。从这

---

[1] 王彬彬：《余华的疯言疯语》，《当代作家评论》1989年第4期。

个意义上讲,疯癫现象在现代社会的频繁出现无疑就具有一定的合理性和必然性。

三、对现实生存的拷问和救赎

一个无可争辩的客观事实是,随着消费主义的日渐盛行,现代人的生活和工作压力必然会进一步增大,而精神生活空间相应地遭到严重挤兑,可以说"物"对人的异化程度已经达到了非常可怕的境地。加之受拜金主义和享乐主义等不良风气的影响,人们的外在生活环境正在逐渐趋于恶化,而如何摆脱这种危机,进而让现代人能够实现"诗意地栖居"的梦想,无疑已经成为现代人面临的重大难题之一。现代社会在进入纵深发展阶段以后,现代人的精神状态也面临着一系列问题,比如失眠、抑郁、烦躁、惊悸、恐慌等诸多心理疾病就相伴而生。当这些轻微的病症发展到极端之时,就会逐渐演化为一种神经错乱的精神病,而精神病患者将得到怎样的医治和管理就成为现代社会的一个棘手问题。疯癫现象在中国当代文学中的大量出现是社会某种病态的折射,它昭示着作家对现代社会和文化的系统思考。

文学是一种自我的审美活动,一定程度上具有非理性的倾向和超越现实的自由性,作家进行创作就是要构筑自己的审美乌托邦,是超越现实的精神翱翔,进而使其成为解决精神危机的理想出路。基于此,苏珊·桑塔格才说:"在二十世纪,被当作高超感受力的标志、能够显示'超凡脱俗的'情感和'愤世嫉俗的'不满情绪的那种讨厌的、折磨人的疾病,是精神错乱。"[1]卡西尔也说:"人被宣称为应当是不断探究他自身的存在物——一个在他生存的每时每刻都必须查问和审视他的生存状况的存在物。人类生活的真正价值,恰恰就存在于这种审视中,存在于这种对人类生活的批判态度中。"[2]米歇尔·福柯说,艺术作品通过疯癫的中介,使世界"在艺术作品的压力下承担起认罪和补救的工作,承担起从非理性中恢复理性、再把理性交还给非理性的任务"。[3]可以看出,这些论述都极具思辨性和哲理性,也的确能够使我们重新审视和思考这个纷乱复杂的现实世界。疯癫问题本来是医学领域之中的严重精神疾病,是对人类极端存在方式的一种反映。但是,其在文学之中的意义早已悄悄地转化和变异。比如,20世纪90年代以来,中国当代文学中出现的诸多疯癫叙事文本都具有这方面的特征,莫言的《丰乳肥臀》、蒋子丹的《等待黄昏》、徐小斌的《羽蛇》、王彪的《病孩》、艾伟的《敞开的门》《乡村公园》等都是颇具代表性的作品。此时,疯癫形象是作为一种象征性的文化符号出现的,它们具有十分丰富的文化蕴涵:一方面,作家们通过对疯癫人物形象的语言特征、外在行为、内在心理等的具体描绘,展示

---

[1] 苏珊·桑塔格:《疾病的隐喻》,程巍译,上海译文出版社,2003,第34页。

[2] 恩斯特·卡西尔:《人论》,甘阳译,上海译文出版社,1985,第108页。

[3] 米歇尔·福柯:《疯癫与文明——理性时代的疯癫史》,刘北成、杨远婴译,生活·读书·新知三联书店,1999,第269页。

了社会转型期的中国社会出现的正面和负面、前进和倒退、新生和颓败等复杂景象，进而揭示了现代社会中的一些病态；另一方面，在现实社会之中，虽然疯癫者经常遭到人们的戏弄和嘲笑，但是，他们却成为一种不可或缺的存在，也寄托着作家对美好理想的追求和憧憬。作为一种审美乌托邦，疯癫现象内部所蕴含的驳杂矛盾，可以说为现代人提供了一个非常有效的精神救赎突破口。

总而言之，疯癫现象具有深刻的现实意义和文化蕴涵：疯癫对现代性的质疑和反思、对现代文明理性的背离和超越以及对现实生存的拷问和救赎等。而且，这三方面的价值和作用是不可分割的，它们有时甚至会呈现一种你中有我、我中有你的复杂关系。毫无疑问，疯癫现象在现代社会具有一定的警示意义。"可怕的并不是疾病本身，而是人们对疾病的理解和态度。"[1]同样道理，可怕的并不是疯癫本身，而是人们对疯癫的理解和态度。当我们正视疯癫的时候，我们是正常的；当我们鄙视疯癫的时候，我们就是不理性的。

原载《艺术广角》2011年第1期

---

[1] 刘翔平:《寻找生命的意义——弗兰克尔的意义治疗学说》，湖北教育出版社，1999，第57页。

时空交错的结构性文本
——评徐则臣长篇小说《北上》

2019年8月,青年作家徐则臣的长篇小说《北上》荣获第十届茅盾文学奖,在文坛迅速引起热议。毫无疑问,这是"70后"作家群体的"共同荣光",也完美诠释了"一个人在青年时代可能达到的灵魂眼界"的真正蕴涵。作为一部时空交错的结构性文本,《北上》把运河两岸的城市和人群,以独特的方式嵌入故事内核,具体呈现了京杭大运河对中国政治、经济、思想、文化等诸多领域产生的重要影响,认真探寻运河文化的基本内涵和精神谱系,是当代运河文学创作的精品之作。

外部事物进入作家视野进而成为创作对象是需要机缘的。在中国历史上,京杭大运河是纵贯南北水路交通要道,滋养着不同时代运河沿岸的千百万人民。因此,京杭大运河不仅是一条自然之河,也是一条历史之河、文化之河,中间蕴藏着说不尽的"运河故事",它们应该得到激活并参与现代文化建构。2014年6月,第38届世界遗产大会把京杭大运河列为世界遗产名录,千年运河被重新唤醒,其背后所承载的历史价值和文化意义有待开掘。徐则臣说:"二三十年前,我的生活从一条河边转换到另外一条河边,河流是我整个童年和少年时代的乐园。河流不仅是我们最亲密的玩伴,还是我们认识和想象世界的方式……若干年后,我一度生活在京杭大运河边。无论是规模、功用还是作为景观，乃至作为河流的本质意义上，它都堪称我所经见的那些河流的总和，它是我生命中的总河。20余年的写作中，我的小说背景在这条大河的上下游走，开辟出一个纸上的新世界。"[1]可以看出，大运河早已融入徐则臣的日常生活经验，成为他进行文学创作的核心主题，也是他深度观照中国社会历史的重要通道。

在《北上》中，徐则臣以历史和当下两条线索，运用杰出的叙事技巧，把小说分为三个部分，生动讲述那些具有纪实和虚构性质的"运河故事"。在小说开篇，作者以意大利人小波罗（原名保罗·迪马克）怀揣着神秘梦想来到中国参观大运河为主线，中间遇到谢平遥、邵常来、老夏、孙过程等各色人等，他们从无锡出发，一路北上，历经曲折，亲眼见证了运河沿线各地的烟花柳巷、船闸人家、纤夫官员、河道劫匪等各色人物、社会世相，这构成了整部小说叙述的主体内容。小波罗临死之前，把随身携带的贵重物品无偿赠送给中国同伴，每人得到一件礼物。这里，徐则臣故意设置悬念，为后面文本叙述做好铺垫。比如，邵常来得到了罗盘，他的后代和跑船建立了密切关系。孙过程得到了外国相机，他的后代就以摄影为职业，把镜头对准了运河上的人和事。之后，徐则臣以此为纲领性结构，按照人物繁衍生息的基本序列，勾勒出邵秉义、邵星池、谢望和、孙宴临等船民后代的"运河故事"，让人无限感叹"运河精

---

[1]《文艺报》2019年10月14日第5版。

神"的复杂多义。在小说后半部分,徐则臣又以小波罗的弟弟费德尔·迪马克来华的曲折经历为辅线,中间穿插着费德尔和秦如玉的离奇爱情故事,以及他们的后代马思艺和胡念之、胡静也等人的日常生活,故事情节跌宕起伏,叙述有法。小说最后交代小波罗考察大运河的真正秘密所在,这肯定会给读者带来无限想象空间。

时间维度构成了《北上》文本叙述的基本坐标,也是作者重构近现代中国社会历史的重要方式。徐则臣说:"世界沿着运河像布匹一样在我的想象里展开,它还给了我另一个想象世界的维度,那就是时间。时间是历史,也是文化,还是解决一个个疑问的真相。它与空间一起支撑起一个勘探世界奥秘的坐标。在时空交错的坐标里探寻一条河,我相信我看见的是一个复杂、浩瀚的世界。这条河贯穿南北,盯着一条河看,其实就是纲举目张,在打量一个辽阔而古老的中国。世界以一条河流的长度和结构呈现在我面前。"[1]在时光流转中,徐则臣运用散点透视的方法,匠心独运地把许多"运河故事"嵌入时光之轴,细致描绘近百年来中国重要历史事件(戊戌变法、八国联军侵华、义和团运动、抗日战争、"文化大革命"、改革开放)在主人公生命历程中的深深印记。在中国近现代史上,1901年可谓是具有特殊意味的年份。该年,中国被迫和帝国主义列强签订《辛丑条约》,标志着中国彻底沦为半殖民地半封建社会。也是在

---

[1]《文艺报》2019年10月14日第5版。

1901年，光绪帝颁"废漕令"，千年漕运自此画上历史性句号。在《北上》中，徐则臣把1901年作为文本叙述的焦点时间，层层剥离，娓娓道来，有意识地把1901年小波罗考察大运河的故事一分为二，分别置于文本第一部分和第二部分；之后，再拉开时间距离，把2012年和2014年作为重要节点，详细叙述船民后代们的"运河故事"。具体来讲，邵常来在完成小波罗北上期间的雇工任务之后，凭借着跑船经验，最后在济宁定居落户，全家人共同合作经营运河货运业务。作为邵常来的后代，邵秉义不但把跑船作为一种谋生手段，而且对此种职业怀有特殊感情。2012年，邵秉义的儿子邵星池听取父亲的意见，在自己家船上完成结婚仪式之后，就毅然决定不再固守单调乏味的船民生活，想在商界大展宏图，开创一种全新的生活方式。2014年，邵星池来到周海阔经营的"小博物馆"客栈，试图赎回自己曾经变卖的家族信物"罗盘"，历经曲折，这一愿望最终实现。但是，邵星池在生意失败之后，迫于现实压力，不得不重新回归船民生活。也正是2014年，谢平遥的后代谢望和在北京与电视台合作业务失败之后，决定成立望和影视工作室，独立拍摄运河专题纪录片《大河谭》，依然延续着和大运河相关的工作内容。说不尽的"运河故事"在时光隧道里绵远流长。

在小说第二部分，徐则臣在叙述完小波罗北上经历之后，以弟弟费德尔·迪马克的视角讲述自己扣人心弦的"运河故事"。首先，在联军同伴英国人大卫·布朗的帮助下，他们来到天津塘沽，在风起淀巧遇秦如玉，费德尔·迪马克对秦如玉倾慕不已。经过八里台之战，费德尔·迪马克的腿部严重受伤，最后落下残疾成为瘸子。后来，他重新去风起淀寻找秦如玉，但由于自己的外国人身份，他们的交往被义和团臆断为"私通"外国的汉奸行为，这几乎给秦家带来了灭顶之灾。在非常时期，费德尔·迪马克不得不带着秦如玉远走高飞，后化名"马福德"到通州东南的蛮子营定居，从此开始了他们幸福的日常生活。几十年后，日本帝国主义全面侵华，秦如玉在帮助小孙女躲避日本兵所带狼狗的过程中，不幸被其活活咬死。马福德埋葬秦如玉之后，来到日本兵营驻地进行疯狂扫射，在杀死许多敌人后与他们同归于尽。据小波罗临死前讲述，弟弟费德尔·迪马克（马福德）才是真正的运河专家，和京杭大运河具有深厚缘分，"他爱运河，他喜欢水，他喜欢每一个有水的地方。费德尔从小就喜欢威尼斯，长大了知道中国的京杭运河，就立志来中国。他在家信里说，京杭运河究竟有多伟大，你在威尼斯是永远想象不出来的。他才是那个要做今天的马可·波罗的人。"[1] 正是因为费德尔·迪马克来华之后消息渐阙，才促使小波罗满怀梦想去追寻弟弟的身影。经过岁月洗礼，沧海桑田，兄弟二人都永远沉睡在运河沿线，共同守望着这条奔流不息的生命之河。

除了时间切换之外，空间交错也构成《北上》叙述艺术的重要侧面。大水汤汤，溯流北上。京杭大运河途经今天的浙江、

---

[1] 徐则臣：《北上》，北京十月文艺出版社，2018，第338页。

江苏、山东、河北、天津、北京等不同省市，对中国南北地区的经济发展与文化交流发挥着积极作用。在某种意义上，正是由于京杭大运河的成功开凿和通航，运河沿岸的许多城市村镇才迅速发展起来。在《北上》中，小波罗等人从无锡出发，一路北上，途经常州、镇江、扬州、淮安等诸多城市，中间过邵伯、高邮，再到济宁、天津等北方重镇，可谓阅尽运河沿岸各地的自然景观、民俗风情、文化习性，见证了晚清中国社会历史的风云变幻。值得注意的是，小波罗北上过程中，运河沿岸的两个重要城市——淮安和济宁，在无意间被错过考察游历。然而，作者并没有将其遗忘，而是在后面文本中间花费许多笔墨，把谢平遥、邵常来后代们的"运河故事"与其进行关联衔接，在空间流转中畅叙千年运河的"常"与"变"。比如，尽管谢望和生活在北京，但由于拍摄纪录片《大河谭》的现实原因，他不得不回到祖籍地淮安，一方面是寻找"时间与河流"摄影展的主人公孙宴临；另一方面是带着父亲谢仰山的殷切嘱托，拜见堂叔谢仰止，希冀消除早年二人之间的误会。当谢望和完成任务回到北京后，孙宴临也带着无限憧憬来到北京，最终成就了他们之间的美好爱情。正是在北京和淮安的空间切换中，千年运河的前世今生才得到有序展开。同样，上文已经谈到，邵常来在济宁开始经营跑船生意后，近百年来，邵家都把其作为安身立命之本，一方面是现实生活所迫，另一方面也是对先祖事业的有效继承。但是，邵星池却试图改弦易辙，体验别样的生活方式。"跟陆地上的货运比，我们把吃奶的力气都使出来，也只会越来越慢；河床在涨，河面在落，我们的船只能越来越小。一看到岸上的汽车火车越跑越快，我就有种被世界遗弃的感觉：他们在往前跑，而我们在往后退。运河的水运跟这个风驰电掣的世界，看上去一起往前走，实际上在背道而驰。我还年轻，我不想有一天船小得慢得我实在看不下去了再上岸，那时候你儿子可能除了'晕陆'，什么也做不了了。"[1]但是，理想终于不得不让位于残酷现实，作为船民生活象征的"罗盘"重新回到邵星池手中，其中的象征和隐喻意义非常明显。此时，生活逻辑和历史逻辑变得越来越难以耦合，实在令人唏嘘不已。

总而言之，时空交错构成了《北上》叙事艺术的显著特征，也是作者进行文本构思的着力点。在《北上》中，徐则臣把"一条河"和"一个民族的秘史"有效勾连起来，在中国和西方、传统和现代的比较视野中，实现了他对近现代中国社会文化的整体思考。因此，作为一种历史镜像，千年运河的话题是说不尽的，有待于我们进一步挖掘。

原载《长江丛刊》2020 年第 11 期

---

[1] 徐则臣：《北上》，北京十月文艺出版社，2018，第92-93页。

第三辑　鲁迅研究

野性的呼唤

——上海时期鲁迅对动物电影的社会学思考

一、上海时期鲁迅观看动物电影类型概览

1927年10月3日，鲁迅携许广平到达上海，既不当官，也不从教，正式成为"自由撰稿人"，开启了上海十年的都市生活模式。此时，上海已经成为东亚第一大城市，拥有国泰、大光明、明星、奥迪安、卡尔登等30多家大型高档影院。"电影院既是风行的活动场所，也是一种新的视听媒介所在地，电影与报刊、书籍和另外的出版种类一起构成了上海特殊的文化母体。"[1]除了写作、编辑、出版、交友等以外，上海时期鲁迅的娱乐活动便是看电影，借此缓解精神压力，开阔视野，弥补生活经验之不足。"一旦变成了机器，颇觉无聊，没办法，就去看电影。"[2]因此，电影已经成为鲁迅晚年日常生活的重要组成部分，也是他深度观察外部世界的窗口。

据《鲁迅日记》记载，鲁迅一生以观看外国电影为主，很少看国产片。曾敏之在《鲁迅在广州的日子》中说："鲁迅先生很喜欢看电影，他和许景宋、孙伏园看过许多场电影，看过的国产影片有'一朵蔷薇'、'诗人挖目记'等。因为当时的国

---

[1] 李欧梵：《上海摩登：一种新都市文化在中国（1930—1945）》，毛尖译，人民文学出版社，2010，第93页。

[2] 鲁迅：《致山本初枝》，载《鲁迅全集》14卷，人民文学出版社，2005，第378页。

产影片还很幼稚,不论艺术水平、摄影技术都很低劣,当他看'诗人挖目记'时,几乎不能终场而去。他在'日记'里批评这部影片为'浅妄极矣',从此使他对国产电影失去了兴趣。"[1] 后来,许广平在《鲁迅怎样看电影》中也有类似回忆文字。但是,据学者王学振最新考证,《诗人挖目记》不属于国产影片,而是法国电影。同时,他进一步推断,鲁迅以前看过的两部国产电影是《水火鸳鸯》《新人的家庭》,至于是否看过《春蚕》《瑶山艳史》等,根据现有研究资料,目前对此只能存疑。[2] 单就上海时期鲁迅观影类型来讲,主要有剧情片、冒险片、喜剧片、动作片、历史片、探险片等,且以美国、苏联、德国、英国出品的为主。其中,冒险片在鲁迅观影经历中占据较高比例,是他非常喜欢的电影题材。根据李浩、丁佳园最新编著的《鲁迅与电影:鲁迅观影资料简编(1927.10.7~1936.10.10)》所述,除了无法考据的六七部电影之外,鲁迅在上海时期合计观看140余部电影。其中,像《暹罗野史》《北极探险记》《兽国春秋》《兽世界》《洪荒历险记》《龙虎斗》《兽王历险记》《万兽之王》《虎魔王》《生吞活捉》《降龙伏虎》《漫游兽国记》《兽国寻尸记》《兽国古城》《龙潭虎穴》等,都属于动物题材电影(下面简称"动物电影")。除此之外,鲁迅还喜欢"非洲风情"和"泰山系列"的动物电影。

---

[1] 曾敏之:《鲁迅在广州的日子》,广东人民出版社,1956,第53页。
[2] 王学振:《鲁迅与国产电影》,《鲁迅研究月刊》2019年第3期。

在鲁迅所观看的几十部动物电影中，《暹罗野史》和《北极探险记》是享有盛誉的经典影片。1928年12月1日，《鲁迅日记》记载："夜同柔石、三弟及广平往光陆大戏院看电影《暹罗野史》。"[1]《暹罗野史》（又名《象：一部荒野戏剧》）是美国派拉蒙制作公司等联合拍摄，由梅里安·C.库珀和欧尼斯特·B.史高萨克共同导演，属于黑白无声片，曾获第一届奥斯卡金像奖最佳艺术影片提名奖。"暹罗"即东南亚地区泰国的简称，此片直接在东南亚原始森林实景拍摄，具有写实色彩和强烈的视觉效果。1928年12月1日，《申报》本埠增刊第六版刊登的《暹罗野史》广告中说："轰动世界唯一森林写实巨片。穷辽俗之奇秘，极森林之巨观。暹罗森林，为猛兽盘踞之所，人迹不至。是片为拍拉蒙公司摄制，费时二年，与毫无知识以食人为能事之兽类斗争而成之作。……非时下号称实地摄影者所可比拟。片中将森林中所有虎豹狮象，豹狼毒蛇，既食族人情俚俗，捕兽方法，悄悄摄入，既富足乎兴趣，复增添乎识界，得片如斯，岂忍弗观。"此外，鲁迅也非常喜欢《北极探险记》等探险题材电影。查《鲁迅日记》，1929年6月10日夜，鲁迅和贤桢、周建人、许广平共同到上海大戏院观看《北极探险记》。该影片是1928年美国拍摄的第一部冒险纪录片。《申报》在1929年6月9日为该片刊登的广告中说："凡中途历险经过，以及北极各种鱼兽飞禽，奇奇怪怪，靡不尽情摄入。"可以看出，鲁迅在上海

---

[1] 鲁迅：《鲁迅全集》16卷，人民文学出版社，2005，第103页。

初期已接触许多动物电影,并在后期日常娱乐生活中得到延续。

与此同时,鲁迅对在非洲实景拍摄的动物电影也怀有浓厚兴趣,比如《非洲猎怪》《人兽奇观》《兽国奇观》《非洲孔果国》《非洲小人国》《漫游兽国记》等。1924年4月19日,鲁迅寓居北京期间,"午后往开明戏园观非洲探险影片"[1]。根据北京《晨报》等相关资料佐证,当日,开明戏园放映的是美国拍摄的探险纪录片《非洲百兽大会》,片中具体介绍了"猛兽生活,非洲实景"。《人兽奇观》是由美国范·达克导演、美国米高梅电影公司拍摄的黑白纪录片。1931年5月8日和5月16日,鲁迅曾经两次到上海大戏院观看《人兽奇观》。"盖是片之摄制,完全根据菲洲实况,非面壁臆造者可比。"[2]1936年4月15日,鲁迅在致颜黎民的信中说:"可以看看世界旅行记,借此就知道各处的人情风俗和物产。我不知道你们看不看电影;我是看的,但不看什么'获美''得宝'之类,是看关于菲洲和南北极之类的片子,因为我想自己将来未必到菲洲或南北极去,只好在影片上得到一点见识了。"[3]可见,鲁迅喜欢观看"非洲风情"的动物电影,也是他完善个人知识结构,提升审美趣味的重要方式。

除此之外,鲁迅观看过的"泰山系列",也属于"非洲风情"的动物电影行列,比如《人猿泰山》《泰山之王》《泰山情侣》《泰山之子》。其中,《人猿泰山》是1932年美国米高梅电

---

[1] 鲁迅:《鲁迅全集》15卷,人民文学出版社,2005,第508页。
[2] 金开煕:《观试映人兽奇观后》,《申报》1931年4月23日第11版。
[3] 鲁迅:《鲁迅全集》14卷,人民文学出版社,2005,第77页。

影公司拍摄的"泰山系列"第一部,由范·达克任导演,约翰·韦斯摩斯和玛琳·奥莎丽文联合主演。约翰·韦斯摩斯是第八、九届世界运动会游泳冠军,电影中间穿插了各种游泳样式,为影片在视觉效果营造方面增色很多。《人猿泰山》是根据埃迦·雷斯·巴洛的畅销小说《野人记》翻拍成的电影。之后,美国好莱坞以"泰山"为主人公的系列电影多达数十部,且在短期内风靡世界影坛。《人猿泰山》主要讲述英国商人白克和女儿珍妮在寻找非洲大象墓穴过程中,遇到由猿类抚养长大的野人泰山。后来,泰山多次成功营救陷入困境的珍妮,彼此之间产生了美好爱情。但当最终找到象牙之时,白克却陷入生命危机中,让人唏嘘不已。"人和猛兽毒蛇哀号狂吼的死斗,残酷,残忍,危急,险状,真叫观众们代捏着一把冷汗!这儿,就给了我们一个启示,它说:生物在猛烈的生存竞争中,有抵抗力的才能生存。泰山有雄健的身体,强壮的肌肉,才能和狮虎猛兽肉搏而获得胜利;人,也要锻炼健全的体魄,建造一个强壮的民族。"[1]作为《人猿泰山》的续集,《泰山情侣》延续了前者的故事情节和艺术风格,融浪漫柔情和惊险刺激于一体。从摄影技巧上来讲,《泰山情侣》可能比《人猿泰山》更富有现代色彩,在视觉和音响效果方面也更具震撼力。1934和1935年,鲁迅曾经三次观看《泰山情侣》,可见其对此影片怀有特殊感情。

---

[1] 小伙子:《〈人猿泰山〉观感》,《申报》1932年11月25日本埠增刊第6版。

值得一提的是，鲁迅对"金刚系列"电影（《金刚》《金刚之子》）也是礼赞有加。查《鲁迅日记》，1934年10月3日，"夜同广平邀内山君及其夫〔人〕并村井、中村二君往新中央戏院观《金刚》"[1]。《金刚》是由梅里安·C.库珀导演的具有探险和幻想性质的黑白有声片，由美国雷电华电影公司出品。该影片讲述了非洲大猩猩金刚被导演卡尔·丹汉姆强行带到纽约，沦为供人观赏的怪物的故事。后来，卡尔·丹汉姆和金刚共同爱上了美丽女孩安·达罗，他们在相互竞争中推动着故事情节发展。《申报》在1934年10月3日为该片刊登的广告中说："有声恐怖，奇情巨片，猩猩王，洪荒时代之巨兽蹂躏纽约！猩猩王把美女攫在手中，玩弄电车、汽车，踏个粉碎，飞机和它激斗，它当蜻蜓般的一拍一只。"1934年10月14日，《申报》为电影《金刚之子》大作广告宣传："今日最后一天，本片从金刚大闹纽约述起，携金刚来者再赴荒岛，发现金刚之子，凶猛一如金刚，转战岛上，怪兽尽歼，讵火山爆发，海啸陆沉，小金刚亦不免于难。紧张恐怖伟大的理想奇观！"当日夜间，鲁迅同许广平、内山完造及其夫人、村井正雄、中村亨、周建人、王蕴如等人，共同前往上海大戏院观看《金刚之子》。可以推测，鲁迅有可能是看到《申报》的电影广告之后，不想错过如此宝贵的观影机会，才带领家人和朋友观看《金刚之子》，其兴致之高可见一斑。

---

[1] 鲁迅:《鲁迅全集》16卷，人民文学出版社，2005，第476-477页。

二、上海时期鲁迅对动物电影的社会学思考

尽管鲁迅一再表示,"于电影一道是门外汉""不懂得其中的奥妙",但是,作为一个资深"电影迷",鲁迅在许多杂文、书信、日记中间,对电影艺术有过深度论述。鲁迅在《呐喊·自序》《略论中国人的脸》《上海文艺之一瞥》《"连环图画"辩护》《电影的教训》《未来的光荣》《运命》《"小童挡驾"》《论人言可畏》《我要骗人》《立此存照(三)》等文中,对国产电影、欧美电影、苏联电影等进行评判,它们是理解鲁迅思想的参照性文本。上海时期鲁迅对动物电影与广告关系、动物电影中的文化殖民因素等问题进行的深入思考,值得我们进一步探究。

上海时期鲁迅之所以经常往来于各大影院观看动物电影,有可能是受到《申报》电影广告的影响。《申报》创办于1872年,平时注重社会热点新闻和娱乐事件的捕捉,价格低廉,发行量大,是真正面向普通大众的近代媒体。20世纪30年代,《申报》有效改变着当时社会的文化传播不平等现状,在推动大众文化发展方面发挥着重要作用。可以说,广告几乎贯穿着《申报》的整体运作过程,是其主要经济来源之一。当时,《申报》经常为外国动物电影进行广告宣传:"野兽片之巨擘!悲欢离合,允叹观止,虎豹狮象,蔚为大观。"(《兽王历险记》)"笨象发威,狮牛搏战,狮虎相争。"(《万兽之王》)"一部荒蛮的怪异志,黑人如厉鬼,火烤活人头。极度野蛮,极度残忍,极度惊人,极度恐怖!"(《兽国寻尸记》)"千百种奇禽异兽,罕见的野蛮风

俗。惨酷的人猿邪教，凶残的吃人鳄鱼。"(《兽国古城》)"呲牙磨牙，饿虎扑食兕牛！龙蟠蛟起，封蛇吞噬行客！狙伏猱升，恶豹追搏山民！步步遇险，处处逢凶。生擒毒虫猛兽，活捉怪麟珍禽！"(《龙潭虎穴》)相关资料显示，鲁迅几乎每天都要阅读《申报》，并且和《申报·自由谈》建立了密切私谊。鲁迅借助《申报》电影广告，在第一时间就能够获取上海各大影院的最新影讯，这表明他已开始融入上海都市生活，不再做逃离"魔幻之都"的幻梦。与此同时，鲁迅也非常警惕电影广告的消极因素，他说："上海的日报上，电影的广告每天大概总有两大张，纷纷然竞夸其演员几万人，费用几百万……真令人觉得倘不前去一看，怕要死不瞑目似的。现在用这小镜子一照，就知道这些宝贝，十之九都可以归纳在文中所举的某一类，用意如何，目的何在，都明明白白了。"[1]作为一个社会批评家，鲁迅已经敏锐地意识到，电影广告里夹杂着西方资本主义国家的文化秘密，需要全面客观地进行审视。

纵览鲁迅观看的神怪蛮荒性质的动物电影，虽然不是反映现实人生的电影类型，也没有多少曲折情节，都属于实地拍摄的影片，但它们在上海各大影院受到市民追捧，中间肯定存在着诸多原因。外国动物电影依靠现代科技和思想意义打破了上海旧电影市场的沉闷局面，在电影画面和音响效果方面达到世

---

[1] 鲁迅:《现代电影与有产阶级》，载《鲁迅全集》4卷，人民文学出版社，2005，第418-419页。

界先进水平,极大改变着上海普通市民的日常娱乐方式,是国产电影未来发展需要借鉴的基本对象。作为在上海都市语境中谋生、正投身于思想文化斗争的左翼作家,鲁迅"通过对现代科技的理性认知与不断实践,他形成了自己的人文主义科学观,使其在目睹'未知'世界时,能最大限度地淡化影片'虚拟现实'与真实生活间的陌生感"[1]。鲁迅在观看动物电影后,并没有全盘接受,而是"取其精华,去其糟粕",这是鲁迅主张"拿来主义"、反对"送来主义"的直接体现。"侦探片子演厌了,爱情片子烂熟了,战争片子看腻了,滑稽片子无聊了,于是乎有《人猿泰山》,有《兽林怪人》,有《斐洲探险》等等,要野兽和野蛮登场。然而在蛮地中,也还一定要穿插一点蛮婆子的蛮曲线。如果我们也还爱看,那就可见无论怎样冥落,也还是有些恋恋不舍的了,'性'之于市侩,是很要紧的。"[2]20世纪30年代,鲁迅和刘呐鸥等人关于"软性电影"和"硬性电影"的激烈论争,可以证明他对外国影片在中国电影市场的倾销深表忧虑。不仅如此,鲁迅对带有"辱华"性质的西方国家电影是深恶痛绝的,"欧美帝国主义者既然用了废枪,使中国战争,纷扰,又用了旧影片使中国人惊异,胡涂。更旧之后,便又运入

---

[1] 刘素:《自然与艺术:鲁迅与写实电影的跨界对话》,《电影文学》2017年第16期。

[2] 鲁迅:《未来的光荣》,载《鲁迅全集》5卷,人民文学出版社,2005,第443页。

内地,以扩大其令人胡涂的教化"[1]。这也许就是鲁迅对于动物电影的复杂态度。

　　进一步来讲,鲁迅反对西方资本主义国家利用电影艺术进行文化殖民的做法,并对此进行社会学分析。查《鲁迅日记》,1934年2月20日,鲁迅和许广平共同到上海大戏院观看电影《非洲孔果国》。该影片记述了一个身患残疾的白人出于个人恩怨,利用迷信和魔术控制当地土人,并对他们进行疯狂报复和摧残。可以说,将所谓文明人的自私欺诈、奸伪、残酷、冷漠表现得淋漓尽致。在弱肉强食的规则支配下,非洲土人不幸遭到所谓白种文明人的欺凌压迫,"于是被征服者便臣服于他们的主人,而文明便是人间的上帝。然而更可怕的便是所谓威德的夸张,这种掩盖野蛮行为的真象,已成为文明人最足矜持之处"[2]。值得注意的是,这些影片中许多黑奴经常要遭受奴隶主的"愤怒的鞭子",最初往往会表示愤懑,后来,"经验一多,就不大措意,也更无愤懑或苦痛",鲁迅认为,这便是非洲黑奴"虽日受鞭挞,还能活下去的原因"。[3]在看过这些电影之后,鲁迅无意间就会把非洲黑奴和"中国奴才"进行对比。由

---

　　[1] 鲁迅:《现代电影与有产阶级》,载《鲁迅全集》4卷,人民文学出版社,2005,第422页。

　　[2] 流石:《评〈菲洲孔果国〉》,《申报》1934年2月22日本埠增刊第5版。

　　[3] 鲁迅:《致杨霁云》,载《鲁迅全集》13卷,人民文学出版社,2005,第100页。

于受到几千年封建思想毒害,此种奴才心理在许多国民心中已经根深蒂固,并逐渐成为一种"集体无意识",这是鲁迅深感悲哀的重要原因。事实上,鲁迅不但反对"运命哲学"和"穷人哲学",也对"奴才心理"深恶痛绝。他说:"但到我在上海看电影的时候,却早是成为'下等华人'的了,看楼上坐着白人和阔人,楼下排着中等和下等的'华胄',银幕上现出白色兵们打仗,白色老爷发财,白色小姐结婚,白色英雄探险,令看客佩服,羡慕,恐怖,自己觉得做不到。但当白色英雄探险非洲时,却常有黑色的忠仆来给他开路,服役,拼命,替死,使主子安然的回家;待到他豫备第二次探险时,忠仆不可再得,便又记起了死者,脸色一沉,银幕上就现出一个他记忆上的黑色的面貌。黄脸的看客也大抵在微光中把脸色一沉:他们被感动了。"[1]我们知道,鲁迅把中国历史分为"暂时做稳了奴隶的时代"和"想做奴隶而不得的时代",深刻反思国人长期遭受奴役的深层原因,也把批判锋芒指向彼时罪恶的社会制度和落后文化,试图用启蒙思想来唤醒"沉默的国民",抗拒为奴的命运。但是,许多人似乎已经习惯于各种权力意志的驱使,在不自觉间就沦为社会演进中的牺牲品。

三、人性与兽性的复杂纠葛

夏衍在《鲁迅与电影》一文中说:"此外,还记得在什么报

---

[1] 鲁迅:《电影的教训》,载《鲁迅全集》5卷,人民文学出版社,2005,第309-310页。

纸（也许是杂志）上看见过一个人的谈话，说鲁迅先生在外国电影里面最爱看的是野兽影片，也许，这是因为他看不惯那些'非常的风情浪漫香艳……巨片'的人类的丑态，而反在那些为着要活而挣扎，而咆哮，而争斗的野兽里面，发见了更多的'人性'吧。"[1]鲁迅曾经三次和家人朋友观看电影《泰山情侣》，这部影片可能搅动着鲁迅内心深处的隐秘神经。该影片主要叙述主人公霍特尔和马林·阿灵顿在非洲寻找象牙过程中遇到泰山和珍妮。但是，利欲熏心的阿灵顿企图用阴谋手段来陷害泰山，最后泰山却不计前嫌，尽力帮助阿灵顿从困境中突围出来，挽救了阿灵顿的生命。鲁迅在观看《泰山情侣》之后，可能有了某种顿悟，继而思考人性与兽性之间的复杂纠葛。作为一个文化符号，人猿泰山兼具人与兽的共同属性，虽然生活环境险恶，也没有受到任何道德规范和思想文化的熏染，行为逻辑带有原始朴素的特征，但是，泰山始终没有做出任何有违伦理道德的行为，这就和阿灵顿形成了鲜明对比。反观现实社会，许多人往往置道德良心于不顾，肆意践踏人类社会的基本底线，仅仅是为了满足个人的名利欲望。因此，鲁迅喜欢动物电影的动机还在于，"这些影片中动物被赋予了人的情感，却又比人类更纯粹、更直接、更团结、更友爱、更有力量，当然也更具备

---

[1] 夏衍：《鲁迅与电影》，《电影·戏剧》1936年第1卷第2期。

'兽性'"[1]。

早在日本留学之时，鲁迅就经常思考"立人"思想的三个问题："（一）怎样才是理想的人性？（二）中国民族中最缺乏的是什么？（三）它的病根何在？"[2]这是困扰鲁迅一生的思想难题。鲁迅早期认同达尔文的进化论，相信人类是从动物进化来的，具有比动物更高级、更文明的生命形式。在人类发展进程中，文明与野蛮、传统与现代的博弈，始终都有"看不见的手"在发挥作用。20世纪30年代，鲁迅在接受马克思主义之后，表示拥护"唯物史观的立场"，强调"须'从生物学到社会学去'，须从达尔文的领域的那将人类作为'物种'的研究，到这物种的历史底运命的研究去"[3]。这样，鲁迅就从理论层面真正理解人与动物不仅具有本性的相通，也存在着实质差异，不仅能够和谐相处，也时有矛盾冲突。"鲁迅思想中的人性，是人由动物进化而为人所生成的人性，是和动物性（他多用兽性，是动物性的贬义词）相比照而认识的。"[4]可以说，正是在人性和兽性的复杂纠葛中，鲁迅获得了医治国民性的灵丹妙药。在

---

[1] 乐融：《电影——鲁迅洞察社会的另一窗口》，载上海鲁迅纪念馆编《上海鲁迅研究·鲁迅与上海》，上海社会科学院出版社，2018，第8页。

[2] 许寿裳：《回忆鲁迅》，载《我所认识的鲁迅》，人民文学出版社，1952，第18页。

[3] 鲁迅：《〈艺术论〉译本序》，载《鲁迅全集》4卷，人民文学出版社，2005，第268页。

[4] 王得后：《鲁迅心解》，浙江文艺出版社，1996，第162页。

他看来，中华民族要想在世界民族之林中永葆生机，必须依靠强壮体格和健全心灵。"是故将生存两间，角逐列国是务，其首在立人，人立而后凡事举；若其道术，乃必尊个性而张精神。假不如是，槁丧且不俟夫一世。"[1] 实际上，鲁迅对人性和兽性的系列思考，并不是单向度的，而是丰富复杂的。一方面，鲁迅在相信进化论的同时，并没有把"物竞天择，适者生存"当作绝对法则，也不认同"恶"是社会历史前进的唯一杠杆，因为弱者的痛苦以至于被迫灭亡，将会被主观认为是社会历史演进过程中的必然产物，在无意之间，这往往就会受到生物链中弱肉强食的规则制约。因此，鲁迅对机械地打着"文明战胜野蛮"的口号是持不同意见的，原因在于中间隐藏着很大的欺骗性，也严重违背人性和伦理规则。当时，鲁迅进一步认定，"中国人乃是食人民族"，许多人在内心依然残存着封建制度的遗留因素，这对于现代文明来讲就构成直接障碍，必须尽早清除。另一方面，鲁迅从"立人"的思想出发，在坚持"弱者、幼者本位"的人道主义前提下，又赞美野性和兽性，时刻呼唤"精神界之战士"，希望给中华民族的精神世界注入强力意志，以此改变国民性的委顿。必须强调的是，鲁迅对人性和兽性的矛盾态度，并不是天然形成的，而是经历了漫长曲折的过程。基于中国在近现代史上遭受的屈辱，鲁迅切实意识到中国国民性中

---

[1] 鲁迅:《文化偏至论》，载《鲁迅全集》1卷，人民文学出版社，2005，第58页。

缺乏反抗精神，需要用"兽道主义"和"狼性精神"来加以纠偏。正是在这一意义上，靳新来说："鲁迅是怀着一颗受伤的心走向人生、走向社会的……鲁迅并不是从一开始就成为一个异数的，他忍受压力和伤害的过程，也就是积攒精神力量以摆脱压力、反抗伤害的过程，这其实也就是一个狼化的过程。"[1]

"鲁迅思想的知识结构之一，是动物行为学及其与人类行为的比较。这在人类生命本体和对人的生存、温饱和发展的探索中，具有独特的思想意义和文化意义。鲁迅经常作这样的比较。这不是杂文笔法，而是一种思想和思想方法，是对人类文化一种独特的考察。"[2]在鲁迅的文学意象系统和审美结构中，动物意象自始至终占据很高比例。据粗略统计，鲁迅作品中的动物意象大概有二百多种，大致可以概括为"肯定性"和"否定性"两大类型，前者主要包括狼、蛇、猫头鹰、乌鸦等，后者主要有狗、猫、苍蝇、蚊子等。不难发现，前者依然保留着原始朴素的动物性和野性，后者却早已被驯化或者丧失兽性的特质，这也许是鲁迅喜爱前者、讨厌后者的深层原因。"假使我的血肉该喂动物，我情愿喂狮虎鹰隼，却一点也不给癞皮狗们吃。养肥了狮虎鹰隼，它们在天空，岩角，大漠，丛莽里是伟美的壮观，捕来放在动物园里，打死制成标本，也令人看了神旺，消去鄙吝的心。但养胖一群癞皮狗，只会乱钻，乱叫，可多么讨

---

[1] 靳新来：《"人"与"兽"的纠葛——鲁迅笔下的动物意象》，上海三联书店，2010，第66页。

[2] 王得后：《鲁迅心解》，浙江文艺出版社，1996，第374页。

厌！"[1]在《略论中国人的脸》一文中，鲁迅借助日本作家长谷川如是闲的散文集《猫·狗·人》的思想主题，对中国人和西洋人以及日本人的脸进行对比，他发现中国人的脸上缺乏一种特质：兽性。之后，鲁迅对之进行阐释，"野牛成为家牛，野猪成为猪，狼成为狗，野性是消失了，但只足使牧人喜欢，于本身并无好处。人不过是人，不再夹杂着别的东西，当然再好没有了。倘不得已，我以为还不如带些兽性，如果合于下列的算式倒是不很有趣的：人＋家畜性＝某一种人……"[2]此时，鲁迅提倡消除家畜性，呼唤野性，目的在于启蒙民众，让人们反思中国国民性的症结，以此来重塑现代国民的精神品格。

1933年，瞿秋白在《鲁迅杂感选集·序言》中第一次提出"鲁迅是谁"的重要话题，把鲁迅比作"莱谟斯"，认为莱谟斯始终没有忘却自己的乳母，不仅找到了"群众的野兽性"和"扫除奴才式的家畜性的铁扫帚"，而且找到了"真实的光明的建筑"。瞿秋白说："是的，鲁迅是莱谟斯，是野兽的奶汁所喂养大的，是封建宗法社会的逆子，是绅士阶级的贰臣，而同时也是一些浪漫谛克的革命家的诤友！他从他自己的道路回到了

---

[1] 鲁迅：《半夏小集》，载《鲁迅全集》6卷，人民文学出版社，2005，第619页。

[2] 鲁迅：《略论中国人的脸》，载《鲁迅全集》3卷，人民文学出版社，2005，第433页。

狼的怀抱。"[1]可以说，瞿秋白对鲁迅形象的判断是准确的，也合乎鲁迅先生本意。作为一个"电影迷"，鲁迅正是在观看动物电影过程中，完成了对人与动物、人性和兽性关系的辩证思考。作为矛盾统一体，"人之子"和"兽之子"相互交织共同构成了鲁迅形象的多副面孔。

原载《中国文学研究》2021年第1期

---

[1] 瞿秋白:《〈鲁迅杂感选集〉序言》，载《瞿秋白文集·文学编》3卷，人民文学出版社，1989，第97页。

上海时期鲁迅与苏联电影的"不了情"
——兼谈鲁迅的苏联观

一、上海时期鲁迅观看苏联电影类型概览

1927年10月3日,鲁迅携许广平到达上海,正式开启了在"魔幻之都"的都市生活。在从事创作和翻译之余,鲁迅的日常娱乐活动即是观影。电影艺术不仅能够缓解精神压力,开阔文化视野,弥补生活经验之不足,也是鲁迅积极融入上海都市生活的直接表征。据统计,鲁迅在上海时期合计观影140余部,主要以美国、苏联、法国、德国等外国电影为主。实际上,鲁迅除了青睐美国好莱坞影片之外,还对苏联影片怀有特殊情感。据青年学者刘素在《鲁迅与在沪放映的早期苏联电影》的统计显示,1933年2月16日至1937年7月15日,上海各大影院相继放映苏联影片26部,其中,1933年2月16日至1936年10月12日鲁迅在上海寓居期间放映13部,除了无缘观看《重逢》《金山》《无国游民》《怒海》之外,其他9部都在鲁迅观影范围之内。[1]这里,刘素明显遗漏苏联电影《抵抗》,不知出于何种原因。因此,鲁迅在上海时期共观看10部苏联电影,时间主要分布在1933年至1936年间,分别是《生路》《亚洲风云》《雪耻》《傀儡》《抵抗》《黄金湖》《夏伯阳》《铁马》《冰天雪地》《复仇

---

[1] 刘素:《鲁迅与在沪放映的早期苏联电影》,《北京电影学院学报》2020年第2期。

艳遇》,可以划分为三种类型。

(一)革命战争题材。此类电影主要描述俄国十月革命和苏联国内革命战争曲折进程,真实反映俄苏无产阶级革命战争的合法性,尤以《亚洲风云》《夏伯阳》《抵抗》《复仇艳遇》为代表。1917年,俄国建立世界上第一个苏维埃社会主义国家政权,这对中国无产阶级革命具有重要指导意义。1933年4月7日,《鲁迅日记》记载:"三弟来,饭后并同广平往明珠大戏院观《亚洲风云》影片。"[1]当日《申报》为《亚洲风云》进行广告宣传:"苏俄影片,切合时事。大刀队示威作。只有大刀长枪,没有媚眼浅笑;只有铁拳钢臂,没有粉臂肉腿。不要妥协,只要拼命;不要屈服,只要奋斗。苏俄影片最负盛名之作!充满了活泼的生命,暗示了前途的光明。指出了奋斗的途径,加强了反抗的决心!"该影片主要讲述十月革命胜利后,一位蒙古普通牧民贝尔带着珍贵貂皮到被英国军队干涉、白俄占据的要塞市场出售,西方资本主义国家的皮货商人强行低价收购他的货物。之后,贝尔不堪凌辱与他们发生激烈冲突,独自逃往大漠。后来,贝尔决定加入当地游击队来抗击白俄军队,不幸被捕。在被执行枪决之时,他却被敌人发现其属于成吉思汗的后裔,随之被扶植为蒙古傀儡政权的领导人。但是,具有强烈民族自尊心的贝尔却毅然走上了反抗异族压迫的道路。后来,他借助成吉思汗子孙的名义,率领蒙古境内的诸多游牧民族,以风扫残

---

[1] 鲁迅:《鲁迅全集》16卷,人民文学出版社,2005,第371页。

云之势,成功驱逐异族统治者取得最终胜利。《亚洲风云》精心塑造了贝尔这位思想觉悟的蒙古牧民形象,具有完整的叙事结构和浓厚的人种学色彩,充分展示了被压迫民族不甘屈服、敢于抗击强暴的伟大力量。这可能是鲁迅喜欢该影片的深层原因。1936年10月10日,《鲁迅日记》记载:"午后同广平携海婴并邀玛理往上海大戏院观《Dubrovsky》,甚佳。"[1]《Dubrovsky》即《杜波罗夫斯基》,上映之时译作《复仇艳遇》。该影片是 A.V. 伊万诺夫斯基根据俄国作家普希金小说改编而成,由苏联林飞影片公司出品发行。《复仇艳遇》主要讲述杜波罗夫斯基的土地被当地贵族特耶罗库耶夫强势征收,杜波罗夫斯基为此气愤不已,团结一大批农奴企图劫富济贫。其间他借机潜入特耶罗库耶夫的家中,却疯狂地爱上了特耶罗库耶夫的女儿玛莎。后来,他由于放松个人警惕,直接导致悲剧发生。特耶罗库耶夫出于个人利益考虑,将女儿玛莎嫁给了当地贵族。之后,杜波罗夫斯基开始变得心灰意冷,被迫到国外过着隐居生活。鲁迅在看完影片之后,对其评价颇高,当晚即写信向黎烈文和黄源二人推荐。后来,许广平回忆说:"最后看的一次《复仇艳遇》,是在他逝世的前十天去看的,最令他快意,遇到朋友就介绍,是永不能忘怀的一次,也是他最大慰藉,最深喜爱,最足纪念的临死前的快意了。"[2]可见,《复仇艳遇》在鲁迅观影经历中具有特

---

[1] 鲁迅:《鲁迅全集》16卷,人民文学出版社,2005,第626页。

[2] 许广平:《鲁迅先生的娱乐》,载《欣慰的纪念》,人民文学出版社,1981,第95页。

殊意义，是鲁迅念兹在兹的苏联电影。

（二）社会建设题材。此种题材电影倡导社会主义现实主义创作原则，具有浓厚的政治意识形态色彩，高度宣扬苏联无产阶级革命和社会主义建设的伟大成就，以此彰显苏联社会主义制度的优越性。这些电影以《生路》《雪耻》《傀儡》为代表，它们初步奠定苏联早期电影重思想、轻形式，重教育效果、轻娱乐功能的基本倾向。1933年2月19日，《鲁迅日记》记载："夜同广平往上海大戏院观苏联电影，名曰《生路》。"[1]当日，《申报》上的广告如此宣传："苏俄五年计划成功之代表作！在沪开映第一声！负有伟大的教育使命的大众的影片。没有女人的大腿！没有绅士的高帽！全片充满了生命力，令人感着强烈的激刺！全沪报纸一致赞扬。"《生路》原名《人生大道》，是苏联第一部有声影片，由尼古拉·厄克任导演。该影片主要讲述苏维埃政府成功改造和教育流浪儿童的故事。十月革命胜利之后，一群流浪儿童被有关人员在围捕窃贼的时候抓住，后被移送到劳动教养所接受思想改造。教养所的指导教师谢尔盖耶夫耐心教育他们。经过耐心疏导，以穆斯塔法·柯尔卡为代表的流浪儿童逐渐戒除不良习气，最后成为优秀的苏联公民。《生路》是当时中国翻译的第一部苏联电影作品，在上海各大戏院放映后，迅速引起热烈反响，被许多影评人称为"新艺术的登场""中国电影史上值得大书特书的一页"。1934年5月31日，《鲁迅日记》

---

［1］鲁迅：《鲁迅全集》16卷，人民文学出版社，2005，第362页。

记载："夜同广平往新光戏院观苏联电影《雪耻》。"[1]《雪耻》是由弗雷德里克·埃尔姆列尔和谢尔盖·尤特凯维奇导演,列奥尼德·卢瓦什夫茨基和弗雷德里克·埃尔姆列尔编剧。该影片是苏联社会主义革命胜利15周年的献礼作品,主要描述钢铁工人挫败反革命技师的蓄意破坏,胜利建成5万千瓦涡轮机的故事。鲁迅之所以看重《雪耻》,可能在于它精心塑造了苏联工人阶级的集体荣誉感,真实呈现了苏联社会主义建设的伟大成就,是彼时中国无产阶级建设事业的理想范型。

（三）探险纪录题材。除了遵循社会主义现实主义创作原则之外,苏联电影广泛借鉴外国电影的成功经验,在摄影技术、艺术手法、思想主题等方面均有显著成绩,许多探险性质的纪实影片被拍摄出来。如《黄金湖》《铁马》《冰天雪地》等,都受到鲁迅特别推崇。苏联幅员辽阔,风景奇幻秀丽,是鲁迅心向往之的神秘国度。据许广平说："他选择片子并不苛刻,是多少带着到实地参观的情绪去的,譬如北极爱斯基摩的实生活映演,非洲内地情形的片子等等,是当作看风土记的心情去的,因为自己总不见得会到那些地方去。"[2] 1935年10月3日,根据《鲁迅日记》记载："夜同广平往巴黎大戏院观《黄金湖》。"[3]《黄金湖》由弗拉迪米尔·谢内德洛夫导演,伊凡·诺维塞尔采

---

[1] 鲁迅:《鲁迅全集》16卷,人民文学出版社,2005,第453页。

[2] 许广平:《鲁迅先生的娱乐》,载《欣慰的纪念》,人民文学出版社,1981,第94页。

[3] 鲁迅:《鲁迅全集》16卷,人民文学出版社,2005,第555页。

夫、V.托尔斯多夫和米哈伊尔·格罗德斯克共同主演。该影片记述苏联地质学家远征队在阿尔泰地区遭受当地非法淘金盗匪的阻碍,恶徒们甚至引燃了森林,他们不得不邀请消防队利用飞机投掷灭火弹,经过艰苦卓绝的斗争最终克服重重困难。《黄金湖》曾经被称为"苏联第一部有声冒险片","全片保持了苏联影片一贯的粗线条的沉着精湛的风格","画面音响都很有特点"。1935年10月4日,鲁迅在给萧军的信中说:"昨天到巴黎大戏院去看了《黄金湖》,很好,你们看了没有?下回是罗曼谛克的《暴帝情鸳》,恐怕也不坏,我与其看美国式的发财结婚影片,宁可看《天方夜谈》一流的怪片子。"[1] 1936年5月7日,《鲁迅日记》记载:"下午同广平携海婴往上海大戏院观《铁马》。"[2]《铁马》由加列依任导演,由苏联林飞影片公司出品发行。"铁马"即苏联最新、最精锐的水陆两栖坦克炮车队。1936年10月4日,《鲁迅日记》记载:"鹿地君及其夫人来,下午邀之往上海大戏院观《冰天雪地》,马理及广平携海婴同去。"[3] 该影片主要讲述苏联青年救援北极居民的惊险故事。当日《申报》的广告中说:"今日开映苏联林飞影片工厂最新伟大探险声片:冰天雪地!加演苏联新闻片,有详细中文字幕。苏联青年为克服北极奋斗!苏联青年与严酷自然斗争!苏联青年援救北极之

---

[1] 鲁迅:《致萧军》,载《鲁迅全集》13卷,人民文学出版社,2005,第560页。

[2] 鲁迅:《鲁迅全集》16卷,人民文学出版社,2005,第606页。

[3] 鲁迅:《鲁迅全集》16卷,人民文学出版社,2005,第625页。

土人!"鲁迅在给沈雁冰的信中说:"昨看《冰天雪地》,还好。"[1]此种题材的电影不仅能够开阔视野和增长见识,也可以培养科学精神,是鲁迅体验不同社会人生的重要方式。

二、上海时期鲁迅何以对苏联电影产生执念

20世纪20年代中后期,鲁迅思想逐渐"向左转",他开始关注苏俄文学发展状况,并且积极译介卢那察尔斯基和普列汉诺夫的文艺理论,是较早把苏联电影理论翻译到中国的代表人物。1932年,中苏恢复外交关系,苏联电影随之正式进入中国市场,受到许多影迷的追捧。早在1927年,明星影片公司创办的《明星特刊》第25期曾经刊载罗树森的《俄国最近电影事业之调查》一文,他指出:"像乌云受着了一线光明一般,走到了光明的路上,俄国现在的电影事业已是成功了,并且也很发达……"1930年,田汉主编的《南国月刊》第2卷第4期刊出了"苏俄电影专号",这是我国最早的苏联电影专刊。田汉在"卷头语"中说,苏联是把电影"这工具使用得最好的国家,所以革命十几年来成绩很有足观,收的效果也很大。他们的电影专门家在这十年以来想着写什么,干着些什么,我们有充分去理解它的必要与价值。他们真比我们进步得多了"。他认为苏联电影不仅有丰富的革命内容,"就连技术上也站在电影时代的尖端了","我们译着德、美、日诸国批评家论他们电影艺术论文

---

[1]鲁迅:《致沈雁冰》,载《鲁迅全集》14卷,人民文学出版社,2005,第162页。

时，真是觉得又是欣羡、敬佩，又是感愤、兴起，何时我们也能做这样的电影工作，放出一些世界的惊异来"。可以看出，苏联电影不仅真实地反映本国国内革命战争和社会建设的图景，而且摄影技术也不断追赶世界潮流，给人带来强烈的视觉冲击，初步形成了电影制作的"苏联特色"，为中国早期电影发展提供了范式。正是在这一意义上，夏衍在1933年2月16日的《晨报》上对《生路》评价道："被欧美的感伤主义和色情主义的影片食伤了的我们，在第一次接触这种苏联影片的时候，谁也会感觉到一种完全不同的空气。"因此，上海时期鲁迅青睐苏联电影也在情理之中。

十月革命胜利之后，如何有效防止国内封建势力反扑，怎样遏制西方资本主义国家妄图颠覆苏维埃政权，成为苏联当局面临的棘手问题。当时，以美国为首的资本主义阵营在政治、经济、军事、文化等领域和苏联展开激烈竞争，可谓火药味十足。20世纪30年代中后期，中国无产阶级革命事业曾经陷入困顿，许多人希冀借助苏联经验来为中国革命谋取出路。毫无疑问，电影艺术是有效窥探苏联革命图景的重要窗口之一，对许多左翼知识分子具有较大的诱惑力。"总的看来，苏联电影因其真实的生活题材、创新的艺术手法、典型的人物形象，在世界影坛取得了较高的影响力。而鲁迅这一时期对'苏联电影'的关注，可视作其政治立场的体现。"[1]因此，苏联电影的基本特

---

[1] 刘素：《自然与艺术：鲁迅与写实电影的跨界对话》，《电影文学》2017年第16期。

征和鲁迅的左翼立场是契合的，鲁迅对其高度推崇也不难理解。1934年10月11日，《鲁迅日记》记载："夜同广平往上海大戏院观《傀儡》。"[1]《傀儡》由雅科夫·普罗塔扎诺夫、波尔菲里·波多比分别任导演和编剧，具有强烈的寓言讽刺特征，被称为"世界政治舞台大写真"。该影片讲述西方资本主义国家惧怕苏联革命的社会影响力，企图操纵苏联周边弱小邻国，幻想和它们共同联合进攻苏联，但最后却以失败告终。1935年1月29日，《鲁迅日记》记载："下午同广平携海婴往上海大戏院观《抵抗》毕，至良如吃面。"[2]《抵抗》属于黑白有声片，记述第一次世界大战期间两位服务于法国和德国的俄罗斯狙击手在战场上奇迹相遇，十月革命爆发之后，他们在爱国主义思想感召之下，纷纷回归祖国参加革命，希望为国家贡献自己力量。总体来讲，《傀儡》和《抵抗》都真实呈现了苏联成功瓦解外国敌对势力干涉、追求民族解放的艰辛历程，对中国无产阶级革命具有借鉴意义。

毋庸讳言，20世纪30年代，美国好莱坞电影凭借现代摄影技术和独特艺术魅力风靡世界电影市场，受到许多电影爱好者的推崇。毫无疑问，上海时期鲁迅喜欢观看美国好莱坞电影，尤其青睐剧情片、探险片、喜剧片和科幻片等。但是，鲁迅对中间夹杂的色情因素和文化殖民倾向高度警惕，提醒人们早日

---

[1] 鲁迅：《鲁迅全集》16卷，人民文学出版社，2005，第478页。
[2] 鲁迅：《鲁迅全集》16卷，人民文学出版社，2005，第513页。

认清好莱坞电影工业的深层本质。"侦探片子演厌了，爱情片子烂熟了，战争片子看腻了，滑稽片子无聊了，于是乎有《人猿泰山》，有《兽林怪人》，有《斐洲探险》等等，要野兽和野蛮登场。然而在蛮地中，也还一定要穿插一点蛮婆子的蛮曲线。如果我们也还爱看，那就可见无论怎样奚落，也还是有些恋恋不舍的了，'性'之于市侩，是很要紧的。"[1]可以看出，鲁迅对待好莱坞电影的立场是矛盾的。一方面，上海时期鲁迅在写作和翻译工作之余，经常出入各大影院观看好莱坞电影，有时对其评价颇高；另一方面，鲁迅在观影之后也对它们进行深刻反思，敏锐觉察到好莱坞电影具有多副面相，在给人们带来休闲娱乐的同时，其中的消极颓废因素也非常明显。与此形成对比的是，鲁迅对同时期苏联电影总是称赞有加，几乎没有流露出任何不满情绪。1936年4月13日，《鲁迅日记》记载："晚张因来。萧军、悄吟来。饭后邀三客并同广平往上海大戏院观《Chapayev》。"[2]《Chapayev》就是《夏伯阳》，又名《恰巴耶夫》，是根据苏联作家富尔曼诺夫同名小说改编，1934年由列宁格勒电影制片厂出品。据相关资料佐证，鲁迅曾观看过电影《夏伯阳》两次。第一次应该在1935年左右，鲁迅是在苏联大使勃加莫洛夫夫妇带领之下，和茅盾、黎烈文、宋庆龄、史沫特莱等人在苏联驻上海领事馆共同观看的。当时，《夏伯阳》尚未在上

---

[1] 鲁迅:《未来的光荣》，载《鲁迅全集》5卷，人民文学出版社，2005，第443页。

[2] 鲁迅:《鲁迅全集》16卷，人民文学出版社，2005，第601页。

海各大影院公开放映。该影片运用社会主义现实主义的创作手法，精心剪辑故事场景，主要讲述苏联国内战争时期英雄人物夏伯阳的革命传奇故事。夏伯阳出身于农民家庭，没有受过正规的学校教育，初期缺乏集体主义思想观念，革命觉悟不高，但他富有军事指挥才能，英勇善战，后来在政委克雷奇科夫的深刻影响下，逐渐戒除旧军队长官的不良习气，开始运用马克思主义革命理论武装头脑，终于成长为具有组织性和纪律性的共产主义战士。该影片的题材内容富有革命色彩，所塑造的典型人物形象性格鲜明，大量运用蒙太奇手法，思想主题鲜明，后来成为中国左翼电影制作的经典样板。

三、鲁迅苏联观中的"洞见"和"不见"

作为一种视觉艺术形式，苏联电影真实反映本国无产阶级革命和社会建设的伟大成就，有效验证社会主义制度优越性，对世界无产阶级革命事业具有引领作用。鲁迅说："待到十月革命后，我才知道这'新的'社会的创造者是无产阶级，但因为资本主义各国的反宣传，对于十月革命还有些冷淡，并且怀疑。现在苏联的存在和成功，使我确切的相信无阶级社会一定要出现，不但完全扫除了怀疑，而且增加许多勇气了。"[1]鲁迅在《林克多〈苏联闻见录〉序》《我们不再受骗了》《祝中俄文字之交》《答国际文学社问》《〈争自由的波浪〉小引》等文章中，

---

[1] 鲁迅:《答国际文学社问》，载《鲁迅全集》6卷，人民文学出版社，2005，第19页。

高度评价苏联社会主义革命和建设的伟大意义，严厉抨击西方资本主义国家妄图瓦解苏联的险恶用心，这就涉及鲁迅的苏联观问题。"俄国大改革之后，我就看见些游览者的各种评论。或者说贵人怎样惨苦，简直不像人间；或者说平民究竟抬了头，后来一定有希望。或褒或贬，结论往往正相反。我想，这大概都是对的。贵人自然总要较为苦恼，平民也自然比先前抬了头。游览的人各照自己的倾向，说了一面的话。"[1]这里，鲁迅对苏联的认识判断看似具有科学依据，但是，部分虚假幻象也是明显的。实际上，苏联社会主义革命和社会建设过程中的矛盾问题，并没有在苏联电影里面得到呈现。正如安德烈·巴赞所说："一切艺术，即使是最现实主义的艺术也摆脱不开共同的命运。它不可能把完整的现实捕入网内，它必然漏掉现实的某些方面。无疑，技术的进步和运用的得当会使网孔变得细密，然而，仍然需要在各类现实事物中进行一定的选择。"[2]事实上，电影艺术在如何保留和摒弃社会历史方面，除了要遵循导演意图之外，还受到政治语境、意识形态、领导意志等不同因素制约。因此，"完整电影"几乎就是一个美丽神话。

20世纪30年代中后期，鲁迅曾经通过瞿秋白、冯雪峰、曹靖华等人，获取苏联无产阶级革命和社会建设的部分信息，但

---

[1] 鲁迅：《〈争自由的波浪〉小引》，载《鲁迅全集》7卷，人民文学出版社，2005，第317页。

[2] 安德烈·巴赞：《电影是什么？》，崔军衍译，中国电影出版社，1987，第287页。

是，鲁迅毕竟没有亲自踏上苏联土地，许多消息来源实际并不可靠。1931年左右，鲁迅在阅读胡愈之《莫斯科印象记》和林克多《苏联闻见录》之后，也曾经产生到苏联实地考察的念头，但由于当时国内政治环境严峻、自己身体欠佳等原因不得不作罢。近年来，随着苏联历史档案逐渐解密，许多历史内幕得以公开。比如，十月革命之后，苏联实行的新经济政策、国内贸易国有化政策、余粮收集制等都存在失误，严重激化了不同社会阶层之间的现实矛盾，等等，但这并没有在苏联电影中得到呈现，鲁迅当然也就无缘知晓。对于苏联国内的复杂矛盾，鲁迅可谓是一个隔膜的观者："'苏联是无产阶级专政的，智识阶级就要饿死。'——一位有名的记者曾经这样警告我。是的，这倒恐怕要使我也有些睡不着了。但无产阶级专政，不是为了将来的无阶级社会么？只要你不去谋害它，自然成功就早，阶级的消灭也就早，那时就谁也不会'饿死'了。"[1]与此相对，法国作家罗曼·罗兰和纪德都曾受邀考察苏联，并分别把个人考察见闻写成《莫斯科日记》和《访苏归来》。特别对于纪德来讲，这次苏联之旅是一种"震惊体验"，他不仅切实看到苏联在政治、经济、文化等领域取得的伟大成就，也敏锐察觉到个人崇拜和极权政治在苏联逐渐蔓延。毫无疑问，纪德的认识判断是合乎现实的，并且早已得到历史验证。正是在这一意义

---

[1] 鲁迅：《我们不再受骗了》，载《鲁迅全集》4卷，人民文学出版社，2005，第440-441页。

上,孙郁说:"纪德对苏联有赞扬,也有批评,那看法才是知识分子的看法,独立的思想甚多,没有被苏联的主流意识形态所囿。而中国知识界判断苏联,是随着苏联官方的导论而体察的。在中国,对苏联的态度一向是两种,要么好,要么是妖魔化的。在汉语言的语境里,分辨思想的明与暗,也确实是大难之事。"[1]

事实上,鲁迅对苏联的误读是多种因素造成的。在20世纪30年代中国特殊语境中,由于"双方信息不对称",加上鲁迅对政治斗争的游戏规则可能缺乏认知,他并不完全清楚革命的复杂多义。苏联在政治革命和经济建设中出现的方向偏离,对鲁迅来讲当属陌生化存在,那种远距离观照注定不能穿透历史迷雾。"革命的残酷,清党的无情,生态的破坏,都被鲁迅的笔触省略了。因为远离血色的俄罗斯,他无法体验那里的日常生活的变化。以诗的感觉理解政治与文化,盲点自然会存在其间。"[2]另外,在"红色的30年代","左"倾思想在社会主义国家肆意蔓延,二元对立成为很多人惯常的思维模式,"中间地带"几乎被严重忽略。可以说,鲁迅后期对左联内部矛盾的评价判断,以及对苏联革命的想象认识,多少都带有简单机械的弊病。比如,鲁迅说"我们的痈疽,是它们的宝贝,那么,它们的敌人,当然是我们的朋友了。它们自身正在崩溃下去,无法支持,

---

[1] 孙郁:《鲁迅与俄国》,人民文学出版社,2015,第26页。
[2] 孙郁:《鲁迅与俄国》,人民文学出版社,2015,第269页。

为挽救自己的末运,便憎恶苏联的向上"[1],此时,鲁迅苏联观的"洞见"和"不见"已经得到有效诠释。

原载《信阳师范学院学报》(哲学社会科学版) 2022 年第 1 期

---

[1] 鲁迅:《我们不再受骗了》,载《鲁迅全集》4卷,人民文学出版社,2005,第440页。

刘呐鸥、鲁迅电影观比较
——以《瑶山艳史》《春蚕》论争为中心

一、《瑶山艳史》《春蚕》电影论争回顾

20世纪30年代，上海成为中国现代电影生产中心，几乎占国产电影市场份额的三分之二。1933年被称为"中国电影年"，《春蚕》《三个摩登女性》《狂流》《姊妹花》《春潮》等经典电影相继上映。不久，"软性电影"和"硬性电影"之争在上海拉开帷幕，对中国电影事业发展产生了深远影响。1933年初，刘呐鸥、黄嘉谟、穆时英、黄天始等人陆续发表《现代的观众感觉》《今日的国产电影题材的商榷》《电影之色素与毒素》《硬性影片与软性影片》等评论文章，竭力鼓吹"电影是给眼睛吃的冰琪琳，是给心灵坐的沙发椅"[1]，认为电影是为了满足观众的"肉体娱乐"和"精神慰安"，反帝反封建题材不适合电影制作，他们主张拍摄"少女腰酸""美人病春"之类的电影题材，宣称"电影是软片，所以应该是软性的"，"现代的观众已经都是较坦白的人，他们一切都讲实益，不喜欢接受伪善的说教。他们刚从人生的责任的重负里解放出来，想在影戏院里找寻他们片刻的享乐，他们决不希望再在银幕上接受意外的教训和责任"[2]。之后，左翼电影评论家唐纳、王尘无、夏衍等人在报刊上发表

---

[1] 黄嘉谟:《硬性影片与软性影片》,《现代电影》1933年第1卷第6期。

[2] 黄嘉谟:《硬性影片与软性影片》,《现代电影》1933年第1卷第6期。

《清算软性电影论——从"民族精神"与"太夫人"说起》《告诉你吧"——所谓软性电影的正体》《清算刘呐鸥的理论》等予以严肃批评。双方观点针锋相对，互不妥协，成为20世纪30年代中国电影发展史上的重要事件。

实际上，刘呐鸥和鲁迅围绕《瑶山艳史》《春蚕》的论争，恰恰构成30年代"软性电影"和"硬性电影"激烈论争的很好注脚。资料显示，《瑶山艳史》又名《瑶山艳遇记》，由杨小仲导演，黄漪磋编剧，是一部蛮荒探险性质的黑白影片。演员有罗慕兰、许曼丽、游观仁、孔绣云和普通瑶民等。该影片主要讲述有志青年黄云焕和同事朱天华响应国民政府政策号召，到广西少数民族聚居地大瑶山从事民族归化工作。在去往瑶山的路途中，他们巧遇瑶族姑娘孟丽，并在她的带领下来到孟家。之后，在其兄孟飞帮助下顺利拜访瑶王李荣保、公主李慕仙、公子李成辉。其间，孟丽和李慕仙均爱恋善良的黄云焕，但黄云焕仅属意李慕仙。此时，朱天华非常贪图孟丽的美貌，欲对她进行非礼却被人窥见，最后得到应有惩罚。后来，由于政治时局突变，黄云焕被抓，随后被孟飞、李成辉等人救回瑶山，有情人终成眷属。1933年8月31日，《申报》为《瑶山艳史》所登广告中说："国产电影二十年来第一部蛮荒文化巨片。突破万里行程，杀开一条新路线；深入蛮夷腹地，创立一页光荣史。剧旨：鼓吹大同，提倡开化。取材：汉瑶佳话，编成艳史。摄影：云天烟雾，尽入镜头。配音：特制瑶乐，别饶风趣。"《瑶山艳史》在上海电影市场迅速引起热烈反响，许多影迷到各大影院观看这部"蛮荒文化巨片"。

电影《春蚕》根据左翼作家茅盾的同名小说改编而成,由程步高导演,属于黑白无声电影。1933年10月6日《申报》刊登的广告中将其誉为"中国第一流大文豪与大艺术家合作的上上佳片"。紧接着,《晨报·每日电影》为此召开专门电影座谈会,程步高、夏衍、沈西苓、阳翰笙、叶灵凤、郑伯奇、钱杏邨等知名人士均参与研讨。其中,阳翰笙认为,《春蚕》因为"题材的现实"和"演出的真挚",完全清除了中国电影的"旧的残余";叶灵凤、沈西苓等人指出,《春蚕》虽然存在所配音乐和情节不太协调、故事缺乏戏剧性特征、农村破产的场景营造不够鲜明等明显缺陷,但总体来讲,还是严肃坚实和积极进步的。1933年10月10日,钱杏邨在《晨报·每日电影》发表《再论〈春蚕〉》一文,认为《春蚕》的意义在于将电影从消遣职能转向教育职能,从个人小圈子转向"社会生活史","开辟了中国的新文艺电影之路,新的教育电影之路","在中国电影文化运动发展史上,是一个新的光荣的纪录,是一个伟大而正确的尝试"。可以看出,钱杏邨全面肯定《春蚕》在中国电影发展史上的重要地位,认为它是一部具有现实主义风格的成功影片。

刘呐欧和鲁迅关于这两部电影的论争,日本学者藤井省三在《刘呐鸥与鲁迅:"战间期"在上海的〈瑶山艳史〉、〈春蚕〉

电影论争》[1]一文中已经有细致描述,此不赘述。但是,其依然具有许多阐释空间有待挖掘。自1933年9月1日始,刘呐鸥在《电影时报》上连续发表《异国情调与〈瑶山艳史〉》《〈瑶山艳史〉的体裁》《从"电影演技"说到许曼丽——〈瑶山艳史〉女主角》等三篇影评,对《瑶山艳史》称赞有加,认为"聪明的编剧者之能创出简洁劲健的方式直传地感动观众是值得钦佩的……我们看了它之后只觉得其自然可爱,丝毫没有烦躁难过的感情,更不会像看了别的国产片一样大发奇痒。只就这一点,这《瑶山艳史》已够称赞的了"。饶有意味的是,刘呐鸥对电影《春蚕》却提出了尖锐的批评意见,他明确指出:"材料是散漫的横陈,毫无剧底趣味和结构。价钱卖不到生产费是千古以来的平常事,用做顶点是力量非常薄弱的。在文学作品或者可以用心理描写使它强调,但在电影,这个非视觉性的情形是极无谓的。"[2]我们知道,刘呐鸥早年曾经受到日本新感觉派的深刻影响,在提倡"新兴文学"和"尖端文学"的同时,那种充满先锋意味的艺术观念已经形成,这就促使他超越简单机械的意识形态规训。此时,上海各大影院都陆续放映探险、恐怖、战争、奇幻、犯罪、爱情等不同题材的好莱坞电影,栩栩如生的人物形象、光怪陆离的电影画面、现代主义的表现技巧等,都让刘呐鸥痴迷不已,也有效驱使他拍摄迎合市民趣味的文化电

---

[1] 藤井省三:《鲁迅与刘呐鸥:"战间期"在上海的〈瑶山艳史〉、〈春蚕〉电影论争》,《现代中文学刊》2013年第1期。

[2] 刘呐鸥:《评〈春蚕〉》,《矛盾》1933年第2卷第3期。

影。

与此相对，鲁迅在《电影的教训》一文中却竭力支持电影《春蚕》，严肃批评《瑶山艳史》，他认定《瑶山艳史》并没有超越旧时代"才子佳人"的题材窠臼，电影里面弥漫着汉族中心主义色彩，思想性和艺术性远远落后于时代主潮。可以想象，鲁迅此时为电影《春蚕》摇旗呐喊，除了和茅盾的深厚私谊之外，也可能在于《春蚕》在为中国底层劳苦大众发声，具有鲜明的左翼倾向。

二、鲁迅和刘呐鸥的电影观比较

1927年10月3日，鲁迅携许广平到达上海，正式开启了在"魔幻之都"的都市生活方式。据统计，鲁迅在上海时期合计观看140余部电影，主要以美国、苏联、法国、德国等外国电影为主。值得注意的是，鲁迅较青睐战争剧情、探险蛮荒、喜剧动作、科幻纪录等题材的美国好莱坞电影，然而，他并没有对电影艺术放弃反思，与许多法兰克福学派的学者相似，鲁迅已经敏锐意识到这种凭借现代科技手段大规模复制、传播的文化产品——电影，正在成为束缚现代人意识的基本工具，并以较之前更为巧妙有力的方式来欺骗和奴役大众。早在1930年初，鲁迅就翻译日本左翼电影理论家岩崎昶的经典著作，指出帝国主义国家的资产阶级意识形态的电影在中国放映之后，对人民造成了严重毒害，他以深邃的思想揭露帝国主义电影文化的侵略本质。客观来讲，20世纪30年代外国电影源源不断涌进上海，虽然极大地刺激了国产电影的迅猛发展，但也成为西方资本主义国家对华文化殖民的重要手段。具体来讲，这些外国电影中许多都是宣扬殖民思想，歪曲革命斗争，甚至还有一些低级趣味的艳情片。鲁迅在《"连环图画"辩护》《电影的教训》《未来的光荣》《小童挡驾》《现代电影与有产阶级》等诸多文章中，详细叙述了他对外国电影颓废消极因素的深度思考。"但那些影片，本非以中国人为对象而作，所以运入中国的目的，也就和制作时候的用意不同，只如将陈旧枪炮，卖给武人一样，多吸收一些金钱而已。"[1]正是在这个意义上，我们说鲁迅对外国电影的态度是复杂的，也是矛盾的，这也许正是鲁迅思想本质的悖论之处。

学者王学振在《鲁迅与国产电影》一文中考证，鲁迅曾经看过国产影片《水火鸳鸯》《新人的家庭》，至于是否观看过影片《春蚕》《瑶山艳史》，根据现有资料只能暂时存疑。藤井省三也同样认为，鲁迅看过电影《瑶山艳史》《春蚕》的可能性很小。但是，鲁迅为何批评《瑶山艳史》却支持《春蚕》呢？在30年代国产电影趋向没落的历史条件下，《瑶山艳史》的主创们"远征山国，深入不毛，破中国电影界20年代之纪录"，排除万难深入西南边陲瑶山实地摄制，行程万里，费时一年，明显受到美国好莱坞电影的深刻影响，希望模仿借鉴"他者"的成功经验来为中国电影发展寻找出路。当时，《申报》的广告中强调该片"一尺一寸均从广西瑶山实地摄取"，并且用"瑶女裸浴、

---

[1] 鲁迅:《现代电影与有产阶级》，载《鲁迅全集》4卷，人民文学出版社，2005，第419页。

争风舞蹈、游猎婚礼、盛大展览"等夸张词汇吸引观众。毋庸讳言,《瑶山艳史》的部分场景存在猎艳、色情成分,加上宣传主题在于"开化异族""沟通文蛮的分野、发掘原始的遗迹",这种带有浓厚的汉族中心主义色彩的电影受到鲁迅批评也就不难理解。相对而言,电影《春蚕》坚持运用严肃的现实主义手法,客观反映 30 年代中国社会发展过程中的矛盾问题,彰显出鲜明的阶级性、时代性、革命性特征,尽管可能缺乏戏剧化特征,却是中国左翼电影发展的重要里程碑。虽然鲁迅曾经对国产电影(包括左翼电影)表示支持,但是,这并不能影响他对好莱坞电影的偏爱。不仅如此,鲁迅也没有因为好莱坞电影夹杂着文化殖民因素,就转移或者降低自己的电影审美趣味,这是很值得我们进一步思考的。

比较而言,出生台湾富庶之家的刘呐鸥自幼天资聪颖,生活富裕,游历甚广,早年留学日本青山学院,学业结束后来到上海发展,积极介绍日本"新感觉派"文学思潮,开设"第一线书店",创办同人杂志《无轨列车》,深度参与《新文艺》的编辑发行,翻译日本横光利一等人的小说《色情文化》,并拍摄制作电影《永远的微笑》《初恋》《密电码》等,曾经和电影合作伙伴黄嘉谟共同编辑具有软性电影理论色彩的《现代电影》杂志。因此,刘呐鸥的社会经历非常丰富,其思想深处汇集着多元复杂的文化因子。后来,刘呐鸥撰写《影片艺术论》《中国电影描写的深度问题》《论取材——我们需要纯粹电影作者》《关于作者的态度》《电影节奏简论》《开麦拉机构——位置角度机能论》《银幕上的景色与诗料》《现代表情美造型》等重要文章，表现出个人对电影理论方面的浓厚兴趣。此时，刘呐鸥充分意识到国产电影要想实现迅速发展，必须敢于突破传统僵化的固有思维方式，大胆借鉴外国电影的先进经验。在30年代中国左、右电影之争的时代背景下，作为艺联影业公司的实际出资人，刘呐鸥把边疆地区作为乡村与都市的第三空间，试图开辟国产电影题材类型和艺术风格的崭新路径，实在令人佩服。

　　刘呐鸥之所以竭力支持《瑶山艳史》，严肃批评《春蚕》，是和他的"软性电影"观念密不可分的。刘呐鸥认为，电影是科学技术和艺术相结合的产物，它除了带有动作性、机械性之外，还具有艺术性、娱乐性、商业性等典型特征，这种视觉艺术形式"怎么样地描写着"常常比"描写着什么"更重要。作为台南世家子弟，刘呐鸥认为："影片是温情主义的资本家所出卖的'注册商品'，它的功用等于是逃避现实的催眠药。因它小市民的观众似乎得到了'精神上的粮食'，但在出卖者却是收获了几十倍的'不劳所得'。然而如果从现在的影片除掉了催眠药性的感伤主义，非理智性，时髦性，知识阶级的趣味性，浪漫和幻想等，这现代人的宠物可不是要变成了一个大戈壁吗？"[1] 在许多影评中，刘呐鸥高度评价《瑶山艳史》在题材类型、叙述方式、演员技能方面的成就，认为其能够在上海各大影院循环上映，并且受到许多电影观众积极评价，是和电影的大胆创

---

[1] 呐鸥：《Ecranesque》，《现代电影》1933年第2期。

新分不开的。与此同时，刘呐鸥在《评〈春蚕〉》一文指出，电影《春蚕》既不是一部具有教育性质的纪录影片，也明显缺乏暴露农村经济破产的戏剧情节，"假如《金山》是以过长的持续时间来强奸观众底注意集中力的话，那么，这部电影《春蚕》可以说是以未经认识的影像底跳梁来骚扰观众的思想路径，内容是完全使人咽不下去的"[1]。在刘呐鸥看来，《春蚕》的电影艺术构成要素不足，不仅没有完全规避"硬性电影"的外在缺陷，在内容和形式上也缺乏创造性，基本属于失败的作品。

可以看出，鲁迅和刘呐鸥之所以对《瑶山艳史》《春蚕》两部电影作出不同评价，可能夹杂着某种私谊成分，但更多是他们在电影评价标准方面出现分歧。实际上，刘呐鸥更多是依据"软性电影"理论来批评《春蚕》缺乏娱乐性和趣味性，认为电影夹杂着过多"意识"和"主义"，艺术性却明显不足；而鲁迅则主要从"硬性电影"标准去审视《瑶山艳史》，认为其并没有跳出旧时代电影题材的技法，仅仅是充满消遣性和娱乐性的文化产品，在思想性和艺术性上远远落后于时代主潮。他们卷入了30年代"软性电影"和"硬性电影"的理论之争，也都坚守个人的电影评判标准。总体而言，鲁迅肯定《春蚕》的左翼立场是与其五四文学的启蒙精神一致的，他否定《瑶山艳史》则因其是以变异形式出现的"才子佳人"团圆剧；相比之下，以表现生活快节奏与性的商品化的"现代"而著称的新感觉派作

---

[1] 刘呐鸥：《评〈春蚕〉》，《矛盾》1933年第2卷第3期。

家刘呐鸥,却推崇由传统变身而来的热销的团圆剧,这不能不令人感到奇怪。

三、影像的缝隙与历史的误读

作为一种新兴的艺术门类,电影无疑给现代人展示了异样的世界和视觉无意识,有效丰富着人们观照世界的基本方式,是人类艺术活动中的一次重要革命。正如瓦尔特·本雅明所说:"电影对现实的表现,在现代人看来就是无与伦比地富有意义的表现,因为这种表现正是通过其最强烈的机械手段,实现了现实中非机械的方面,而现代人就有权要求艺术品展现现实中的这种非机械的方面。"[1]按照这一逻辑,《瑶山艳史》《春蚕》在反映社会现实矛盾方面都可圈可点,但是,对两部电影的评价却出现历史性反差,深层原因实在耐人寻味。《瑶山艳史》的真实影像资料早已遗失在历史长河中,我们仅能依靠"纸上电影史"和报刊、地方志等有限资料来还原电影故事,很多具体情节只能借助想象来拼贴组合,因此,《瑶山艳史》在中国电影发展史上,没有受到世人重视。与此同时,电影《春蚕》却凭借着鲜明的时代性、阶级性、政治性倾向,成为中国左翼电影的巅峰之作。

客观来讲,《瑶山艳史》可能存在种族主义歧视的倾向,甚至部分电影场景充斥着色情因素,曾受到国民政府中央电影检

---

[1] 瓦尔特·本雅明:《机械复制时代的艺术作品》,王才勇译,中国城市出版社,2002,第51页。

查委员会的查禁，后几经修改才重新得以公开放映，其所遭遇的批评责难也可以想象。然而，《瑶山艳史》毕竟是国产电影第三条道路的重要尝试，因此，《瑶山艳史》在中国电影发展史上理应占据一席之地。与此相对，电影《春蚕》顺应中国左翼电影的时代潮流，真实反映30年代中国农村发展过程中的现实矛盾，受到左翼电影工作者高度推崇，自然具有一定合理性。但是，我们透过层层历史迷雾，也能清醒意识到电影《春蚕》并没有全面呈现阶级矛盾和民族矛盾，部分场景仅仅是浅尝辄止，许多复杂的历史细节被严重遮蔽。对电影《春蚕》的既往评价，往往多出于政治意识形态的需要，较少涉及电影制作和表现方面的外在缺憾。正如安德烈·巴赞所说："一切艺术，即使是最现实主义的艺术也摆脱不开共同的命运。它不可能把完整的现实捕入网内，它必然漏掉现实的某些方面。无疑，技术的进步和运用的得当会使网孔变得细密，然而，仍然需要在各类现实事物中进行一定的选择。"[1]事实上，电影在如何保留和摒弃社会历史方面，除了要遵循导演意图之外，还受到时代语境、意识形态、拍摄技术等不同因素影响。因此，"完整电影"几乎就是一个美丽神话。

原载《宝鸡文理学院学报》（社会科学版）2022年第3期

---

[1] 安德烈·巴赞:《电影是什么？》，崔军衍译，中国电影出版社，1987，第287页。

1950年代文学史著中的鲁迅形象

20世纪50年代,王瑶、丁易、刘绶松等人撰写的几部中国现代文学史著先后出版,代表了中国现代文学史这一学科的正式诞生。这些著作关于鲁迅的论述,可以说是在全国范围内推进新民主主义文化建设所做努力的一个重要组成部分。正是在这个意义上,汪晖说:"鲁迅形象是被中国政治革命领袖作为这个革命的意识形态的或文化的权威而建立起来的,从基本的方面说,那以后鲁迅研究所做的一切,仅仅是完善和丰富这一'新文化'权威的形象,其结果是政治权威对于相应的意识形态权威的要求成为鲁迅研究的最高结论,鲁迅研究本身,不管它的研究者自觉与否,同时也就具有了某种政治意识形态的性质。"[1] 也正因为如此,我们可以从这几部代表性的中国现代文学史著中,看到鲁迅的形象如何被建构,这一建构工程遵循什么样的思想原则,又存在一些什么问题。这些问题,其实非常真切地折射出了那个时代的总体思想特点、知识分子的心理以及社会思想领域中一些值得我们深思的问题。

一

1949年10月1日,中华人民共和国成立,翻开了中国历史的新一页。为了加强意识形态方面的引导,亟须对为数众多的

---

[1] 汪晖:《鲁迅研究的历史批判》,《文学评论》1988年第6期。

从旧时代过来的知识分子进行思想教育乃至思想改造。历史选择了中国现代文学，同时也再一次选择了鲁迅。

1950年5月，教育部召开全国高等学校专题会议，通过了《高等学校文法两学院各系课程草案》，对中国新文学课程的内容作出了规定。其中特别强调运用新观点、新方法，讲述自五四时代到现在的中国新文学的发展史，着重在各阶段的文艺思想斗争和其发展状况，以及散文、诗歌、戏剧、小说等著名作家和作品的评述。草案明确规定"中国新文学史"为大学中国语言文学系的主要课程之一。从此以后，编写高等院校的统一教材作为一项系统性工程，摆在了许多教育工作者的面前。鲁迅作为中国新文学史上的一面旗帜，自然成了新文学史教材编写的重中之重。这在王瑶《中国新文学史稿》、丁易《中国现代文学史略》以及刘绶松的《中国新文学史初稿》中，可以说都得到了淋漓尽致的体现。

1953年8月，《中国新文学史稿》脱稿问世。这原是王瑶在清华大学中文系教授中国新文学史课程的讲义草稿，它继承了朱自清先生编纂新文学史的风格。全书分四编，总计60万字。《中国新文学史稿》的问世，开启了中国现代文学史研究和编纂的新阶段，王瑶也据此成为中国现代文学学科的重要奠基人。在这部史稿的第一编第三章"成长中的小说"中，王瑶对鲁迅的短篇小说集《呐喊》《彷徨》做了高度评价。《呐喊》主要作于1918年到1922年，王瑶说："正是五四的高潮期，这些也正是'文学革命的实绩'。和《狂人日记》的精神一样，充满了反封建的战斗热情。"[1]在解读《狂人日记》《一件小事》《阿Q正传》之后,王瑶充分肯定了鲁迅那极富自我批判精神的可贵之处。到了短篇小说集《彷徨》,王瑶说:"看见很多战友的中途变节,心境是凄凉的,《彷徨》中就不免带点感伤的色彩,热情也较《呐喊》减退了些。他自己说'技术虽然比先前好一些,思路也似乎较无拘束,而战斗的意气却冷得不少'。这是实在的。但鲁迅是并不会孤独下去的,当他默感到革命的潜力和接触到青年的热情的时候,他的战斗是极其尖锐的,这在杂文的成绩里就更可找到了说明。"[2]紧接着,王瑶详细论述了鲁迅的《祝福》《离婚》《在酒楼上》《孤独者》《伤逝》等短篇小说的特色。这些小说真实地反映了辛亥革命前后到大革命以前这个历史阶段的时代特点,充溢着改革社会的愿望和战斗热情,而且在形式和艺术构思方面也新颖多样,逐渐形成了比较成熟的写作风格。最后,王瑶说:"鲁迅,从他的创作开始起,就是以战斗姿态出现的;他一面揭发着社会丑恶的一面,一面也表现了他的改革愿望和战斗热情。在这二者的统一上,不只他作品的艺术水平高出了当时的作家,就在思想性的强度上也远远地走在了当时的前面。当作文化革命的旗帜,三十年来多少进步的作家都是追踪着他的足迹前进的。"[3]在第五章"收获丰富的散文"中,王瑶又以"匕首与投枪"为标题,对鲁迅的《热

---

[1] 王瑶:《中国新文学史稿》上册,新文艺出版社,1953,第84页。
[2] 王瑶:《中国新文学史稿》上册,新文艺出版社,1953,第87页。
[3] 王瑶:《中国新文学史稿》上册,新文艺出版社,1953,第87页。

风》《坟》《华盖集》《华盖集续编》《而已集》中的杂文作出了很高评价，认为鲁迅用极为辛辣的笔调讽刺和暴露了中国社会的许多丑恶。之后，王瑶对《野草》《朝花夕拾》等散文集进行了非常深入的阐释，认为《野草》在悲凉之中透露着非常坚韧的战斗性，许多文字用了象征和重叠的手法，凝结着异常悲愤的声音和气息。在第二编"左联十年"中，王瑶再以"鲁迅领导的方向"为题，论述了在白色恐怖的环境中，特别是在左联成立前后，各种极左社会思潮逐渐抬头，社会革命形势日益陷入一种极度危险的状态。而此时，鲁迅却异常冷静和理性，他立足于中国的现实国情，以敏锐的眼光觉察出当时中国革命形势正在发生微妙变化。事实上，鲁迅对于当时中国革命的认识深度和高度都是远远地超过一般作家的。比如，鲁迅在左联成立大会上所作《对于左翼作家联盟的意见》的演讲，就表现出一种极为深刻的远见卓识。之后，王瑶对鲁迅和"自由人""第三种人"，以及围绕"两个口号论争"进行了深入论析，认为鲁迅为捍卫无产阶级革命文学的合理性作出了巨大牺牲。总体而言，王瑶的《中国新文学史稿》以新民主主义革命理论为指导，整体结构上与新民主主义革命史保持一致。虽然这部史著受到特定时代学术生产体制的制约，存在一些不足，但有属于自己的学术追求与文学史构想，既满足了时代的要求，又不是简单地执行意识形态的指令，在试图对自己充满矛盾的历史感受与文学体验进行整合表述的过程中，尽可能体现出历史的多元复杂性。不仅如此，王瑶在书中所引材料极为丰富，在评价具体作家时，从"人民本位主义"的立场出发，持一种较为宽容的态度，这在当时的社会历史语境中实在是难能可贵的。

《中国现代文学史略》是丁易在国内各大学讲授中国现代文学史的讲义提纲，后来经过进一步加工和修改，1955年由作家出版社正式出版。全书分十二章，详细地介绍了中国现代文学发展的基本历程。在论述鲁迅的部分，丁易把鲁迅对于中国现代文学的贡献提到了无以复加的高度。比如，在第一章"五四运动与中国现代文学革命运动的兴起、发展和斗争以及鲁迅的贡献"中，他非常注重凸显鲁迅在文学革命理论建设方面的重要领导作用，介绍了以鲁迅为首的文学革命阵营和封建文学及右翼资产阶级文学的斗争情况；在第二章"左翼文学运动（上）——以鲁迅为旗手的中国左翼作家联盟的活动及革命文学理论的进展和斗争"中，丁易以很大篇幅阐述了鲁迅在革命文学斗争方面所作出的巨大努力，特别是和买办资产阶级"新月派"、法西斯"民族主义文学"、反动的小资产阶级的"文艺自由论"、帮闲文学"论语派"以及其他反动的文学集团之间的艰苦斗争。可以看出，丁易的文学史叙述带有浓厚的阶级斗争色彩，意识形态的倾向性极为突出。在第五、六章中，丁易以"中华民族新文化的旗手共产主义者——鲁迅"为题，详细分析了鲁迅。他说："鲁迅是近代中国伟大的思想家和革命家，是二十世纪现实主义的世界大师之一，是伟大的爱国主义者和国际主义者，他一生的思想和文学的发展道路，是完全和中国人民的革命发展道路相吻合的。鲁迅的方向，就是中华民族新文化的方向。"[1]在解读鲁迅前期小说时，丁易说："鲁迅这些短篇小说的创作方法，基本上可以说还是属于批判的现实主义创作方法，但是他的批判的彻底性和革命性，却远非一般的批判的现实主义所能范围，这是和他前期的彻底的反帝反封建的思想有着密切关系的。而在一九二七年以后，鲁迅已经成为一个共产主义者，因而他的后期创作却是属于社会主义现实主义范畴了。"[2]但是，丁易在后面对此又做了一系列深刻的反思："不过鲁迅前期创作虽然达到了这样辉煌的成就，但他对当时中国革命出路还没有明确的认识，因而他虽然热爱农民，可是对于农民的革命性却又多少有些怀疑，流露了某种程度的悲观情绪，而有'两间余一卒，荷戈独彷徨'的感觉。不过，这对于鲁迅前期创作的辉煌的成就却也并无妨碍，因为如前所说，鲁迅的创作已经出色地完成了当时新民主主义革命的要求，而他思想上这一矛盾，也就是他在进行着严肃的自我思想改造的斗争；终于改变了阶级立场，成为一个共产主义者，而这一伟大的自我改造斗争，也正是他从彻底的批判的现实主义进入社会主义现实主义的关键。"[3]可以看出，这是一系列概念的相互缠缚和矛盾的表述：鲁迅前期小说存在缺陷，原因是这些小说不完全符合社会主义现实主义文学的基本要求，即对于农民的革命热情估计不足，鲁迅自己身上又存在迷失方向后的消沉情绪；

---

[1] 丁易：《中国现代文学史略》，作家出版社，1955，第175页。
[2] 丁易：《中国现代文学史略》，作家出版社，1955，第184页。
[3] 丁易：《中国现代文学史略》，作家出版社，1955，第187页。

但鲁迅应该是伟大的,理由是这些作品具备了新民主主义文学的性质,特别是鲁迅后来经过思想斗争实现了自我的蜕变,成了一个"共产主义者"——问题是鲁迅后来的思想进步要成为鲁迅前期小说取得杰出成就的一个理由,原是相当勉强的——这是在鲁迅前期小说确实不符合社会主义现实主义文学的标准,而对鲁迅又必须先验地给予高度肯定时,研究者在逻辑上所使用的一个技巧。这同时也告诉人们,在当时的一些学者看来,社会主义现实主义的标准与新民主主义文学的标准,是有重要区别的。对于像鲁迅这样必须加以全面肯定的作家来说,当难以使用社会主义现实主义的标准时,就使用新民主主义文学的标准——这时,新民主主义文学其实成为比社会主义现实主义文学低一等级但又符合新民主主义思想的一种文学,因为它存在向社会主义现实主义文学发展的一种逻辑和历史的必然性。这就是当时知识分子中流行的一种带有普遍性的思想形式。从当时的这种情况看,丁易对鲁迅的评价,没有完全不切实际地拔高鲁迅,也没有毫无根据地贬低鲁迅,而是大致符合鲁迅本人的真实形象的。

1956年4月,刘绶松的《中国新文学史初稿》由作家出版社出版。全书分上下两卷,约55万字,原是刘绶松在武汉大学讲授中国新文学时的讲义内容,后来经过进一步完善修改才得以面世。作为当时影响很大的一部新文学史著,它内容丰富,结构清晰,自成体系,带有鲜明的时代色彩。该书在绪言中即提出研究新文学史必须具备几个基本观念:一是"划清敌我界限",凡是"为人民的作家""革命作家"就给予主要的地位和篇幅,凡是"反人民的作家",就无情地揭露和批判;二是分别主从,即突出社会主义现实主义的主流;三是把对鲁迅的研究提到首要的地位上来。其中,刘绶松在前三编对鲁迅及其创作进行了集中评述,分别建构了五四时期、第一次国内革命战争时期以及第二次国内革命战争时期的鲁迅形象。作者在阐释五四时期的鲁迅形象时,主要从他的早期文学创作谈起,探讨了《狂人日记》《孔乙己》《药》《明天》《故乡》《阿Q正传》等重要小说的思想艺术特征。刘绶松说:"总起来说,收在《呐喊》里的鲁迅的早期创作,不只是现代中国文学史上不朽的杰作,也是世界文学宝库中稀有的伟大作品。当我国新文学运动还在倡导、发轫的时候,我们就有了这样在思想内容上和在艺术形式上都已经达到异常卓越、成熟的境界的作品,来作为我们前进途中的鼓舞和范例,这实在是我国现代文学的一件最值得夸耀的事。"[1] 之后,刘绶松对第一次国内革命战争时期的鲁迅形象进行了详细解读。他认为,此时的鲁迅堪称"青年叛徒的领袖"和"无产阶级革命文学的奠基者"。刘绶松这样描述此阶段的鲁迅形象:"在本时期,探索与战斗,在鲁迅,是一个密切而不能分割的实践的整体:他是一面战斗,一面探索;在战斗中探索,同时也在探索中战斗的。这是鲁迅本时期战斗历

---

[1] 刘绶松:《中国新文学史初稿》,作家出版社,1956,第65页。

程上最主要的特色……"[1]这里,刘绶松重点从"战斗的武器之一——杂文""战斗的武器之二——小说""战斗的武器之三——散文诗、散文"等三个层面来评述鲁迅。在第三编中,刘绶松论述了第二次国内革命战争时期的鲁迅。他首先强调了鲁迅在左联成立时所发挥的重要领导作用,探讨了鲁迅和"新月派""民族主义文学""第三种人"之间的激烈斗争,表现了鲁迅经过长期的自我批判和自我改造后,其思想已经发生了重大发展和进步。刘绶松说:"经过了这次自我批判以后,他对中国历史发展的看法,已经不再是从革命的小资产阶级的立场与观点,以及进化论的观点出发,而是一个科学的马克思主义者的看法了;他对于中国人民大众革命的力量和前途,已经没有丝毫的怀疑,而是坚信'唯有新兴的无产者才有将来'了……"[2]可以这样理解,经过这样一个发展,一方面标志着作为思想家的鲁迅其前后期思想本质上的变化;另一方面,也标志着作为文学家和新文学运动的领导者的鲁迅在创作方法上呈现显著不同的面貌。刘绶松说:"从进化论到阶级论,这是一个伟大的跃进。这样一个跃进,在鲁迅,是体现了时代和历史对于一个伟大的现实主义作家的客观要求,同时也是体现了一个伟大的现实主义作家对于自身的严格批判和忘我战斗的革命精神的。"[3]客观地讲,鲁迅思想的巨大转变是和中国共产党的政治推动和

---

[1] 刘绶松:《中国新文学史初稿》,作家出版社,1956,第94-95页。
[2] 刘绶松:《中国新文学史初稿》,作家出版社,1956,第259页。
[3] 刘绶松:《中国新文学史初稿》,作家出版社,1956,第262页。

社会影响分不开的，具体表现在：倘若于共产党和人民革命事业有利的，鲁迅都竭力拥护；假如对共产党和人民革命事业有害的，鲁迅都极力反对。可以说，共产党对于鲁迅的爱护和支持与鲁迅对于党的始终如一的忠诚，是鲁迅后期文艺事业的不朽价值产生的根源。正是在这个意义上，我们才说，鲁迅的思想发展进程深刻地反映了中国人民革命曲折前进的道路，体现了马克思列宁主义和毛泽东思想在中国的巨大胜利，同时也把我们的新文学运动推向了一个更新更高的发展阶段。

二

可以看出，王瑶的《中国新文学史稿》是在遵循马克思列宁主义以及毛泽东思想的前提下，以新民主主义革命发展史为主要依据来编纂中国新文学史的。比如，他对中国新文学史分期的处理就体现了政治因素的强力渗透。王瑶把中国新文学的发展分为四个时期。第一个时期是1919年到1927年，相当于毛泽东《新民主主义论》里的第一个和第二个时期；第二个时期是1927年到1937年，相当于《新民主主义论》的第三个时期；第三个时期是1937年到1942年，即从抗战开始到《在延安文艺座谈会上的讲话》发表；第四个时期是1942年到1949年，即自《延安文艺座谈会上的讲话》的发表到中华全国文艺工作者代表大会召开。王瑶对中国新文学史的分期是一种政治认同的必然结果。1952年8月30日，在出版总署与《人民日报》共同召集的《中国新文学史稿（上册）》座谈会上，多数专家虽然也极大地肯定了王瑶在新文学史著建设方面的重大贡献，但是一些学者也对《中国新文学史稿（上册）》在政治立场方面存在的缺陷甚至"错误"进行了严厉批评。历史在无意间给王瑶开了一个玩笑，当时这部备受质疑和批判的新文学史著，后来却成了中国现代文学学科史上的一部经典之作。当时诸多学者提出的各种批评意见，"一方面体现了当时的政治对历史编写的要求，另一方面，从学术研究层面上说，表现了强烈地要求建立另一种学术传统的趋向。这就是要求建立学术为政治服务的传统，要求治学者有明确的政治立场，在治史时要鲜明地表现这一政治立场。因此，首要的问题不是追求历史的客观真实性，而是考虑所描述的历史对哪个阶级有利。为此，就要检查所描述的历史是否符合某一阶级的理论主张，符合他们对历史的意见"[1]。非常幸运的是，在20世纪50年代前期极为特殊的社会文化语境之中，王瑶并没有完全接受来自各种政治因素的规训，而是坚持个人的独立见解，对各种文学现象进行了实事求是的评述。比如，他在论述新文学运动的发生、发展及背景时，较多地采用了"基本性质"的判断。但在进入具体的作家作品的评价定位时，就表现出十分谨慎的态度，其评判的标准就比较宽松一些，不纯粹以政治态度划线。在后来的论述中，王瑶对文学史的评判标准作了局部的调整，提出以"人民本位主义"为根本，有意将原来标示的"新民主主义"或"无产阶级革命"这样政治性的标准淡化一些，也"扩容"一些，以更能贴近具

---

[1] 黄修己：《中国新文学史编纂史》，北京大学出版社，2007，第95-96页。

体的文学创作实际。此种治史风格充分表现了王瑶独到的理路。换言之,王瑶在从事新文学史著的编纂时,并没有完全放弃个人的独立思考,而是把个人思考悄悄地融入政治逻辑之中,这正可看出王瑶非常注重策略性和技巧性的一面。正是在这个意义上,有学者指出:"王瑶的《中国新文学史稿》将启蒙主义思想与'新民主主义'的革命论断掺杂在一起的做法与稍后丁易的《中国现代文学史略》,以及刘绶松的《中国新文学史初稿》相比,更显示出该书在意识形态方面离当时的政治要求有相当的距离——后两者都是严格按照《新民主主义论》强调的新文学中'社会主义因素'的'成长壮大'来描述新文学史,并以此来筛选作家的。"[1]

与王瑶的《中国新文学史稿》相比,丁易的《中国现代文学史略》和刘绶松的《中国新文学史初稿》出版相对较晚。它们表现出几乎相同的鲜明倾向,即向政治方向的大角度倾斜,或可称为新文学史著的大幅度政治化。"政治标准第一"是他们编写中国新文学史的共同指导方针。其中,丁易的《中国现代文学史略》就以中国新民主主义革命史为主要纲领,把中国新文学史作为新民主主义革命史的一个重要组成部分来进行分析和评述。该书在绪论中就开门见山地说:"中国现代文学运动是和新民主主义革命运动分不开的,并且血肉相连而成为新

---

[1] 张传敏:《民国时期的大学新文学课程研究》,人民出版社,2010,第152页。

民主主义革命运动的一部分。这两者之间的关系,简单地说来就是:现代文学运动是为革命运动所规定,但同时它又对革命运动起了一定的影响和推动作用,必须通过这种关系去考察中国现代文学,才可以看出中国现代文学的社会意义和社会任务。"[1]这就表明丁易的文学史写作目标非常明确,他是要说明现代文学和革命运动之间的关系及其社会意义。他第一次将新文学史上的诸多作家,严格地按照他们的政治态度和政治立场,分为"革命作家""进步作家""反动作家",并以此为主要标准对众多的文学流派和文学社团进行了区分。鉴于鲁迅在中国新文学史上的重要地位,丁易进行了特殊处理:他没有为鲁迅之外的其他任何作家安排专章,而鲁迅却独占了两章。不仅如此,他还在文学运动和文学斗争部分,非常着意地强调"以鲁迅为首"。比如有这样的标题:"以鲁迅为首的中国左翼作家联盟的成立及其和反动政治的斗争""以鲁迅为首的革命文学阵营和反对文学倾向的斗争"等,都是为了强调鲁迅对于新中国文化建设的独特意义。同样值得一提的是,在整个书写过程中,丁易非常强调"社会主义现实主义"创作方法的重要性。"丁易为了套用这个理论来整合新文学,显示政治倾向的进步,把'社会主义现实主义'实际表现的时间大大提前了,以致全然不顾新文学历史发展的基本事实,甚至不惜任意剪裁史实,去服从这

---

[1] 丁易:《中国现代文学史略》,作家出版社,1955,第2页。

一预设的理论。"[1]最典型的套用例子就是第五章论述鲁迅小说的一节,标题就是"鲁迅的小说——从彻底的批判的现实主义到社会主义现实主义"。其中,他把鲁迅的小说《非攻》和《理水》都说成是"社会主义现实主义文学"了。他所找到的基本依据就是鲁迅作品具有"主题的积极意义和战斗性的强烈",以及对反动派的"无情打击"和对革命力量"由衷的拥护"等重要特点。这种套用的基本用意在于能够体现出中国新文学发展的政治方向,而不至于在指导思想上触犯政治红线。这正是丁易和当时的主流意识形态达成共识的一个佐证。因此,这部著作的基本立论及方法、体例,与王瑶等人的新文学史相比,更能反映20世纪50年代前期现代文学研究和教学的一般路子,它是一本很政治化、代表学术主流,因而在当时实际影响很大的著作。

和丁易的《中国现代文学史略》一样,刘绶松的《中国新文学史初稿》也体现了政治形势开始发生重大变化时学者所选择的一个新的治学模式。刘绶松在评价作家作品时,同样依据政治第一的标准,把作家的政治表现和现在的政治地位作为关注的重点,以政治定性代替文学评判,对作家只注重阶级分析,以其政治态度划线,严格区分敌我。凡是在现实政治生活中已被判定为"反动的",不管其在历史上表现如何,对新文学有无

---

[1] 温儒敏、李宪瑜、贺桂梅、姜涛等:《中国现当代文学学科概要》,北京大学出版社,2005,第98页。

重要贡献,创作上有无特色,一律因人废言,全盘否定,或尽量压低其在文学史上的位置。可以说,刘绶松的《中国新文学史初稿》坚定地贯彻了新民主主义思想。比如,他把中国新文学史分为五个阶段:第一阶段,五四运动时期(1917—1921);第二阶段,第一次国内革命战争时期(1921—1927);第三阶段,第二次国内革命战争时期(1927—1937);第四阶段,抗日战争时期(1937—1945);第五阶段,第三次国内革命战争时期(1945—1949)。这里,刘绶松对中国新文学分期问题的处理,完全参照了新民主主义革命史的分期标准和分期方法。他在书中还极力推崇左翼文学和解放区文学,而对自由主义文学及其他所谓"反动文学"都持拒斥的态度,表现出一种非常鲜明的阶级立场和审美趣味。"总而言之,刘绶松在其《中国新文学史初稿》中,是把鲁迅放到中国新民主主义革命史的框架中来评价的。这其实是遵命而作,非如此就会犯重大的'错误'。从这一意义上说,刘著与同一时期的另外几部中国新文学史一起,共同规划并实践了中国现代文学史的一种述史模式,因而也就奠定了中国现代文学学科中的鲁迅研究的基础。而刘著的特点,则是更为注重鲁迅创作的思想意义甚至政治意义的发掘,所以其政治色彩更浓一些。当然,这就不能不影响到它后来的学术影响力。"[1]

---

[1] 陈国恩:《武汉大学鲁迅教学和研究的世纪回顾》,《长江学术》2010年第2期。

不言而喻，在主流意识形态的强大影响之下，1949年后新文学史的编写日益走向了"一体化"的生产阶段。王瑶早期的较具个人特色的述史模式被逐步地同化和稀释，这对于中国新文学史学科发展是一个不良信号。黄修己说："他们的编纂实践开出了另一条传统，也就是不顾历史事实，理论为先，实是政治为先，按照政治的要求来描画、阐释历史，实际上歪曲了历史，在他们手里终于完成了新文学史的政治化。"[1]然而，我们也不必过于责怪这些学者，因为时代语境的客观存在决定了他们不可能挣脱历史本身的局限性。此时，也许他们想和占据中心位置的政治话语达成某种谅解，或者形成政治一体化的利益共同体，寻求更多的言说空间，进而从事新文学史的具体编纂。

纵观20世纪50年代的三部具有代表性的新文学史著作，可以说它们都是努力按照新民主主义思想来建构鲁迅形象的。它们在阐释鲁迅及其作品时，往往极力关注其对于新民主主义革命有利的一面，而对其他方面则关注较少或基本不予关注。主要原因在于，新中国需要鲁迅这样的进步知识分子作为榜样，引导来自旧时代的知识分子改造世界观，要他们把立足点转移到人民大众这方面来。虽然鲁迅在这些新文学史著中的形象建构存在着一些差异，但更多地却是表现出一些相似性。一方面，鲁迅是中国现代文学的奠基者之一，其崇高地位本身就是一种

---

[1] 黄修己:《中国新文学史编纂史》，北京大学出版社，2007，第108-109页。

客观存在。鲁迅的独特魅力是扎根在他的厚重的文学作品中的，绝非任何人凭空制造的神话。因此，各种新文学史著都给他以显要的位置。另一方面，由于毛泽东在《新民主主义论》中对鲁迅的权威评价被一些人强化和放大，鲁迅终于成为"新中国的第一等圣人"，他在新中国文化建设方面扮演了一个极端重要的角色。在这样的条件下，一些史著对鲁迅形象的描述可能和鲁迅本体之间存在差异，其中的偏颇也就难以避免。正因如此，我们才不妨说"鲁迅"的形象是被不同时代的读者不断建构起来的，究竟哪一种形象更加符合鲁迅自己，这需要历史的检验。不但如此，透过不同的新文学史家对鲁迅形象的经典塑造，可以看出中国不同历史时期特殊的社会文化氛围。或许还可以说，每当控制社会思想的精神文化机制趋于宽松和理性的时候，鲁迅形象就会逐渐地接近于鲁迅本体。此时，鲁迅研究的学理精神就会得到更好的发扬，鲁迅研究会取得新的重要的成果。否则，鲁迅形象就可能被歪曲，鲁迅研究也就成为"实用政治的一个手段"，走上一条教训深刻的歧路。

原载《湖南师范大学社会科学学报》2013年第4期

鲁迅作品中的流氓形象

一

1931年4月17日，鲁迅在上海东亚同文书院做了《流氓与文学》的演讲，他说："流氓是什么呢？流氓等于无赖子加壮士、加三百代言，流氓的造成大约有两种东西，一种是孔子之徒，就是儒；一种是墨子之徒，就是侠。这两种东西本来也很好，可是后来他们的思想一堕落，就慢慢地演成了所谓流氓。"[1]这里，鲁迅主要谈到了两种流氓类型：一种是我们平时所说的"无赖子"，即痞子、瘪三、阿飞之类；另外一种则是"无赖子"加壮士加三百代言人，即有了军队和御用文人的政治流氓之类。紧接着，鲁迅说："流氓一得势，文学就要破产。"此时，鲁迅的批判矛头直指国民党当局残酷镇压革命文学的暴行。1933年6月18日，鲁迅在致曹聚仁的信中说："中国学问，待从新整理者甚多，即如历史，就该另编一部。古人告诉我们唐如何盛，明如何佳，其实唐室大有胡气，明则无赖儿郎，此种物件，都须褫其华衮，示人本相，庶青年不再乌烟瘴气，莫名其妙。其他如社会史，艺术史，赌博史，娼妓史，文祸史……都未有人著手。"[2]在这封信中，鲁迅用"无赖儿郎"

---

[1] 笠坊乙彦：《鲁迅在同文书院的讲演笔记》，《鲁迅研究月刊》1992年第3期。

[2] 鲁迅：《致曹聚仁》，载《鲁迅全集》12卷，人民文学出版社，2005，第404页。

来称谓明代帝王。所谓"无赖儿郎"也就是"流氓"的另一种称谓。

实际上,流氓是一种非常丑陋的社会性因素,在中国古代社会可谓源远流长。语源学意义上的"流氓"一词,是一个多义词。"流氓"之"流",主要指"流动,移动"。氓,古义读作méng,本义指人民。《说文解字》中说:"氓,民也;从民,亡声,读若盲"。后来,"流氓"一词逐渐引申为乡野之民。《孟子》曰:"许行,自楚之滕,踵门而告文公曰:'远方之人,闻君行仁政,愿受一廛而为氓。'"清代段玉裁在《说文解字注》中也说:"氓与民小别,盖自他归往之民则谓之氓,故字从民亡。"后来,"流氓"也特指外来汉,外来之人。流氓在中国古代社会是逐渐演变而来的。先秦时期的惰民和游侠,秦汉时期的恶少年,魏晋南北朝时期的无赖,隋唐时期的坊市恶少和市井凶豪,宋代的破落户和捣子,元代的无籍之徒,明代的光棍和喇唬,清代的无赖棍徒,等等,都是流氓在不同社会历史条件下的具体称谓。如果以个人的经济地位和社会地位来作为划分标准,"流氓"一词的主要含义是指"无业无产的游民"。因此,在中国古代社会,许多人经常以"游民"来称谓流氓。

我们知道,由于流氓处于一种无产无业的状态,他们要想顺利地生存下来,往往会采取非常手段获取各种生活资料,必然会扰乱正常社会秩序。陆德阳在《流氓史》中把"流氓"主要分为七种类型:称霸一方的豪猾,毫无廉耻的无赖,为虎作伥的闲汉,放荡淫乱的淫棍,设局狂赌的博徒,阴险奸诈的讼师,败坏家业的不肖子。从中国流氓群体及其活动的历史来看,在侠客阵营之中,有个别人名义上是以侠客吹嘘标榜自己,暗中却行流氓的无耻行径,也就是说,他们往往一半是侠客,一半是流氓。鲁迅说:"孔子之徒为儒,墨子之徒为侠。'儒者,柔也',当然不会危险的。惟侠老实,所以墨者的末流,至于以'死'为终极的目的。到后来,真老实的逐渐死完,止留下取巧的侠,汉的大侠,就已和公侯权贵相馈赠,以备危急时来作护符之用了。"[1]所谓护符,无非就是凭借公侯权贵的身份地位,任意为非作歹或事后逃避惩罚,逍遥法外,使受害者备受迫害又苦不堪言。这些可以看作是流氓在中国古代社会的表现形态。鲁迅说:"然而为盗要被官兵所打,捕盗也要被强盗所打,要十分安全的侠客,是觉得都不妥当的,于是有流氓。和尚喝酒他来打,男女通奸他来捉,私娼私贩他来凌辱,为的是维持风化;乡下人不懂租界章程他来欺侮,为的是看不起无知;剪发女人他来嘲骂,社会改革者他来憎恶,为的是宝爱秩序。但后面是传统的靠山,对手又都非浩荡的强敌,他就在其间横行过去。"[2]

二

美国人明恩溥在《中国乡村生活》一书中,对中国"乡村

---

[1] 鲁迅:《流氓的变迁》,载《鲁迅全集》4卷,人民文学出版社,2005,第159页。

[2] 鲁迅:《流氓的变迁》,载《鲁迅全集》4卷,人民文学出版社,2005,第160页。

地痞"进行了详细论述。他说:"不充分了解乡村地痞的地位,就不可能完全理解中国人的生活。换句话说,准确了解了中国地痞的特点和作用,就在很大程度上理解了中国社会。"[1]此时,明恩溥是在宽泛意义上使用"乡村地痞"这一概念的。其不仅指那种"故意把帽子扯破""敞开外套不系扣""言谈粗声大气"的光棍,同时也指"乡绅"之类的人物。明恩溥把中国乡村地痞分为独立的、组合的、混杂的三类:"独立的地痞自成一体,凭自己的实力处理自己的事务。组合的地痞则依靠特殊的组织才能召集一帮人为他效力。混杂的地痞不只是地痞,他还有生意或专长,在处理这类事务时令人生畏的地痞身份又给了他实际的帮助。"[2]按照明恩溥对"乡村地痞"概念的有关理解,这一社会群体就是我们平时所说的"流氓"。鲁迅作品中的许多人物形象,比如,《阿Q正传》中的阿Q、《明天》中的蓝皮阿五、《肥皂》中的四铭、《祝福》中的鲁四老爷、《离婚》中的七大人等,都属于我们所要论述的流氓行列。

事实上,《阿Q正传》中的主人公阿Q就是一个"乡村地痞"。在未庄,阿Q没有家,经常住在土谷祠里面,是一个上无片瓦、下无立锥之地的流氓无产者形象。他不知道自己的父母是谁,也没有其他任何亲戚,甚至连自己的籍贯和姓氏都不清

---

[1] 明恩溥:《中国乡村生活》,午晴、唐军译,时事出版社,1998,第213页。

[2] 明恩溥:《中国乡村生活》,午晴、唐军译,时事出版社,1998,第214-215页。

楚。阿Q的外在形象极为丑陋,加之无家可归,没有任何女人愿意和他结婚。在挨了王胡、假洋鬼子的暴打之后,阿Q在回家的路上碰到了静修庵的小尼姑。"阿Q走近伊身旁,突然伸出手去摩着伊新剃的头皮,呆笑着,说:'秃儿!快回去,和尚等着你……'""'和尚动得,我动不得?他扭住伊的面颊。"[1]他是采取一种欺辱弱者的下作方式来满足虚荣心的。阿Q向吴妈求爱失败之后,遭到未庄人的冷落和驱赶,最后连基本生活都难以保障,他被迫来到城里靠偷窃度日。至此,阿Q实现了"游民"向"乡村地痞"的角色转变。此种形象蜕变绝对不是阿Q主观选择的结果,而是整个社会把他逐渐逼到如此境地。像阿Q这一社会群体的共同特点,恰如王学泰所说:"许多游民无妻无子,没有为人夫、为人父的职责,他们脱离乡土社会,没有宗亲故旧的监督,也就不必顾及面子,更不会有耻辱的感觉。他们是没有根柢,随着时势浮沉游荡的一群;他们没有地位,失去了社会的尊重,这样也就不必违心地去做顾及脸面的事情。因此,他们是反对现存的社会秩序的,也不必考虑角色位置为人们所设置的种种规定。他们很少有固定的财产,有的甚至为一顿饱饭都要费尽愁肠。为此,他们极端重视眼前利益,不太顾及离现实较远的后果。"[2]

可以看出,阿Q是被主流社会抛弃的一个特殊群体,他几

---

[1]鲁迅:《阿Q正传》,载《鲁迅全集》1卷,人民文学出版社,2005,第523页。

[2]王学泰:《游民文化与中国社会(增修版)》,同心出版社,2007,第293-294页。

乎一无所有，在未庄谋生十分困难，甚至被别人驱来赶去，没有任何安身立命之地。因此，阿Q反抗主流社会和既定的社会秩序是具有必然性的。毫无疑问，阿Q处在社会的最底层，他意识到只有在剧烈的社会冲突之中才能改变现状。他不理会现有秩序，欢迎社会冲突，甚至渴望剧烈的社会冲突尽快到来。换言之，在被逼上绝路之后，他幻想通过革命的方式改变自己的现实命运。"革这伙妈妈的命，太可恶！太可恨！……便是我，也要投降革命党了。""造反了！造反了！""好，……我要什么就是什么，我欢喜谁就是谁。""这时未庄的一伙鸟男女才可笑哩，跪下叫道，'阿Q，饶命！'谁听他！第一个该死的是小D和赵太爷，还有秀才，还有假洋鬼子，……留几条么？王胡本来还可留，但也不要了。……"[1] 由此可见，作为社会底层的流氓无产者，阿Q根本不懂得革命的真正含义，他的革命目的几乎就是一种现实利益再分配。正是在这个意义上，王学泰说："游民毕竟不是革命者，革命者在社会冲突中要改变社会，改变旧有的社会秩序，建立新的社会秩序，甚至要确立一种实现新的社会秩序的规则。而游民在社会冲突中要求改变的只是自己的经济地位和社会地位，并不要求改变原有社会秩序的规则，更谈不到创立实现新的社会秩序的规则。"[2]

---

[1] 鲁迅:《阿Q正传》，载《鲁迅全集》1卷，人民文学出版社，2005，第538-540页。

[2] 王学泰:《游民文化与中国社会(增修版)》，同心出版社，2007，第295页。

《明天》中的红鼻子老拱和蓝皮阿五也是非常典型的流氓形象。在鲁镇的咸亨酒店里，他们经常围聚一起喝酒到深夜，无所事事。而主人公单四嫂子的儿子宝儿得了重病，在"求神签"和"吃单方"都不起作用的情况下，不得不求助于神婆何小仙。在看病回家的路上，单四嫂子抱着宝儿非常劳累，孤儿寡母的生活无依无靠。鲁迅这样写道："单四嫂子在这时候，虽然很希望降下一员天将，助他一臂之力，却不愿是阿五。但阿五有点侠气，无论如何，总是偏要帮忙，所以推让了一会，终于得了许可了。他便伸开臂膊，从单四嫂子的乳房和孩子中间，直伸下去，抱去了孩子。单四嫂子便觉乳房上发了一条热，刹时间直热到脸上和耳根。"[1]蓝皮阿五在接过孩子之后，事情却出现了一种戏剧性变化。"他们两人离开了二尺五寸多地，一同走着。阿五说些话，单四嫂子却大半没有答。走了不多时候，阿五又将孩子还给他，说是昨天与朋友约定的吃饭时候到了；单四嫂子便接了孩子。"[2]由此可见，蓝皮阿五的下流动作绝对不是一种善意帮助，而是想通过这一行为来接触单四嫂子，这分明就是一种猥琐的流氓行径。

《肥皂》中的主人公四铭也是一个十足的流氓形象。在故事开头，四铭回到家中，送给妻子一块葵绿色且香味十足的肥皂。

---

[1] 鲁迅:《明天》,载《鲁迅全集》1卷,人民文学出版社,2005,第475页。

[2] 鲁迅:《明天》,载《鲁迅全集》1卷,人民文学出版社,2005,第475-476页。

实际上,他是在街上看到了一位十八九岁的孝女和祖母共同讨饭。根据四铭对妻子的描述,事情是"我看了好半天,只见一个人给了一文小钱;其余的围了一大圈,倒反去打趣。还有两个光棍,竟肆无忌惮的说:'阿发,你不要看得这货色脏。你只要去买两块肥皂来,咯支咯支遍身洗一洗,好得很哩!'哪,你想,这成什么话?"[1]而事情的真相则是,四铭在围观孝女的过程中,听到光棍们的打趣之后,在内心经过仔细策划,一个人偷偷地来到商店买了肥皂,是想给脏兮兮的年轻孝女洗洗,以满足自己的本能欲望。但是,计划却没能付诸实施,肥皂也就没有发挥任何作用。表面上来看,四铭是一个地地道道的知识分子形象,实际上,却是一位满脑子充满荒淫思想的假道学。

《离婚》中的主人公爱姑由于被丈夫遗弃,她和父亲庄木三来到庞庄的丈夫家中,本来是怀着报复和清算的心态,要和丈夫大闹一场。但是,由于权势者慰老爷和七大人的胁迫,父女二人只能选择退让和妥协。起初,爱姑本以为,"难道和知县大老爷换帖,就不说人话么?'她想。'知书识理的人是讲公道话的。我要细细地对七大人说一说,从十五岁嫁过去做媳妇的时候起……"[2]但是,当爱姑到达夫家客厅之后,一切都变得不容乐观起来:"客厅里有许多东西,她不及细看;还有许多客,只

---

[1] 鲁迅:《肥皂》,载《鲁迅全集》2卷,人民文学出版社,2005,第50页。

[2] 鲁迅:《离婚》,载《鲁迅全集》2卷,人民文学出版社,2005,第152页。

见红青缎子马挂发闪。在这些中间第一眼就看见一个人,这一定是七大人了。虽然也是团头团脑,却比慰老爷们魁梧得多;大的圆脸上长着两条细眼和漆黑的细胡须;头顶是秃的,可是那脑壳和脸都很红润,油光光地发亮。爱姑很觉得稀奇,但也立刻自己解释明白了:那一定是擦着猪油的。"[1] 后来,在七大人的胁迫之下,爱姑和庄木三都被迫接受了调解,以夫家赔偿爱姑九十元而离婚。可以说,爱姑最后之所以接受这一处理结果,是害怕像七大人和慰老爷这样的乡村头面人物。在封建思想盛行的贫穷地区,这些头面人物实际上把持着乡村的日常管理权力,从某种程度上来讲,他们在底层乡村就是一种权力象征。一经得到现实好处之后,他们必然就会偏袒其中一方,这也是一种十足的流氓行为。

三

1927年10月,鲁迅携许广平到达上海,过上了一种自由撰稿人的全新生活。在20世纪30年代,上海是中国最发达的现代化大都市,具有"东方巴黎"之称。上海成为鲁迅观察中国现实社会的一扇窗口,同时也是他从事社会斗争的最佳场所。在上海的租界空间之中,鲁迅对"吃白相饭""揩油""抄靶子""盯梢"等社会世相进行了无情嘲讽,同时,也对"革命小贩""商定文豪""文坛登龙术""捐班"等上海文人的做派

---

[1] 鲁迅:《离婚》,载《鲁迅全集》2卷,人民文学出版社,2005,第152页。

提出了严厉批判。其中,鲁迅最讨厌的是"才子加流氓"型的无聊文人。鲁迅说:"现在的中国电影,还在很受着这'才子+流氓'式的影响,里面的英雄,作为'好人'的英雄,也都是油头滑脑的,和一些住惯了上海,晓得怎样'拆梢','揩油','吊膀子'的滑头少年一样。看了之后,令人觉得现在倘要做英雄,做好人,也必须是流氓。"[1]在鲁迅看来,流氓的主要特点是没有一种真诚的信仰,缺乏诚和爱,善于投机取巧和欺骗别人。鲁迅说:"凡是没有一定的理论,或主张的变化并无线索可寻,而随时拿了各种各派的理论来作武器的人,都可以称之为流氓。例如上海的流氓,看见一男一女的乡下人在走路,他就说,'喂,你们这样子,有伤风化,你们犯了法了!'他用的是中国法。倘看见一个乡下人在路旁小便呢,他就说,'喂,这是不准的,你犯了法,该捉到捕房去!'这时所用的又是外国法。但结果是无所谓法不法,只要被他敲去了几个钱就都完事。"[2]在上海生活的十年时间中,鲁迅是以杂文和小说来对上海流氓文化实施批判的,实现了一个独立知识分子的价值立场。比如,鲁迅在《阿金》《上海文艺之一瞥》《唐朝的钉梢》《"商定"文豪》《"吃白相饭"》《踢》《流氓的变迁》《上海的少女》《采薇》等作品中,都直接或间接地对流氓进行了极度嘲讽。

---

[1] 鲁迅:《上海文艺之一瞥》,载《鲁迅全集》4卷,人民文学出版社,2005,第300页。

[2] 鲁迅:《上海文艺之一瞥》,载《鲁迅全集》4卷,人民文学出版社,2005,第304-305页。

作为日、法等帝国主义国家的租地，上海租界的流氓产生时间较早，大致可以追溯到清代。清代黄式权在《淞南梦影录》卷一中说："租界中无业游民群聚不逞，遇事生风，俗谓之'拆稍'，也谓之'流氓'。"徐珂在《清稗类钞》中认为："流氓，无业之人，专以浮浪为事，即日本之所谓浪人者是也。此类随地皆有，京师谓之混混，杭州谓之光棍，扬州谓之青皮，名虽各异，其实一也。擦白党，与流氓同，专以引诱富贵妇女骗取财物为事……拆稍，以非法之举动，恐吓之手段，借端敲诈勒索财物之谓也，凡流氓惯以此为生涯。"[1]"上海之流氓，即地棍也。其人大抵各戴其魁，横行于市，互相团结，脉络贯通，至少可有八千余人。平日皆无职业，专事游荡，设阱陷人。今试执其一而问之曰：'何业？'则必嗫嚅而对曰：'白相。'一若白相二字，为惟一之职业也者。"[2]何谓"白相"，用鲁迅先生的话来说："要将上海的所谓'白相'，改作普通话，只好是'玩耍'；至于'吃白相饭'，那恐怕还是用文言译作'不务正业，游荡为生'，对于外乡人可以比较的明白些。"[3]在上海，无业游民的数量很大，为非作歹意义上的流氓有时也写作"流虻"。清代葛元煦在《沪游杂记》卷二中说："沪上为通商总集，五

---

[1] 徐珂:《清稗类钞·方言类·上海方言》，中华书局，1984，第2231页。

[2] 徐珂:《清稗类钞·棍骗类·上海之地棍》，中华书局，1986，第5386页。

[3] 鲁迅:《"吃白相饭"》，载《鲁迅全集》5卷，人民文学出版社，2005，第218页。

方杂处。凡无业游民遇事生风者,人目为流氓。按'氓'或作'虻',字典注'啮人飞虫',其义近似。"[1] 由此可见,上海之所以出现流氓群体具有一定的历史必然性。其中,租界这一特殊地理空间为流氓产生提供了温床。正是在这一意义上,鲁迅说:"殖民政策是一定保护,养育流氓的。从帝国主义的眼睛看来,惟有他们是最要紧的奴才,有用的鹰犬,能尽殖民地人民非尽不可的任务:一面靠着帝国主义的暴力,一面利用本国的传统之力,以除去'害群之马',不安本分的'莠民'。所以,这流氓,是殖民地上的洋大人的宠儿,——不,宠犬,其地位虽在主人之下,但总在别的被统治者之上的。"[2]

鲁迅在《阿金》中就塑造了一位流氓气息颇浓的人物形象。阿金本是从乡下来到上海,在洋人家中以女佣为职业的。然而,阿金绝不是一般意义上的上海娘姨,她在日常生活方式上已经"上海化"了。阿金完全不顾周围人们的感受,经常在夜间大声吵闹,还偷偷地轧姘头,好惹是生非,"以一个貌不出众,才不惊人的娘姨,不用一个月,就在我眼前搅乱了四分之一里"[3]。在长期的现代都市生活中,阿金逐渐沾染上殖民地文化中许多不良因素。她极度崇拜强者,看不起弱者,具有崇洋和势利的

---

[1] 葛元煦:《沪游杂记》,上海书店出版社,2009,第90页。

[2] 鲁迅:《"民族主义文学"的任务和运命》,载《鲁迅全集》4卷,人民文学出版社,2005,第319页。

[3] 鲁迅:《阿金》,载《鲁迅全集》6卷,人民文学出版社,2005,第208页。

性格特征。当她看到自己的姘头受人围攻向自己方向逃来时，阿金就只顾自己把后门关上了，坐视自己的姘头挨打而不顾。可以说，阿金的此种做派，蕴含着丰富的社会文化气息，明显是集中了租界文化中"流氓气"和"西崽像"的典型人物。20世纪40年代，孟超就精当概括了阿金是"不中不西，半洋半华的四不像样儿"，"半殖民地中国洋场中的西崽像"。[1]因此，鲁迅对阿金人物形象的塑造是具有代表性的，可以看作鲁迅对租界文化中丑陋因素的无情批判，同时也是鲁迅在上海生活中长期观察的直接结果。

鲁迅的《采薇》是一篇著名的历史题材小说。主人公伯夷和叔齐从周地的养老堂里逃出来，在到达华山脚下时，遇到了一群拦路抢劫的流氓。"离土冈脚还有十几步，林子里便窜出五个彪形大汉来，头包白布，身穿破衣，为首的拿一把大刀，另外四个都是木棍。一到冈下，便一字排开，拦住去路，一同恭敬的点头，大声吆喝道：'老先生，您好哇！'"但是，华山大王小穷奇等一帮人在知道他们的底细之后，其表现却是"阿呀！"一声，吃了一惊，立刻肃然起敬："那么，您两位一定是'天下之大老也'了。小人们也遵先王遗教，非常敬老，所以要请您老留下一点纪念品……"小穷奇看见叔齐没有回答，便将大刀一挥，提高了声音道："如果您老还要谦让，那可小人们

---

[1] 孟超：《谈"阿金"像》，《野草》1941年第3卷2期。

只好恭行天搜,瞻仰一下您老的贵体了!"[1]于是,在"好言相劝"无效之后,流氓们就开始全面搜查伯夷和叔齐的身体。但是,他们最终没有找到任何值钱物件。这里,小穷奇等人的做法就是一种典型的流氓行为。

总而言之,鲁迅作品中塑造了形形色色的流氓形象,主要散布在小说和杂文之中。事实上,他们已经构成了一组典型人物形象。通过全面阅读鲁迅在不同历史时期的相关文本,我们发现,鲁迅不管是描写乡村,还是勾勒城市,都在不断挖掘流氓在中国社会产生的根源,以及对不同社会形态所造成的多重影响。毋庸讳言,在不同的社会历史情境下,流氓群体对社会发展是一种消极性因素。但是,作为社会发展中的一种毒瘤,在特殊的历史条件之下,流氓群体客观上也发挥过一定积极作用,尽管这是一种不自觉的外在行为。比如,在早期的社会革命过程中,流氓无产者往往会积极主动地支持革命,这就为革命增加了有生力量。但是,随着革命形势的深入发展,革命过程中的各种矛盾也逐渐显现,特别是在利益分配方面出现不均衡时,流氓群体就会走向革命的对立面,这在中外革命过程中都是有深刻教训的,颇值得我们高度警惕。因此,作为中国现代文学史上的标志性作家,鲁迅的崇高和伟大是名副其实的,其主要原因在于,鲁迅根据自己的认真观察和深度思考,呈现

---

[1] 鲁迅:《采薇》,载《鲁迅全集》2卷,人民文学出版社,2005,第417-418页。

出了中国社会阶层中的复杂性和矛盾性，掌握了中国革命过程中的主要运作规则，这是其他任何现代作家都无法比拟的。

原载《鲁迅研究月刊》2014 年第 3 期

"世俗化鲁迅"的功与过

"世俗化"（secularization）是现代社会的根本特征。在西方国家，词源学上的"世俗化"主要是指从社会的道德生活中排除宗教信仰、礼仪和共同感的过程。实际上，西方的"世俗化"是在资本主义经济兴起之后，经过启蒙运动，作为对教会神学统治的批判而产生的，可以看作西方社会反宗教运动的产物。在启蒙学说兴起的过程中，人们对"世俗化"的追求，对人性欲望的肯定，很大程度上就表现在摆脱宗教的种种束缚，实现人类自我的主体性。当"世俗化思潮"传入中国以后，其自身的意义蕴涵则发生了重大衍变。与西方的"世俗化"对应于"宗教化"不同，中国的"世俗化"对应的则是"政治化"，它是经过社会主义革命之后，对极左社会文化思潮予以否定的结果，即对神圣化、经典化的解构和超越。总体而言，中国的"世俗化"具有区别于西方社会的显著特征。

20世纪80年代以来，随着中国政治、经济、文化的迅速发展，"世俗化思潮"在神州大地全面传播开来。人们开始从革命、政治的狂热走向对现实利益的极力关注，大众文化逐渐取代精英文化成为文化主流，知识分子的精神地位受到严重动摇。作为对早期"政治化思潮"的一种重大反拨，"世俗化思潮"的流行可谓具有历史必然性。在过去的二十多年里，"世俗化思潮"在诸多社会领域产生了重要影响。针对鲁迅研究而言，"世俗化思潮"堪称一场革命,极大地改变了鲁迅研究的固有路径,同时也使鲁迅形象呈现出多副面孔。

正是在这一社会思潮的裹挟下,1993年,王晓明、陈思和等沪上学者在《上海文学》发起了"人文精神失落"的大讨论,引起了人们对"世俗化思潮"的广泛思考。1998年,《北京文学》刊发了由朱文发起、整理的《断裂:一份问卷和五十六份答卷》一文。其中,朱文对许多青年作家进行了访谈。比如,朱文有意识地设计了"你是否以鲁迅作为自己写作的楷模?你认为作为思想权威的鲁迅在当代中国有无指导意义?"的问卷。针对本问题,新生代作家韩东、朱文、邱华栋、于坚、鲁羊、东西、刁斗等都进行了否定性答复。后来,人们把此次问卷调查称为"断裂事件",在当代文坛掀起了热烈讨论。

1999年,葛红兵在《芙蓉》杂志上发表了《为二十世纪中国文学写一份悼词》的酷评,在文学批评领域产生了巨大争议。2000年,上海的《收获》杂志也重磅出击,先后推出了林语堂的《悼鲁迅》、冯骥才的《鲁迅的功与"过"》、王朔的《我看鲁迅》等文章,后来人们把这次事件称为"《收获》风波"。之后,尹丽川、张闳、朱大可、路文彬等人也加入这一讨论行列,相继对鲁迅进行了各种微讽,以抒发各自对鲁迅的不满和怨愤。当时,"倒鲁派"的许多言论得到部分文化人的支持和认同。在他们的笔下,鲁迅形象似乎变得面目可憎起来,几乎完全失去了昔日的光辉和荣耀。

今天,围绕着上述关于鲁迅及其精神人格的种种讨论,可以看出，鲁迅形象在"世俗化思潮"的极大冲击之下得以重构，即从"大鲁迅"向"小鲁迅"的趋势转化。换言之，正是在"世俗化思潮"的有效影响下，鲁迅身上的各种政治迷信才得以祛除，鲁迅研究正在从"集体化鲁迅"向"个体化鲁迅"的方向发展。一言以蔽之，鲁迅之所以能够从"天上"回到"人间"，再逐渐地向"鲁迅本体"靠拢，"世俗化思潮"在其中扮演了一个非常重要的角色，这明显可以看作"世俗化思潮"对鲁迅研究的重大贡献。正是在这个意义上，孙玉石说："反神圣的'世俗化'的努力，'解构'神圣的呐喊和抗争，为我们带来的渴望进一步破毁禁锢、要求思想解放这一点信息且不用说它，至少，它可以让我们在不同的声音里，即使不能让我们换一种视角和思维去看鲁迅，思考鲁迅，也可以给我们的研究增加一些'冷却剂'，让我们反思自己，以利前行。"[1]

众所周知，在原来的各种文学史叙述中，把鲁迅纳入新民主主义革命的阐释体系之中，对鲁迅形象加以政治改造，鲁迅被塑造为"左翼文艺运动的旗手""新中国的第一等圣人""党外的布尔什维克""伟大的文学家、思想家和革命家""无产阶级文学的伟大导师和精神领袖"等。正是在这个意义上，汪晖说："鲁迅形象是被中国政治革命领袖作为这个革命的意识形态的或文化的权威而建立起来的，从基本的方面说，那以后鲁迅

---

[1] 孙玉石:《反思自己，走近真实的鲁迅》,《鲁迅研究月刊》2000年第7期。

研究所做的一切，仅仅是完善和丰富这一'新文化'权威的形象，其结果是政治权威对于相应的意识形态权威的要求成为鲁迅研究的最高结论，鲁迅研究本身，不管它的研究者自觉与否，同时也就具有了某种政治意识形态的性质。"[1]此时，作为"个体化鲁迅"的鲜活形象被淹没在"集体化鲁迅"的洪流之中。不可否认的是，鲁迅在中国现代文学史、现代思想史甚至现代革命史上都是一个标志性人物，因为他在诸多文学领域都做出了一系列开拓性贡献，这是其他任何现代作家都不可比拟的。鲁迅堪称现代中国的"民族魂"，其伟大人格必将成为中华民族的宝贵精神遗产，一代代地传承下去。但是，鲁迅在逝世之后，逐渐走上神坛而被悬置起来，实则正是鲁迅的可悲之处。在这种状况下，鲁迅形象被极大地扭曲和变形，鲁迅研究也因此变得越来越黯淡无光。可以说，直到1986年，王富仁的博士论文《中国反封建思想革命的一面镜子：〈呐喊〉〈彷徨〉综论》的出版，才部分地扭转了鲁迅研究发展的基本格局，开始把鲁迅研究纳入"思想革命"的阐释框架之中。后来，钱理群的《心灵的探寻》、汪晖的《反抗绝望——鲁迅的精神结构与〈呐喊〉〈彷徨〉研究》、王乾坤的《鲁迅的生命哲学》等专著相继面世，鲁迅研究出现了一个良好发展的机遇期。从上述的大量举证分析可以看出，"世俗化思潮"有效还原了鲁迅作为个体生命的鲜活形象，可谓功不可没。此时，与高不可攀的"天上鲁迅"相比，

---

[1] 汪晖:《鲁迅研究的历史批判》,《文学评论》1988年第6期。

"人间鲁迅"显得更加可爱可敬。

然而,一个无可争辩的客观事实是,在"世俗化鲁迅"的塑造过程中,许多文学批评家出于不同的文化心理和价值诉求,对鲁迅进行了非理性的"酷"评,严重地亵渎了鲁迅伟大的精神人格,极大地歪曲了鲁迅的真实形象。大致来讲,他们在评价鲁迅的过程中存在着下列弊端。

第一,缺乏基本的科学理论根据,完全凭借个人喜好对鲁迅进行妄加论断,学理性较差。比如,王朔的观点就极具代表性。他在《我看鲁迅》一文中指出,鲁迅单靠杂文和短篇小说是不配称为作家的,因为鲁迅一生没有能够创作出任何一部长篇小说,而长篇小说才是衡量一个作家最重要的价值尺度。后来,冯骥才也基本上持相同观点。而且,王朔认为,鲁迅的崇高地位完全是当时政治迷信制造的结果,与鲁迅本人的文学实绩无关。不仅如此,他还认定鲁迅缺乏一种相对完整的思想体系,没有值得人们推崇的哲学思想,根本够不上一个真正思想家的称谓。因此,在王朔看来,鲁迅既不是作家,也不是思想家,充其量不过是一个愤世嫉俗者。这些观点几乎没有任何立论依据,当然也就不攻自破了。

第二,完全歪曲基本历史事实,毫无限度地对鲁迅进行道德审判和人格拷问,故意制造文坛噱头,以博取虚名薄利。葛红兵的《为二十世纪中国文学写一份悼词》就是其中的代表作。他主要分作家、作品、大结局三个维度对20世纪中国文学进行了肆意解构,严重抹杀了许多主流作家在文坛上的巨大贡献。

为了达到一种自己预设的批评目的，葛红兵把文学权威鲁迅置于道德审判的席位上进行肆意攻击。首先，他认为人们过度拔高了鲁迅早期在日本留学期间的"幻灯片事件"的历史意义。实际上，与秋瑾、徐锡麟等革命家的爱国行为相比，鲁迅拒绝回国刺杀清廷走狗的行为，就是一种懦弱和不爱国的表现。其次，葛红兵认为鲁迅的弃医从文与其说是爱国的表现，不如说是他学医失败的结果，原因在于鲁迅的医学成绩很差，而且医学笔记还经常被藤野先生改得面目全非。言外之意是说，鲁迅根本就不会做课堂笔记。不仅如此，葛红兵还认定鲁迅表面上是"个人自由主义"者，实则是一个地地道道的压迫者，因为他的一生都在压迫自己的正室妻子朱安，具有性压抑的明显倾向。这些奇谈怪论根本没有任何事实根据可以凭借，完全是作者的一种主观臆断，在当代文学批评界产生了恶劣影响。

第三，采取一种"历史虚无主义"的批评策略，从一个极端滑向另一个极端，严重地干扰了人们的认识判断能力。比如，许多新生代作家在回答朱文的问卷调查时，就切实体现了此种不良倾向。在回答有关鲁迅议题的时候，韩东说："鲁迅是一块老石头，他的权威在思想文艺界是顶级的，不证自明的。即使是耶和华人们也能说三道四，但对鲁迅却不能够。因此他的反动性也不证自明。对于今天的写作而言鲁迅也确无教育意义。"朱文说："让鲁迅到一边歇一歇吧。"吴晨骏说："我以郁达夫为楷模。所以我认为郁达夫应该是思想权威。"[1]倘若仔细斟酌一下这些言论，会发现并不是因为这些作家缺乏起码的科学判断能力，而是他们在故意制造惊人之语，从而达到吸引人们关注的直接目的。总体而言，在"世俗化思潮"的极大刺激之下，许多批评家对鲁迅形象的塑造是存在问题的。一方面，这可以看作"世俗化思潮"本身的内部病象之一，因为"世俗化鲁迅"是对"政治化鲁迅"的一种过度纠偏，在急于摆脱原来的政治阐释模式的过程中，许多批评家往往就会犯以偏概全的错误，这也是社会转型过程中出现的一种普遍现象；另一方面，部分批评家在从事文学批评之时，由于受到各种名利观念的过度困扰，往往就会制造批评卖点以哗众取宠，这样也就丧失了一个职业批评家的基本道德操守。可以想象，这些批评乱象在时过境迁之后，必将遭到世人的唾弃。

总体而言，当"世俗化思潮"和鲁迅形象的建构历史性地相遇之时，二者同时迸发出极大活力：鲁迅形象的建构由于"世俗化思潮"的激发而变得生机无限，"世俗化思潮"通过鲁迅形象的佐证而显得更加厚重，它们之间构成了一种实质意义上的"阐释共同体"。这里，我们完全可以把"世俗化思潮"中的鲁迅形象建构看作一面镜子："鲁迅镜像"。具体来讲，透过"鲁迅镜像"的映照，我们能够勾勒出20世纪90年代以来中国

---

[1] 朱文：《断裂：一份问卷和五十六份答卷》，《北京文学》1998年第10期。

"世俗化思潮"的演变轨迹和发展趋向。同样，通过对20世纪90年代以来中国"世俗化思潮"的详细描述，我们也可以体认"世俗化鲁迅"在建构过程中的理论价值和现实意义。可以说，在互证互识的过程中，二者的阐释空间都得到了有效拓展，共同获得了一种内在的话语增长点。

原载《中国现代文学研究论丛》2014年第2期

经济话语与鲁迅小说的功能阐释

20世纪80年代以来,"世俗化思潮"在中国广泛地传播开来,在诸多领域都产生了深刻影响。在"世俗化思潮"的冲击下,鲁迅研究的基本格局发生了重大变化。孙玉石说:"反神圣的'世俗化'的努力,'解构'神圣的呐喊和抗争,为我们带来的渴望进一步破毁禁锢、要求思想解放这一点信息且不用说它,至少,它可以让我们在不同的声音里,即使不能让我们换一种视角和思维去看鲁迅,思考鲁迅,也可以给我们的研究增加一些'冷却剂',让我们反思自己,以利前行。"[1] 此时,鲁迅形象的建构日益摆脱了早期新民主主义革命的阐释框架,开始从"集体化鲁迅"向"个体化鲁迅"的态势发展。基于此,鲁迅在日常生活中对金钱因素的看法如何?此种观念在鲁迅小说中具有哪些典型投射?这些话语在鲁迅小说的阐释功能方面发挥了什么作用?对这些话题进行深入探讨无疑可以使鲁迅研究逐渐走向深化,也才能回应"回到鲁迅那里去"的共同呼声。

一、鲁迅对经济因素的基本观照

1923年,鲁迅在北京女子高等师范学校讲演时说:"钱这个字很难听,或者要被高尚的君子们所非笑,但我总觉得人们

---

[1] 孙玉石:《反思自己,走近真实的鲁迅》,《鲁迅研究月刊》2000年第7期。

的议论是不但昨天和今天,即使饭前和饭后,也往往有些差别。凡承认饭需钱买,而以说钱为卑鄙者,倘能按一按他的胃,那里面怕总还有鱼肉没有消化完,须得饿他一天之后,再来听他发议论。所以为娜拉计,钱,——高雅的说吧,就是经济,是最要紧的了。自由固不是钱所能买到的,但能够为钱而卖掉。人类有一个大缺点,就是常常要饥饿。为补救这缺点起见,为准备不做傀儡起见,在目下的社会里,经济权就见得最要紧了。"[1]可以说,这话蕴含着非常深刻的人生道理,反映了鲁迅对金钱因素的基本看法。同时,这也是鲁迅根据自己独特的生命体验而道出的至理名言。我们知道,少年时期的家庭变故,使鲁迅由一个"公子哥"变为"乞食者"。自此之后,鲁迅一家人的基本生活也随之陷入了极度困顿之中。鲁迅的自尊心受到极大打击,他很早就真切地体会到了人情冷暖。这无疑属于一种刻骨铭心的生命体验,深刻地影响了鲁迅后来观察世界的基本视角。"鲁迅不虚伪地避言金钱,他的生存意识中最重要的一点就是经济基础是生存的保障,没有钱就没有生存自由,就没有选择的自由,就难以从事精神活动,难以实现唤醒民众、改变社会的理想,就难以维护人格与尊严。经济生活、经济存在状况成为他思考、言说的重要维度。"[2]与中国古代士大夫阶层

---

[1] 鲁迅:《娜拉走后怎样》,载《鲁迅全集》1卷,人民文学出版社,2005,第167-168页。

[2] 方舟、方长安:《经济生活与鲁迅生存意识的形成》,《新乡学院学报》(社会科学版)2012年第3期。

的"耻于言钱"相比,鲁迅对经济因素的极为重视,反映了其是一个彻底的现实主义者。此时,鲁迅的金钱观不但有效契合了"经济基础决定上层建筑"的马克思主义哲学观点,同时也折射出鲁迅实乃一位真诚至性之人。

长期以来,由于主流意识形态的影响,鲁迅往往被描述为中国"政治革命"和"思想革命"进程中的伟大战士,好像鲁迅就是为中国革命而生的一个特殊人物。此时,鲁迅被塑造为"五四新文化运动的先驱者""左翼文艺运动的旗手""无产阶级文学的伟大导师和精神领袖"等光辉形象,这就极大地遮蔽了鲁迅的本来面目。事实上,鲁迅是一个丰富的存在,倘若去除鲁迅头上的神圣光环,我们会发现,他除了具有一个伟大作家的基本质素之外,许多世俗化的因子始终贯穿于鲁迅的整个生命进程。此时,一个真实而光鲜的鲁迅形象就会呈现在我们面前。鲁迅对经济因素的重视无疑就是一个值得玩味的话题。在陈明远先生在《文化人的经济生活》《鲁迅时代何以为生》等专著中,对鲁迅一生的经济收入进行了系统分析,对研究鲁迅的经济生活具有重要意义。可以说,离开了经济生活的鲁迅,便不是一个完整的鲁迅,而是在另一种意义上对鲁迅的"歪曲"和"亵渎",是神化鲁迅的一种外在表现。从这个意义上来讲,"从经济的角度审视鲁迅,就是将鲁迅当人看,而不是因空泛概念表达的需要而无限拔高鲁迅,以至于与真实的鲁迅背道而驰。毫不夸张地说,只有充分考虑鲁迅的生计意识,从生计角度探讨其生存观念，才有可能还原真实鲁迅的面貌"[1]。只有如此，我们才有可能还原一个真实的鲁迅，回到鲁迅那里去，才可能把鲁迅研究逐渐引向深入和完善。

二、经济话语在鲁迅小说中的细节呈现

1925年，鲁迅在《忽然想到》一文中说："我们目下的当务之急，是：一要生存，二要温饱，三要发展。苟有阻碍这前途者，无论是古是今，是人是鬼，是《三坟》《五典》，百宋千元，天球河图，金人玉佛，祖传丸散，秘制膏丹，全都踏倒他。"[2]由此可见，鲁迅在日常生活中对经济因素可以说是极为重视的。在平时的日记中，鲁迅对购书看病、坐车赴宴、借钱还钱、资助捐献等活动，都有非常清晰的详细记载。透过这些繁琐的经济细节，我们完全可以窥探出鲁迅的真实心迹。1927年4月，鲁迅在黄埔军校演讲时说："还有一层，是那时民生凋敝，一心寻面包吃尚且来不及，那里有心思谈文学呢？……穷苦的时候必定没有文学作品的；我在北京时，一穷，就到处借钱，不写一个字，到薪俸发放时，才坐下来做文章。"[3]在鲁迅看来，文学绝不是穷苦时候创作出来的余裕产品，而是需要一定经济基

---

[1] 方舟、方长安：《经济生活与鲁迅生存意识的形成》，《新乡学院学报》（社会科学版）2012年第3期。

[2] 鲁迅：《忽然想到》，载《鲁迅全集》3卷，人民文学出版社，2005，第47页。

[3] 鲁迅：《革命时代的文学》，载《鲁迅全集》3卷，人民文学出版社，2005，第438-439页。

础的。"吃饭哲学"是鲁迅一生都坚持不渝的真理。鲁迅始终认为解决吃饭问题是第一位的,其直接制约着其他精神活动。假如一个人没有足够的经济能力,文学创作就是一句空话。翻开鲁迅的小说集《呐喊》和《彷徨》,我们会发现,经济话语在鲁迅小说中不仅仅是作为外在背景而出现,有时是直接进入了小说故事情节的前台,成为鲁迅小说文本建构过程中的一个重要组成部分,甚至有时占有很大的比重。比如,《孔乙己》《药》《明天》《阿Q正传》《端午节》《白光》《幸福的家庭》《孤独者》《伤逝》《弟兄》《离婚》等小说中,都蕴含着非常多的经济话语。如果把这些经济话语单独集中起来,做一个整体性的比较分析,也许是一个非常有意思的话题。

  《孔乙己》是鲁迅最喜欢的短篇小说之一。小说主要是以咸亨酒店的小伙计"我"的眼光,来具体叙述了孔乙己的悲惨经历。由于受到封建科举制度的严重毒害,孔乙己在生活极为困顿的情况下依然经常到酒店喝酒,以至于后来靠偷窃来满足自己的口腹之欲。在经济比较宽裕的情况下,孔乙己来到咸亨酒店,"便排出九文大钱","温两碗酒,要一碟茴香豆"。后来,孔乙己在不断欠账的过程中艰难度日。当孔乙己很长时间没有在咸亨酒店出现的时候,"孔乙己还欠十九个钱呢!"是掌柜念起他的主要理由之一。这句意味深长的话语在小说中一共出现了四次,是颇值得我们深入思考的。可以说,人们对于孔乙己的生死是漠不关心的,而"欠钱"就是掌柜念叨孔乙己的一种重要原因,人情的冷暖由此可见一斑。同样,《白光》中的陈士成在第十六次科举考试失败之后，陷入了极大的精神恍惚之中而不能自拔。回到家里后，早年祖母的有趣故事激起了陈士成的金钱掘取欲望。"伊说是曾经听得伊的祖母说，陈氏的祖宗是巨富的，这屋子便是祖基，祖宗埋着无数的银子，有福气的子孙一定会得到的罢，然而至今还没有现。至于处所，那是藏在一个谜语的中间：'左弯右弯，前走后走，量金量银不论斗。'"[1]于是，陈士成在白光的引领之下，开始了自己房屋中的掘地挖金行动，但却以失败而告终。最后，陈士成在郊外因为落水而亡，一个深受封建科举制度毒害的旧时代知识分子就这样走到了生命尽头。

《药》主要叙述了华老栓为了给儿子华小栓治病，买了革命者夏瑜的人血馒头，显示了普通民众的思想愚昧。在故事的开头部分，华老栓半夜起来给儿子买人血馒头的时候，"华大妈在枕头底下掏了半天，掏出一包洋钱，交给老栓，老栓接了，抖抖的装入衣袋，又在外面按了两下；便点上灯笼，吹熄灯盏，走向里屋子去了"[2]。走在路上，华老栓由于担惊受怕，不忘"按一按衣袋，硬硬的还在"。在"一手交钱，一手交货"的规则面前，"老栓慌忙摸出洋钱，抖抖的想交给他，却又不敢去接他的东西"[3]。但是，华小栓在吃了人血馒头后，还是不治身亡。

---

[1] 鲁迅：《白光》，载《鲁迅全集》1卷，人民文学出版社，2005，第572页。

[2] 鲁迅：《药》，载《鲁迅全集》1卷，人民文学出版社，2005，第463页。

[3] 鲁迅：《药》，载《鲁迅全集》1卷，人民文学出版社，2005，第465页。

《明天》中主人公单四嫂子的儿子宝儿得了重病，她并没有到医院去为儿子看病，而是在"求神签"和"吃单方"都不起任何作用的情况下，不得不求助于神婆何小仙。在单四嫂子出门之时，小说有这样的细节描写："他虽然是粗笨女人，心里却有决断，便站起身，从木柜子里掏出每天节省下来的十三个小银元和一百八十铜钱，都装在衣袋里，锁上门，抱着宝儿直向何家奔过去。"[1]但是，宝儿在接受何小仙的"治疗"之后，依然没有摆脱死亡的悲惨命运。这些都极为真实地反映了底层民众的思想愚昧，加之受到经济因素的严重制约，他们的生活状况也就可想而知。

《阿Q正传》是鲁迅享有国际声誉的经典之作，受到不同时代读者的青睐。其中，由于受到金钱问题的反复折磨，主人公阿Q的现实命运可以说是一波三折。在"恋爱的悲剧""生计问题""从中兴到末路"等诸多章节中，鲁迅都对阿Q的经济状况做了详细勾勒和描绘。由于种种现实原因，阿Q终于沦落为一个"上无片瓦、下无立锥之地"的流氓无产者。在向吴妈求爱失败之后，阿Q受到了严重惩罚："一　明天用红烛——要一斤重的——一对，香一封，到赵府上去赔罪。二　赵府上请道士被除缢鬼，费用由阿Q负担。三　阿Q从此不准踏进赵府的门槛。四　吴妈此后倘有不测，惟阿Q是问。五　阿Q不准再

---

[1] 鲁迅:《明天》，载《鲁迅全集》1卷，人民文学出版社，2005，第474页。

去索取工钱和布衫。"[1]可以看出,这些条款大部分都和经济因素相互关联着。后来,阿Q陷入了生活危机之中,在走投无路的情况下,他去了一趟县城,经历了短暂的"中兴"之后,又重新回到了生活的原点,也逐渐地走向了"末路"。在"不准革命"的过程中,阿Q最后被稀里糊涂地杀头。在看似喜剧的叙述过程中,小说的悲剧意味也就鲜明地显现出来了。

《端午节》中的主人公方玄绰,由于教员工资不能及时兑现,他直接面临着基本生活都不能保障的现实困难。许多教员向政府联合索薪,但以失败而告终。方玄绰发牢骚说:"你看,还说教书的要薪水是卑鄙哩。这种东西似乎连人要吃饭,饭要米做,米要钱买这一点粗浅事情都不知道……"[2]面对方太太的叹息和埋怨,方玄绰也是束手无策。在端午节即将来临之际,政府兑现工资的承诺又化为泡影。无奈之下,他竟然想起了"买彩票"来撞运气。此时,知识分子的人格尊严在"吃饭哲学"面前可以说荡然无存。《幸福的家庭》中的主人公"他"在家中构思文章的过程中,遭遇到妻子的满腹牢骚。小说有这样的人物对白:"劈柴,都用完了,今天买了些。前一回还是十斤两吊四,今天就要两吊六。我想给他两吊五,好不好?""好好,就是两吊五。""称得太吃亏了。他一定只肯算二十四斤半;

---

[1] 鲁迅:《阿Q正传》,载《鲁迅全集》1卷,人民文学出版社,2005,第528页。

[2] 鲁迅:《端午节》,载《鲁迅全集》1卷,人民文学出版社,2005,第562页。

我想就算他二十三斤半,好不好?""好好,就算他二十三斤半。""那么,五五二十五,三五一十五,……"[1]在具体的小说叙事过程中,面对理想与现实的巨大矛盾,主人公"他"陷入了极度困惑之中。因为经济困难他不能够集中精力从事写作活动。

《孤独者》是鲁迅小说中的名篇之一。主人公魏连殳的生活陷入了困境,几经挣扎也没有出现任何转机。他写信说:"人生的变化多么迅速呵!这半年来,我几乎求乞了,实际,也可以算得已经求乞。然而我还有所为,我愿意为此求乞,为此冻馁,为此寂寞,为此辛苦。但灭亡是不愿意的。"[2]在走投无路之后,魏连殳躬行了自己先前所憎恶的、所反对的一切,拒斥了先前所崇仰、所主张的一切。此时,他被迫做了杜师长的顾问,每月的薪水是现洋八十元。自此之后,魏连殳的人生发生了戏剧性变化。面对经济状况的困窘,魏连殳背叛了自己原来的信仰,失去了一个知识分子的人格尊严,最后却在凄惨声中结束了自己的生命。《弟兄》中的主人公张沛君先是请了中医先生为自己的弟弟张靖甫看病,其弟被诊断为猩红热。但是,张沛君却对中医失去了基本的信任,为了弄清弟弟靖甫的详细病情和病因,他又请了洋医生普悌思大夫,得知是虚惊一场。因为金钱的原

---

[1] 鲁迅:《幸福的家庭》,载《鲁迅全集》2卷,人民文学出版社,2005,第37页。

[2] 鲁迅:《孤独者》,载《鲁迅全集》2卷,人民文学出版社,2005,第103页。

因，单位里同事的儿子在兄弟感情方面出现了矛盾：由"兄弟怡怡"到后来因为"折在公债票上的钱是不能算公用的"闹翻，以至于"从堂屋一直打到大门口。老三多两个孩子上学，老五也说他多用了公众的钱，气不过……"[1]这在日常生活中也是一种常见现象，分明具有鲁迅自己生命体验的影子。

《伤逝》是鲁迅唯一的以爱情为主要题材的短篇小说。主人公涓生和子君是一对具有新思想和新观念的知识分子。为了追求自由爱情的理想，他们在冲破了重重束缚之后，才得以结伴为夫妻。他们怀着对美好爱情的极大向往，曾经度过一段相对幸福的时光。但是，爱情的鲜丽随之就被现实生活的压力所打破。在涓生看来，子君变得越来越庸俗化，缺少了原来的生机和活力。加之涓生后来失业，他们的基本生活迅速陷入了困顿之中。无数次的争吵也使他们的感情受到极大损害。此时，"她早已什么书也不看，已不知道人的生活的第一着是求生，向着这求生的道路，是必须携手同行，或奋身孤往的了，倘使只知道捶着一个人的衣角，那便是虽战士也难于战斗，只得一同灭亡"[2]。后来，子君由于生病而回到了娘家，最后在痛苦之中结束了自己的生命。当然，涓生和子君的爱情悲剧是由多方面原因造成的，但经济因素无疑是其中最重要的一环。正是因为缺钱才使他们一步步走向婚姻的坟墓。《离婚》中的主人公爱姑由

---

[1] 鲁迅：《弟兄》，载《鲁迅全集》2卷，人民文学出版社，2005，第145页。

[2] 鲁迅：《伤逝》，载《鲁迅全集》2卷，人民文学出版社，2005，第126页。

于被丈夫遗弃，她和父亲庄木三来到庞庄的丈夫家中，本身是怀着要报复和清算的心态，要和丈夫大闹一场的。但是，由于权势者七大人的胁迫和调和，父女二人只能选择妥协和退让，原来的怨气也顿时化为乌有，最后以获得九十元赔偿而顺利离婚。可以说，爱姑之所以能够勉强接受对方的无理要求，金钱在其中起了一种至关重要的作用。

从某种程度上来讲，经济因素可以说直接左右着许多人物的行为特征，甚至改变了部分主人公的命运轨迹，其作用可谓非常巨大。可以看出，经济话语在鲁迅的许多小说中或蜻蜓点水一带而过，或浓墨重彩地大肆渲染，构成了鲁迅小说文本建构过程中的重要节点。我们由此可以得出，鲁迅对经济因素的特别重视是有其内在根源的。一方面，可以看作是鲁迅基本价值观的主要表征之一。因为鲁迅在从事具体的小说创作过程中，不自觉地把经济话语蕴含在小说题材之中，明显地融入了自己独特的生命体验，是鲁迅现实主义文学风格的外在表现。另一方面，鲁迅小说中的经济话语绝不是可有可无的点缀品，而是鲁迅小说一个重要的组成部分，其和青年话语、启蒙话语、疾病话语等一起共同织就了鲁迅小说的基本主题。在许多看似十分枯燥的数字背后，却蕴含着鲁迅深刻的人生哲学。这种创作特征在鲁迅诸多小说中都有明显呈现，理应受到研究者的极大关注。

三、经济话语在鲁迅小说中的功能意义

就经济话语在鲁迅小说中的叙事功能而言，其始终在扮演

着非常特殊的角色。经济话语不仅是鲁迅小说故事构成的主要内容之一,还直接成为鲁迅小说叙事过程中的一个巨大推动力,在诸多层面都具有重要价值。作为一个充满独立性的意义单元,经济话语在看似平常的叙事过程中却暗藏玄机。这种"有意味的形式"无疑是鲁迅在谋篇布局过程中的一种精心设计,可以看作是文学大家的外在表征。从一定意义上来讲,经济话语在鲁迅小说中具有情节架构、风格规范以及人物塑造等多方面的重要价值。换言之,经济话语直接参与了鲁迅小说的文本建构进程,是鲁迅小说之所以独具魅力的一个主要因素,理应受到研究者的高度重视。这里,我们将对经济话语的主要功能予以分别论述。

首先,故事情节的连缀功能。我们知道,小说是一种侧重刻画人物形象、叙述故事情节的文学样式。从根本上来说,小说就是讲故事。如果缺少了推动故事情节的事件,故事的连续性就会遭到破坏。鲁迅小说具有非常丰富的题材,也不乏曲折动人的故事情节。在这些小说里面,经济因素虽然不是故事情节发展的核心主题,但是,它肯定是推进小说故事情节发展的一个重要环节,具有架构事件的特殊功能。"经济成为鲁迅小说叙事的结构要素,提供小说本文以展开的线索,或赋予事件发展、人物经历的先后顺序,或赋予人物思想感情发展变化的层次脉络,或作为过渡、照应的元素来完成情节的前后衔接与文脉贯通,由此推动故事进程,强化情节的张力,使叙述显得顿挫、跌宕,并直接框定本文的结构形态。"[1]因此,经济话语在鲁迅小说中的文本功能作用是不可小觑的。比如,《孔乙己》中"孔乙己还欠十九个钱呢",《弟兄》中"老三说,老五折在公债票上的钱是不能算公用的",诸如此类的话语在各自小说文本中出现的频率都很高。这种意味深长的话语看似非常随机,实际上却蕴含着极为丰富的艺术技巧,明显地产生了一种复沓的叙事频率,从而达到了前后照应的艺术效果。可以说,这是作者在小说叙事过程中故意设置的一种特殊话语。我们知道,正是由于孔乙己的"欠账"才引起咸亨酒店掌柜的反复念叨,也正是因为秦益堂的儿子们"公私不分"导致了兄弟之间的失和。此时,经济话语在推进小说情节的发展、前后照应、强化文本叙事功能等诸多方面,无疑都发挥了十分重要的作用。

其次,文学风格的规范功能。一般而言,文学风格主要是指作家的创造性在文体创造方面所达到的水平和境界,它既是作家独特的艺术创造力趋于稳定的标志,又是其语言和文体成熟的体现,通常被誉为作家的徽记或指纹。虽然鲁迅在现实主义、浪漫主义、现代主义等诸多方面都成就卓著,堪称文学创作风格方面的多面手,但是,从鲁迅做人做文的主流倾向来看,现实主义无疑是鲁迅最为青睐的文学风格之一,可以说贯穿了鲁迅生命自始至终。作为现实主义文学风格的外在表征之一,

---

[1] 寿永明、邹贤尧:《经济叙事与鲁迅小说的文本建构》,《文学评论》2010年第4期。

经济话语在鲁迅小说中的大量出现就是一个明证。毫无疑问，经济话语有效地规范了鲁迅小说的基本风格，帮助小说文本呈现出一种"清醒的现实主义"特征，构成了鲁迅小说显著风格的基本标志之一。换句话来讲，鲁迅小说的现实主义风格在经济话语中得到了很好显现。可以说，鲁迅在小说叙述过程中对经济事件、经济行为、经济数字等因素的极力关注，明显蕴含着他对现实主义文学风格的独特理解。比如，《孔乙己》中孔乙己由原来的"排出九文大钱"到后来从衣袋里"摸出四文大钱"。《祝福》中的婆婆把祥林嫂卖了"八十千"的彩礼钱，给小叔子订婚花费掉"五十千钱"。后来，祥林嫂在捐门槛的过程中又花费了自己节省下的"十二个银元"。《风波》中的七斤到城里修补缺口的碗，一共用了"十六个铜钉，三文一个，一总用了四十八文小钱"。这些经济细节都较为真实地描摹出了人们的生存现状，可以看作是鲁迅所处时代的一个社会缩影。

最后，人物形象的塑造功能。人物是小说构成的基本要素之一，塑造人物形象无疑就成为小说文体的一个显著特点。可以说，塑造人物形象是小说文体最主要的原动力。一般来讲，"我们看一部小说主要看小说中对人物性格的揭示，这也就是构成小说的魅力和教育意义的因素"[1]。也就是说，一部小说的成功与否，人物形象在某种程度上起了至关重要的作用。其中，

---

[1] 利昂·塞米利安：《现代小说美学》，宋协立译，陕西人民出版社，1987，第140页。

塑造典型人物的典型性格是许多作家从事小说创作的主要目标之一。具体来讲，鲁迅小说中之所以塑造了诸多的典型人物形象，主要归因于鲁迅在小说创作方面的技高一筹。比如，鲁迅通常主要运用语言、动作、肖像、心理等艺术手段，把人物形象描绘得栩栩如生，集普遍性和特殊性于一体。不仅如此，在许多小说中间，"鲁迅将人物置于经济背景中去观照，经济分析有效地配合文化分析，揭示人物受经济规律制约的行为，表现人物的经济行为或日常行为的经济化，揭示人物真实的经济与生存情状；又有效地配合精神分析，挖掘人物谋求生活资料的经济动机，揭示人物的经济潜意识或被物化的内心"[1]。比如，《端午节》中的主人公方玄绰由于缺钱而使生活陷入了极大困顿，但是他又耻于索薪。实际上，方玄绰在潜意识里却非常热衷金钱，仅仅是由于知识分子的清高和虚伪使他左右为难，最后在无奈之中艰难度日。《幸福的家庭》中的主人公"他"在自己家里构思小说故事，但是，家境的贫寒使他不能安心从事写作。小说中"浪漫温馨"的情节和"残酷悲惨"的现实生活形成了强烈对比，文本的反讽效果非常显著。一个不清醒、不务实的文人形象在鲁迅笔下得到了很好显现。《白光》中对陈士成疯狂地追逐梦幻中金钱的细节描写，将一个穷困潦倒、被功名严重异化的旧时代知识分子形象刻画得入木三分，道出了封建科举制度的罪恶。因此，经济话语在鲁迅小说中明显具有塑造

---

[1] 寿永明、邹贤尧：《经济叙事与鲁迅小说的文本建构》，《文学评论》2010年第4期。

人物形象的重要作用。许多人物形象的性格特征在经济因素的巨大困扰之中得到呈现，可以说是意义非凡的。

总而言之，鲁迅是中国现代文学史上最重要的作家之一，在许多方面都做出了一系列开创性的贡献。其中，鲁迅在现代文学叙事话语方面的成就是可圈可点的。比如，在许多作品中，鲁迅有意识地引入了西方现代叙事话语的精髓之后，和中国古典文学的传统话语加以糅合，创造性地加以转换，形成了一种独具特色的现代话语的基本规范。比如，经济话语、启蒙话语、青年话语、疾病话语等都直接参与了鲁迅小说的叙事进程，增加了作品的厚度和宽度，增强了小说文本的内在张力，同时也使鲁迅小说得以跻身现代文学的经典行列。针对鲁迅小说中经济话语的功能意义而言，在许多不经意的经济话语背后，都蕴含着非常深刻的意义指涉。在很多文本之中，经济话语或有效地架构起了小说的主要故事情节，或极大地延缓了小说叙事的基本进程，或有意地强调了小说的内在主题，在小说内容和形式方面都做出了巨大贡献，颇值得我们认真加以研究。后来，鲁迅被称为"中国现代小说之父"，这种称谓绝对不是徒有虚名的，而是与鲁迅在中国现代小说领域中的独特贡献分不开的。因此，经济话语构成了鲁迅小说叙事过程中的一个重要节点，在诸多方面都发挥着不可估量的作用，理应受到研究者的高度重视。

原载《山西师大学报》（社会科学版）2014年第2期

第四辑　书评举隅

路径选择·建构机制·学科反思
——评陈国恩等《经典"鲁迅"——历史的镜像》

回顾百年鲁迅研究的基本模式,主要有本体论和形象论两种思路。前者重点围绕鲁迅的经典文本、精神人格、思想蕴涵等进行阐释,尝试对鲁迅本人及其作品做出评价,目前已经取得丰富的研究成果。后者即转向考察现象学意义上的鲁迅,属于鲁迅研究之研究,试图建构鲁迅形象的多副面孔,努力挖掘其背后潜藏的深层原因。事实上,鲁迅研究早已溢出文学研究范畴,成为透视20世纪中国革命史、思想史、文化史的重要参照。2021年1月,陈国恩等所著的《经典"鲁迅"——历史的镜像》(下文简称"陈著")在商务印书馆出版,该书系国家社科基金重点项目"鲁迅与二十世纪中国研究"的结项成果,颇值得学术界特别关注。

一、路径选择:鲁迅形象研究的理论基石

纵观百年鲁迅形象研究领域的标志性成果,主要有外部研究和内部研究两种路径。毫无疑问,陈著全面运用内部研究和外部研究两种视角,把鲁迅形象研究推向一个新高度。具体来讲,谱系学和文学社会学方法是陈著切入研究对象的重要视角。

第一,谱系学研究方法的综合运用。作为一种研究方法,"谱系学"概念最早来源于尼采的《道德的谱系》,强调断裂性和偶然性,反对任何事物的本源性探究。倘若全面审视陈著的基本内容,会发现鲁迅形象的嬗变、建构都与谱系学原理存在密切关联。具体来讲，陈著把不同时期的鲁迅形象划分为"五四鲁迅""左翼鲁迅""毛泽东时代鲁迅""新时期鲁迅""新世纪之交鲁迅"等，彰显了时代因素在鲁迅形象建构过程中的重要作用。然而，这仅仅属于鲁迅形象嬗变的脉络梳理，具体到不同历史阶段，可能会呈现出纷繁复杂甚至互相矛盾的鲁迅形象。在20世纪中国文化语境中，不同政治力量和文化团体围绕着鲁迅形象展开了激烈论争，他们把鲁迅塑造为"启蒙先锋""左翼旗手""中国的堂吉诃德""封建余孽""二重反革命""汉奸文人""堕落文人""新中国的圣人""毛主席的好学生""寂寞精英"等，试图把鲁迅作为一种象征资本来争夺，从而为各自政治宣言和思想立场摇旗呐喊。总体来讲，鲁迅形象本身具有动态性特征，主要原因在于"一是形象主体在不同的历史时期和人生阶段有着不尽相同的形象要素和样态；二是不同身份或立场的阐释者眼中的鲁迅形象也会随时间的推移和具体事情而发生改变"[1]。由此可见，谱系学方法是作者切入对象的重要入口，也构成了该论著的基本特色。

第二，文学社会学方法的重新尝试。在过去很长时间内，文学社会学曾经脱离文学审美属性，成为图解不同历史时期政治口号和文化政策的工具，许多研究者对此仍然心有余悸。然而，这绝不是文学社会学本身的弊病，而是研究者运用失当之

---

[1] 吴翔宇：《20世纪中国文化语境下的"鲁迅形象"研究》，南京大学出版社，2017，第24页。

故。作为一种审美意识形态，文学批评不可能完全脱离社会学的学科规定性，陈著认为："重要的不是把文学社会学驱逐出文学研究的领域，而是要认真总结正反两方面经验，在避免重犯历史上庸俗的文学社会学错误的同时，发挥文学社会学在文学研究中的积极作用，开拓中国现代文学研究的新领域，推动中国现代文学研究的发展。"[1]之后，陈著全面考察鲁迅形象建构及其背后蕴含的价值意义，把鲁迅作为"历史的镜像"来深度剖析，试图把鲁迅形象和20世纪中国革命史、思想史、文化史等相互勾连起来，运用的是文学社会学的研究方法。可以说，从五四到新时期，以至于新世纪之交，中国现代思想文化领域的许多脉动都能在鲁迅研究上找到直接反映。因此，文学社会学在新时代语境中应该得到重新诠释，这也是陈著在研究路径上的重要尝试之一。

二、建构机制：鲁迅形象研究的规律探寻

鲁迅形象生成主要依靠文学作品图示、文学史编写建构和学术研究解读三种途径来完成。除此之外，许多政治集团、文化团体、同时代人（亲人、朋友、同事、弟子以及论敌）等，基于不同的政治立场、思想趣味甚至个人恩怨，都不同程度地参与了鲁迅形象建构的整体工程，分别建构了形形色色的鲁迅形象。下面，笔者主要从两个层面来论述鲁迅形象的建构机制，

---

[1] 陈国恩等：《经典"鲁迅"——历史的镜像》，商务印书馆，2021，第5页。

进一步总结鲁迅形象建构中的基本规律。

第一，不同文化团体对鲁迅形象的塑造。鲁迅一生虽然没有加入任何政党组织，但却与许多文学社团建立了密切关系，甚至成为很多文学团体和组织的重要成员。1930年3月，中国左翼作家联盟（简称"左联"）在上海成立，鲁迅开始是完全支持这个半政党性质的社团组织的。但是，随着中国革命形势的风云突变以及"左"倾错误方针的迅速蔓延，鲁迅和左联后期的重要领导人周扬等人发生了矛盾冲突，鲁迅在左联内部也随之被边缘化。陈著认为，究其实质是"政治左翼"和"启蒙左翼"之间的思想冲突，彰显出无产阶级革命阵营内部的分化。值得注意的是，陈著并没有简单停留在如此层面，而是进一步思考怎样弥合鲁迅的思想和左翼思想之间的间隙，以及如何阐释五四时期的鲁迅与左联时期鲁迅的差异问题，从而向世人证明鲁迅的道路就是中国许多进步知识分子的正确方向。针对鲁迅和左翼思想之间的矛盾裂缝，陈著继续层层剥离，深入剖析，认为毛泽东从根本上解决了这一重要难题，并尝试着对鲁迅形象进行全面改造，"毛泽东的高明之处在于，不同于左翼理论家的就事论事，片面地从左翼立场来评价历史和评价鲁迅，而是把'五四'看作是新民主主义历史的起点，高屋建瓴地把五四传统整个纳入新民主主义的历史范畴，从而在理论上证明了鲁迅的方向就是中华民族新文化的方向，以此解决了鲁迅与左翼之间的分歧"[1]。毫无疑问,此种观点全面拨开了长期以来鲁迅研究史上的重重迷雾,让人耳目一新,彰显出作者深厚的理论思考和辨析能力。

第二,不同时期文学史著对鲁迅形象的塑造。作为中国现代文学史上的经典作家,鲁迅势必成为许多文学史家编纂的重要对象,这不仅是由鲁迅在中国现代文学史上的特殊地位决定的,也是全面贯彻国家主流意识形态的现实需要。首先,陈著选取20世纪50年代王瑶《中国新文学史稿》、丁易《中国现代文学史略》以及刘绶松《中国新文学史初稿》三部代表性文学史著,认为他们按照毛泽东新民主主义思想,把鲁迅作为"一体化"阶段的经典作家,试图对来自旧时代的知识分子进行思想改造。可以说,鲁迅形象建构本身承载着政治宣传功能,也成为图解新中国文艺政策的基本工具。其次,陈著把夏志清《中国现代小说史》、司马长风《中国新文学史》、顾彬《二十世纪中国文学史》三部港台及海外的文学史著作为有效样本,试图剥离极左政治意识形态的严重束缚,以"他者"的价值立场和审美态度,来破除对鲁迅的神圣化和偶像化,理性建构符合海外汉学家审美的"另类"鲁迅形象,其中的洞见和偏见非常明显。倘若把20世纪50年代海内外文学史著中的鲁迅形象进行对比,我们会发现政治舆论和文化症候都制约着各自时代的

---

[1] 陈国恩等:《经典"鲁迅"——历史的镜像》,商务印书馆,2021,第8页。

文学生产，对文学史编纂产生深刻影响，这必然会波及鲁迅形象的不同面孔，从而构成了鲁迅形象塑造的另一条道路。

不管是抬高鲁迅，还是贬低鲁迅，都属于对鲁迅形象的严重误读，它们已经构成了20世纪中国思想文化论争的重要组成部分。"一部中国鲁迅学史，其实就是一部'鲁迅映像'与'鲁迅本体'之间不断悖离又不断契合的历史。"[1]针对此问题，陈著指出："以往之所以造成对'鲁迅形象'的误读，一是作家身份的单一政治认同，政治的涨落确定作家的评定，产生过'超世俗的神圣化'与'反神圣的世俗化'的曲解现象；二是脱离文化语境的单向思维模式，简单地附和时评效应、气候背景，对变动的'鲁迅形象'缺乏整体观照，出现过本质论和绝对论的误读倾向。"[2]当前，我们呼唤建构真实完整的鲁迅形象，但似乎只能停留在理想层面，往往与最终追求目标相去甚远。因此，我们不仅要关注这一典型现象，而且应该把其作为一种"历史的镜像"，深度挖掘背后所潜藏的深层原因，才有可能廓清20世纪中国思想文化论争的真相。

三、学科反思：鲁迅形象研究的内在规定

作为一门独立学科，鲁迅研究要想在新时代语境中得到拓展深化，要求我们必须结合当下社会的价值选择，全面总结经

---

[1] 张梦阳：《中国鲁迅学通史：二十世纪中国一种精神文化现象的宏观描述、微观透视与理性反思》上卷一，广东教育出版社，2005，第9页。

[2] 陈国恩等：《经典"鲁迅"——历史的镜像》，商务印书馆，2021，第90页。

验教训，努力挖掘鲁迅研究新的学术增长点。当前，鲁迅研究出现了"政治鲁迅"和"世俗化鲁迅"两种态势，陈著对此也进行了深度反思，值得我们特别注意。

第一，"政治鲁迅"的形象再造。近年来，邱焕星、韩琛、杨姿、李玮、钟诚等青年学者重新提出"政治鲁迅"的研究话题，不是旧调重弹，而是尝试进行鲁迅研究的"再政治化"，认真寻找其内部蕴含的新质素，探索鲁迅形象研究的增长点。陈著认为，鲁迅形象的革命性决定了其从纯粹的思想文化层面抽象为一种政治规定，也确认了"鲁迅的政治学"或"政治化的鲁迅"。作为"革命的同路人"，尽管鲁迅内心深处拒斥政党政治，然而终究不能摆脱政党集团的现实熏染。特别是1936年鲁迅去世后，"不在场"的鲁迅深陷各种政治旋涡，毛泽东的"鲁迅的方向"被人为地生发出多种历史隐喻。此时，"政治鲁迅"提法已经明显区别于20世纪五六十年代的蕴涵意义，而是蕴含着新的学理思考，希望借助鲁迅的精神资源参与当今社会价值重建的系统工程，从而可以使"伟大的传统"继续延传下去。例如，鲁迅精神与社会主义核心价值体系的建构、后革命语境对于鲁迅研究的挑战、鲁迅思想对于中国现代化思想的资源价值、鲁迅的文化选择与百年中国道德伦理重建等研究，都可以看作"政治鲁迅"的研究延伸。因此，"政治鲁迅"能否在新时代语境中重新焕发出生机活力，还需要在未来的研究实践中得到检验。

第二，"世俗化鲁迅"的形象重构。"世俗化鲁迅"是和"政治鲁迅"形成鲜明对比的重要现象。陈著认为，消费主义文化语境中的"鲁迅"以及鲁迅研究遭遇到了空前寂寞的现状，这绝不是鲁迅的历史地位和社会影响力的降级，而是有效实现"回归鲁迅"的重要途径之一。在二元对立的政治语境中，许多研究者往往过度阐释"鲁迅的红色"，过度强调鲁迅的政治革命意义，甚至故意神化鲁迅，却不自觉地遮蔽"日常生活中的鲁迅"的历史话题，这明显与真实完整的鲁迅形象相去甚远。20世纪90年代以来，随着"世俗化思潮"在中国全面铺展开来，"非鲁"现象成为推动"世俗化鲁迅"形象建构的历史契机。比如，"人文精神讨论"《青海湖》事件""断裂事件""悼词事件"等，都可以看作是"世俗化思潮"对鲁迅研究的深刻影响。陈著进一步指出，从"大鲁迅"向"小鲁迅"、从"集体化鲁迅"向"个体化鲁迅"的形象塑造肯定具有多重意义，让鲁迅从"天上"回到"人间"，逐渐向"鲁迅本体"靠拢，从而最终完成"还原鲁迅"的历史目标。然而，近年来的鲁迅研究也出现了过度阐释"日常生活中的鲁迅"的基本趋向。比如，研究鲁迅的经济收入、鲁迅的电影生活、鲁迅的吸烟癖好、鲁迅的饮食习惯、鲁迅的居住环境等，这些话题不是不能够展开研究，甚至在部分时间可能碰撞出智慧的闪光点。但是，我们必须清醒地意识到，"如果对鲁迅世界中末端、琐碎的细节做过度阐释，即可能遮蔽鲁迅思想的主体，甚至曲解鲁迅。正如在一棵茂密的大树上发现了一片新叶或者一片枯叶一样，于这棵大树的基本形状和功能几乎没什么影响。而如果过分夸大新叶的生命价值和枯叶的衰败作用，无视整株大树的生长状态，那就真的是一叶障目了"[1]。因此，我们应该全面评价"世俗化鲁迅"研究的现实意义，理性辩证地看待问题，而不是采取非理性的极端做法，唯有如此，我们才可能把鲁迅研究推向崭新高度。

通过"政治鲁迅"和"世俗化鲁迅"研究取向的梳理分析，我们应该清醒意识到，鲁迅研究要想进一步深化拓展，必须紧密结合当前社会发展态势，综合运用不同研究范式，大胆开辟鲁迅研究的新空间。比如，"鲁迅与民国政治的本源关系、鲁迅与民粹主义、鲁迅的政治哲学、鲁迅文艺思想中外国文学思想的流变考据、鲁迅思想的日常化价值、鲁迅研究的民间性问题等"[2]都是可以深度耕耘的学术话题。总体而言，鲁迅是20世纪中国社会文化无法绕开的存在，陈著将鲁迅形象的生成置于20世纪中国的复杂历史语境之中，在此基础上考察鲁迅形象的建构与嬗变，从现代性视野审视鲁迅形象的文化特质与精神品格，思路独特，视野开阔，论述有力，应该得到鲁迅研究界的积极评价。

原载《社会科学动态》2021年第9期

---

[1] 陈国恩等：《经典"鲁迅"——历史的镜像》，商务印书馆，2021，第277页

[2] 陈国恩等：《经典"鲁迅"——历史的镜像》，商务印书馆，2021，第271页

关于新诗传播和接受的几点思考
——从方长安教授《中国新诗（1917—1949）接受史研究》说起

方长安教授的专著《中国新诗（1917—1949）接受史研究》入选2016年度国家哲学社会科学成果文库，得到了学界同人的广泛赞誉。从接受理论上说，文本在读者接受之前，仅仅是潜在的文本或者是半成品，其价值正是在接受中实现的。因此，这部专著从阅读接受的研究角度，分别对胡适、郭沫若、闻一多、徐志摩、李金发、戴望舒、卞之琳、何其芳、艾青、冯至、穆旦等诗人及其诗作进行深度阐释，并从批评、选本、文学史著等三重向度对中国现代新诗发生流变的基本脉络进行梳理，提出了新诗经典化过程中需要进一步反思的诸多问题，如此才显得该书可贵。正如方教授所说："现代传播场域、传播方式、读者阅读接受相当程度地改变了诗人的生存方式、创作心理、书写经验和诗学观念，使新诗生成出相应的情感空间和审美品格等。"[1]毫无疑问，传播接受是百年新诗研究过程中的重要议题，也深刻影响着诗人的创作方式和价值诉求，为百年新诗深化研究提供了学术增长点。

鉴于方长安教授又承担了关于这一课题的重大项目，我们建议，还可以从多个方面对此进行学术拓展。首先，是从文体

---

[1] 方长安:《中国新诗（1917—1949）接受史研究》,中国社会科学出版社，2017，第1页。

比较的角度。在现代中国，新的文体兴起了并不代表旧的文体消亡了。话剧的兴起并不意味着戏曲的消亡，京剧在梅兰芳那里还达到了辉煌的高峰进而影响了西方戏剧；甚至现代小说的成功转型，也并没有挤掉传统小说的市场，它们以鸳鸯蝴蝶派等面目出现并影响着市井百姓，又融化到现代小说的技巧中，在张爱玲、钱锺书那里仍发挥着余热。诗歌是现代中国文体中转型争议最大的，很多思想并不保守的人却不认同新诗，一大批著名的现代作家都热衷于旧诗的创作，这个阵营中有鲁迅、郁达夫、老舍、钱锺书等，因而新诗的出现绝不意味着旧诗的消亡。值得注意的是，鲁迅、梁实秋等作家在五四时期都尝试过新诗，但到晚年都对新诗这一文体予以不同程度的否定。因此，研究新诗与旧诗的接受群体有何异同，应该成为新诗接受史的重要方面。

其次，可以从跨学科的角度来反思这一问题，研究新诗借着音乐所获得的广泛接受，并对纯粹阅读的新诗与配乐能唱的新诗之接受状况进行比较。《诗经》本是诗与乐合一的，后来诗与乐分离了，但诗与乐的关系还是很密切的。新诗的散文化虽然是背离音乐的，但闻一多很快就强调新诗的"音乐美"。1928年，著名音乐家赵元任的《新诗歌集》由商务印书馆出版，收录《上山》《也是微云》（胡适词），《教我如何不想他》《听雨》（刘半农词），《卖布谣》（刘大白词），《海韵》（徐志摩词）等14首配乐的新诗。这些新诗经过谱曲传唱，在社会上得以广泛传播。30年代不但出现了田汉作词、聂耳作曲的《义勇军进行曲》《毕业歌》《梅娘曲》等,而且中国诗歌会极力推动新诗的歌谣化。《新诗歌》创刊号中就说:"我们要用俗言俚语,/把这种矛盾写成民谣小调鼓词儿歌,/我们要使我们的诗歌成为大众歌调,/我们自己也成为大众的一个。"[1]比如,蒲风的《牧童的歌》《摇篮歌》、任均的《妇女进行曲》、王亚平的《两歌女》、石灵的《现代民歌》等就在民众中间广泛流传。40年代延安解放区也出现了脱胎于陕北民歌而又有所改造的歌谣体诗歌,主要有李季的《王贵与李香香》、阮章竞的《漳河水》、张志民的《王九诉苦》等,这些都有力推动了延安文艺事业的繁荣发展。而30年代末到40年代出现的光未然作词、冼星海作曲的《黄河大合唱》,桂涛声作词、冼星海作曲的《在太行山上》等,汇成中华民族的强音!因此,鲁迅在晚年的通信中,面对散文化的新诗而强调其应顺口、有韵、易记、能唱。

值得注意的是,1949年后台湾地区在新诗的音乐化方面取得了巨大的成就,特别是从70年代开始的现代民歌运动之后。余光中的《乡愁四韵》、席慕蓉的《父亲的草原母亲的河》《戏子》、郑愁予的《错误》《雨丝》《牧羊女》《相思》、痖弦的《歌》等诗作被谱曲之后,在台湾乐坛非常流行。甚至胡适的《秘魔崖月夜》《梦与诗》《希望》等很多新诗都被谱曲传唱。《秘魔崖月夜》被苏来谱曲、经包美圣等人传唱后影响很大;《梦与诗》有两个版本,一个是周迪给全诗谱曲的版本,一个是张弼给最

---

[1] 穆木天:《发刊诗》,《新诗歌》1933年第1卷创刊号。

后一个诗节谱曲的版本,后一个版本经过李碧华、银霞、孟庭苇等人的演唱广为人知;《希望》在改编成《兰花草》(对原诗改动较大,由原诗的三个诗节扩为四个诗节)后,经过刘文正、包美圣等人的演唱得以广泛传播。可以说,新诗的传唱不但对新诗的接受与普及产生了不可忽视的影响,甚至参与了某些新诗经典化的进程。

  再次,当下新媒体时代与传统媒体时代对新诗接受的异同,也应该纳入研究视野。与报刊、纸质出版物等传统媒体相比,新媒体主要是利用数字与网络技术,通过互联网等渠道向用户提供信息并具有交互性和即时性的传播形态。毫无疑问,"传播什么"和"如何传播"的问题在新媒体时代会得到重新诠释,新诗传播接受的路径选择就变得多元化起来。许多老诗人是把诗歌创作作为神圣庄严的事业看待的,诗歌已经和他们的现实生活融为一体,几乎就是他们安身立命之本。但是,大部分新生代诗人却把诗歌创作当作一种"余裕的产物",甚至是他们纵情狂欢的基本方式。此时,网络诗人和网络诗歌也就应运而生。比如,诗阳、尚斌、梦冉、沈鹏等人的网络诗歌就具有代表性,他们的诗歌具有娱乐化、随意化、浮躁化等典型特征。新生代诗人也广泛借助新媒体技术来进行新诗创作和传播。从"手写"到"鼠标点击",从"纸媒"到"电子媒介",从"眼看"到"耳眼并用",新诗创作中的许多"中间物"已悄然改变,这就会有效改变了诗人的书写习惯和表达方式。自1999年国内第一家中文诗歌网站"界限"创办以来,各种专业性的诗歌网站、论坛、专栏、个人博客等,如雨后春笋般涌现出来。比如,诗江湖、北京评论、第三条道路、北回归线、南京评论、非非评论等诗歌网络平台,由于本身具有开放性、便捷性、包容性、互动性等特点,受到广大网络诗歌爱好者的高度认可。与此同时,由于网络诗歌写作门槛较低,推送发表即时便捷,加上缺乏严格的监督审查,一些庸俗粗鄙的诗歌语言肆意泛滥,严重影响了新诗发展的整体生态。

许多新生代诗人除了借助报纸杂志、诗集选本、声音朗诵等传统媒体传播诗歌之外,还会积极运用手机微信、电脑微博、数字化电视等新媒体来推介自己,文化消费主义的色彩浓厚。2005—2010年,著名诗人杨晓民策划的《新年新诗会》就是将传统的诗歌朗诵和电视媒体相结合的品牌节目,被称为诗歌界的"春晚"。由于朗诵者都是中央电视台的著名播音员和主持人,加上播出时间都选择在每年元旦这个重要节点,受到许多新诗爱好者高度关注,成为新诗传播接受的绝佳范例。可以说,部分新诗也是借助《新年新诗会》这一特殊平台,再次走向经典化道路的。近年来,随着微信群、微信公众号、个人朋友圈、QQ群等新媒体交流平台的迅猛发展,新诗传播接受也出现了新气象。单就微信公众号而言,只要智能手机用户愿意进入信息交流平台,就可以关注新诗天地、新诗路、新诗界、我爱新诗、新诗纪、新诗代、新诗野、桃园新诗等微信公众号,也可以即时获取新诗创作交流的重要资源。这样,读者和诗人之间就具有多重阐释空间可以挖掘,许多新的研究课题就会相伴而生。

原载《江汉论坛》2018 年第 10 期

范式转型与关联之魅

——评刘进、李长生《"空间转向"与当代西方马克思主义文学批评研究》

作为当代西方文学理论演进过程中的重要学术事件,"空间转向"是继"非理性转向""语言学转向""文化转向"之后受到学界高度关注的前沿论题。到 20 世纪中后期,这一文化理论对建筑学、城市设计学、文化地理学、社会学、人类学、文化研究等诸多学科产生了深刻影响。就文学研究而言,"空间转向"所形成的诸多空间观念和相关方法,与文学研究形成了一种"策应互动"的密切关系,使文学研究范式发生了革命性变化。刘进、李长生的新著《"空间转向"与当代西方马克思主义文学批评研究》(社会科学文献出版社 2015 年版)就是对这一理论问题的深度思考。事实上,国内部分学者已经对"空间转向"展开了相关研究,并且取得了诸多成果。比如,谢纳的《空间生产与文化表征——空间转向视阈中的文学研究》(中国人民大学出版社 2010 年版)、候斌英的《空间问题与文化批评——当代西方马克思主义空间理论》(四川文艺出版社 2010 年版)、高燕的《视觉隐喻与空间转向——思想史视野中的当代视觉文化》(复旦大学出版社 2009 年版)等。与这些研究成果相比,刘进、李长生的新著在以下两方面值得特别关注:第一,按照历史发展的基本规则,厘清了西方社会空间观念的嬗变规律,提出了"空间转向"的逻辑基点;第二,敏锐发现了马克思主义传统在

"空间转向"过程中的重要意义,廓清了空间批评的理论资源、话语蕴含以及现实价值。

一、"范式转型":从"二元对立"到"三元辩证法"

在西方传统的知识结构体系中,二元对立思维模式长期占据着主导地位。学界普遍认为,"时间"是第一性的,"空间"是第二性的,"时间"获得了较之于"空间"的优越性地位。但是,从20世纪中后期开始,西方社会出现了"空间转向",即将传统思想中空间依附于时间的观念转变为空间与时间并置的思想,这就在西方理论界引起广泛讨论。通过对西方传统空间观念变化进行简单梳理之后,著者认为,"空间转向"既不是一个寻求时间或空间谁是第一性的问题,也不是要单纯强调凸显空间的重要性,而是要破除逻各斯中心主义的二元对立思维模式,斩断时间与空间之间的这种人为设置的二元对立的逻辑链条。正是在这一意义上,我们说,"空间转向"既是破除二元对立思维模式的必然结果,也是这一思维模式被破除的直接表征。

著者指出,"空间转向"所呈现的当代西方空间理论从两个重要层面实现了对西方传统空间观念的有效颠覆:第一,颠覆了空间的依附性,恢复了空间的本体性;第二,颠覆了空间的同质性,突出了空间的异质性。此种颠覆并不是对传统历史决定论的全盘否定,而是一种创造性转换。在这种转换过程中,时间和空间才开始扭结在一起:一方面,时间和空间成为存在的共同纬度,从而形成了空间—时间—存在在本体论上的三位一体观念;另一方面,不论时间还是空间都不是静止不变的,而是充满了各种可能性和异质性,并将永远向外界保持一种开放姿态。此后,"空间"作为一个关键词,也就成为当代西方思想家延续对资本主义展开批判的现代传统、对现代性展开丰富而深刻反思的重要平台。其中,福柯、戴维·哈维、列斐伏尔、爱德华·索雅、菲利普·韦格纳等当代西方理论家对此进行了深度阐释,他们的许多观点值得我们进一步思考。

比如,列斐伏尔在空间理论上就明确反对传统社会理论单纯视空间为社会关系演变的容器或者说平台,反之,指出它是社会关系至为重要的组成部分,空间既是在历史发展中生产出来的,又随历史的演变而重新结构和转化。他把空间主要分为物质的空间、精神的空间、社会的空间三种,其中,最重要的是社会空间理论。就开放和开拓社会空间的无穷潜质,列斐伏尔把历史性、社会性和空间性联合论证在一个超学科的"三元辩证法"。至于对"三元辩证法"做何种理解,列斐伏尔说:"长期以来,反思性思想及哲学都注重二元关系。干与湿,大与小,有限与无限,这是古希腊贤哲的分类。接着出现了确立西方哲学范型的概念:主体——客体,连续性——非连续性,开放——封闭等。最后则有现代的二元对立模式:能指与所指,知识与非知识,中心与边缘……(但是)难道永远只是两个项之间的关系吗?……我们总是有三项之间的关系。总是存在他者。"正是在这一思想前提之下,"我们所关注的领域:第一是物理的——自然,宇宙;第二,精神的,包括逻辑抽象与形式抽象;第三,社会的,换言之,我们关心的是逻辑-认识论的空间,社会实践的空间,感觉现象所占有的空间,包括想象的空间,如规划与设计、象征、乌托邦等"。可以看出,列斐伏尔的空间理论批判传统认识论上的二元论方法,认为他们或者是客观唯物主义的只见树木不见森林的短视,或者是主观唯心主义的只见森林不见树木的远视。列斐伏尔的这些空间理论直接导致了爱德华·索雅的"第三空间"理论。

"第三空间"是美国后现代地理学家爱德华·索雅在《第三空间》一书中提出来的重要概念。实际上,索雅是在有效继承列斐伏尔空间理论基础上,才提出了一种新的关于空间认识的"三元辩证法",即"空间——时间——社会存在"。索雅说:"它源于对第一空间—第二空间二元论的肯定性解构和启发性重构,是我所说的他者化—第三化的又一个例子。这样的第三化不仅是为了批判第一空间和第二空间的思维方式,还是为了通过注入新的可能性来使它们掌握空间知识的手段恢复活力。这些可能性是传统的空间科学未能认识到的。"值得一提的是,索雅对防范挑战二元对立的"第三空间"沦为另外一种僵化的理论体系抱有高度警觉。著者对此特别强调,第一,索雅认为第三项的引入和对二元对立的打破并不意味着这是一种相对主义或虚无主义的理论阐述。因为三元辩证法对二元对立的打破并不是一劳永逸的,它需要不断地"第三化"和"他者化",并通过这种"第三化"和"他者化"而不断趋近三元辩证法的内核,从而构成一种知识生产的连续性。第二,三元辩证法并不是一种三位一体的固定结构,它不会开启自身的神圣化进程。恰恰相反,它会不断扩大自身的知识生产,不断寻求自身被建构的路径。由此可见,索雅对三元辩证法的深入阐释不但有效打破了早期僵化的二元对立思维模式,而且从另外一个维度提出了这并不是一种终极状态,而是依然具有多种可能性的。

在此基础上,著者指出,西方理论界所探讨的"空间转向"大致包含三个维度:一是本体论意义上的空间转向,即从时间与空间二元对立的角度和历史决定论的传统立场出发去探讨本体论意义上的空间问题;二是现代性视域中的"空间转向",其主要关注资本主义生产方式确立和全球化兴起之后空间观念的改变以及时空关系的颠倒问题;三是文化艺术之维的"空间转向"。根据个人对马克思主义理论的理解,著者把其主要划分为经典马克思主义、东方马克思主义、西方马克思主义和新马克思主义等几个重要阶段。其中,经典马克思主义理论对当代西方的"空间转向"产生了深刻影响,是"空间转向"发生过程中的重要资源,直接参与了"空间转向"这一学术事件。可以说,马克思主义哲学是真正地完成了空间、时间、物质三位一体的辩证法。在这一理论前提下,著者梳理出了马克思、恩格斯论述"空间问题"的主要路径:一是"地理—物理—自然"空间,二是"社会—经济—历史"空间,三是"文化—心理—美学"空间。三者辩证统一于资本主义的空间生产过程中。可以说,这种阐释路径是对三元辩证法的现实运用,有效理清了马克思主义对空间问题的基本理解。

二、"关联之魅"：空间批评与当代西方马克思主义文学批评传统

总体来讲，所谓"空间转向"就是在西方社会、思想、文化的"空间转向"背景之下，以新的空间观念为基础，实现文学研究的批判功能的一种新型批评形态。客观来讲，"空间转向"之所以能够在当代西方社会语境中产生，肯定是诸多理论资源共同推动的直接结果。比如，城市社会学、权力理论、身体理论、全球化理论、历史－地理唯物主义等，都共同参与了"空间转向"的理论建构进程。其中，马克思主义传统在其中扮演了重要角色。正是马克思主义传统与其他话语的相互交织，"空间转向"才有效实现了自身空间化的现实成就。著者指出，"空间转向"因大量借助马克思主义的传统理论资源或者说因马克思主义的推动和参与而最终形成了对空间的具有马克思主义风范的诠释。在这种全新的诠释过程中，空间成为西方当代语境下人类展开思考、解释、批判活动的不可或缺的维度。因此，"空间转向"从根本上是西方知识分子尤其是马克思主义知识分子以"空间"为平台的批判转向。

关于当代西方马克思主义空间批评与文学研究之间的具体关系，正如谢纳所说："空间转向在改变人文社会科学研究范式的同时，也促使文艺理论和文化研究的理论模式发生重大转换，形成并建立起空间化的理论思考方式。在其影响下，美学

理论、社会理论、文学理论与空间理论相互交叉渗透，促使文学的空间性思考在文学与空间的互动阐释过程中得以不断展开，由此建构起一种关于文学的空间理论。"[1]具体而言，在当代西方空间观念视域中，人们对于文学的空间性思考带来了不同于传统的对文学与文学之外世界的理解，从而引发了人们对于文学文本空间的别样认识，进而带动了文学研究与批评范式的变化。与此同时，著者也指出，西方马克思主义空间批评从根本上也仅仅是我们对于西方马克思主义者对文化艺术领域中彰显空间问题的研究范式的一种描述和提炼。一定意义上，当代西方马克思主义空间理论是马克思主义理论在西方当代社会转型和"空间转向"潮流中的一种理论回应，而当代西方马克思主义空间批评则是这种回应在文学研究领域的直接体现。作为一种回应或体现，当代西方马克思主义空间批评从根本上呼应着整个马克思主义的理论传统和文学批评传统，这就辩证地阐述它们之间在逻辑生成方面的密切关联。

三、"空间的方法"：空间视角与当代西方马克思主义文学批评

菲利普·韦格纳在《空间批评：批评的地理、空间、场所与文本性》一文中指出："空间本身既是一种'产物'，是由不同范围的社会进程与人类干预形成的，又是一种'力量'，它要反过来影响、指引和限定人类在世界上的行为与方式的各种可

---

[1] 谢纳：《空间生产与文化表征——空间转向视阈中的文学研究》，中国人民大学出版社，2010，第69页。

能性。"[1]因此,空间问题已经成为影响事物发展过程中的重要维度。单就中国现代文学研究而言,部分学者有意识地引入空间视角,并且取得了诸多研究成果。比如,杨义、中井政喜、张中良合著的《中国现代文学图志》、周维东的《民国文学:文学史的"空间"转向》、王永祥的《民初的政治文化生态与新文学的空间场域》等,都是把空间作为"方法"来对中国现代文学进行深度阐释的大胆尝试。为了更好地把握西方马克思主义空间批评的特质,著者选取了雷蒙德·威廉斯、戴维·哈维、弗雷德里克·詹姆逊作为研究个案,对空间批评与文学研究之间的关系进行了详细论述,具体佐证了"空间转向"过程中形成的空间观念和相互方法与文学研究的策应互动,这就使该著带有实证主义的典型特征。

雷蒙德·威廉斯是当代西方马克思主义文学批评的代表人物,主要著作有《乡村与城市》《文化与社会》《长期革命》等。威廉斯批评的空间视野以及对西方当代空间观念和"空间批评"形成所做出的重要贡献,潜在地蕴含在他对"乡村""城市""边界""大都市"这些空间的研究中。作者认为,从"乡村""城市""边界"以及彼此之间的关系和历史演变出发来勾勒英国现代文学地图,是威廉斯文学批评最重要、最具有特色、最有价值的构成部分。可以说,威廉斯对英国现代文学的空间批评,

---

[1] 菲利普·韦格纳:《空间批评:批评的地理、空间、场所与文本性》,载阎嘉主编《文学理论精粹读本》,中国人民大学出版社,2006,第137页。

颠覆了"乡村"与"城市"的二元对立模式，强调了二者联系中的动态研究及其文学呈现，并深入分析其蕴含的内在情感结构，从而使得威廉斯研究中的"空间"不是一个静止的、单一的地理空间，而是一个充满异质力量的、不断运动变化、彼此联系的立体的文化空间。这既突破了英国文学的传统研究模式，也为西方当代"空间批评"的形成开了先河。

戴维·哈维的空间理论及其对文学领域的空间关注代表着西方马克思主义最新趋势和动向。哈维对马克思主义空间理论进行了创造性转换，分别提出了"社会过程-空间形式"和"时空压缩"的重要概念。其中，"时空压缩"一方面指花费在跨越空间上的时间的缩短，即"使时间空间化"；另一方面指空间的收缩，即所谓的"地球村"，可称之为"通过时间消灭空间"。"时空压缩"的这两个方面的关系既是对立的，又是辩证的，它们在现代性和后现代性的历史进程中始终交替着发展，呈现出相互交融的趋势。著者通过哈维对法国文学批评实践的具体阐述，指出哈维开辟出了一条全新的通过文学研究来探讨空间问题的新路径，开拓了一种通过空间批评来展开文学与文化研究的新视野，建立了马克思主义理论与文学批评立足现实、立足批判的新平台。

除此之外，弗雷德里克·詹姆逊也是整个西方马克思主义理论脉络中不可忽视的重要人物。著者认为，詹姆逊对空间批评的认识是与后现代主义理论纠缠在一起的，而且这种分析是以文学批评的形式出现的。詹姆逊在凯文·林奇提出的"认知测绘"概念基础上,认为主体在后现代社会中之所以丧失测绘城市空间的能力,背后潜藏着一个更大的尚未被发现的问题,那就是晚期资本主义。面对晚期资本主义所带来的空间迷失问题,詹姆逊寄希望于一种新的空间政治的产生。在作者看来,"认知测绘"不仅是一个后现代的空间问题,背后还隐藏着一个更为根本的逻辑——晚期资本主义的生产方式和全球资本的扩张。之后,著者在对空间批评视野中的"第三世界文学"进行论述之后,得出结论:哈维的最终旨归是西方马克思主义脉络中的文化政治的策略,也即重新思考文学与政治的关系问题,他试图通过二者的辩证统一来完成对社会主义乌托邦的构想。

总体而言,该著以西方当代社会转型为背景,以"空间转向"为切入点,以当代西方马克思主义文学批评在"空间转向"中所呈现的新型批评形态——空间批评为核心研究对象,以探讨"空间转向"与西方当代文学研究范式的转型之间的关系,进而深入发掘西方当代社会转型与马克思主义文学批评的批判精神实现途径的变革为研究目标,完成对当代西方马克思主义及其文学批评在西方现实语境中的价值的评判和缺陷的反思,为马克思主义文学批评的中国化、当代化提供借鉴。正是在这一意义上,笔者认为,该著在"空间转向"和"当代西方马克思主义文学批评"之间建立了深度关联,具有一定学术价值,应该受到学术界特别关注。

原载《现代中国文化与文学》2016年第2期